三十六集历史剧

况钟

千古第一官

周国荣 著

法行民乐，民留任迁。
青天之誉，公无愧焉。

古吴轩出版社
中国·苏州

图书在版编目（CIP）数据

千古第一官——况锺 / 周国荣著. — 苏州 ： 古吴轩出版社，2016.7
ISBN 978-7-5546-0534-9

Ⅰ. ①千… Ⅱ. ①周… Ⅲ. ①电视文学剧本—中国—当代 Ⅳ. ①I235.2

中国版本图书馆CIP数据核字（2015）第208913号

责任编辑：蒋丽华
装帧设计：陆月星
张嘉佳
责任校对：徐 钬
责任照排：刘 浩

书 名：千古第一官——况锺
著 者：周国荣
出版发行：古吴轩出版社
地址：苏州市十梓街458号 邮编：215006
Http://www.guwuxuancbs.com E-mail:gwxcbs@126.com
电话：0512-65233679 传真：0512-65220750
出 版 人：钱经纬
印 刷：苏州日报印刷中心
开 本：880×1230 1/32
印 张：10.75
版 次：2016年7月第1版 第1次印刷
书 号：ISBN 978-7-5546-0534-9
定 价：38.00元

编者的话

况钟（1383—1442），明朝一位享受“正三品”待遇的苏州知府（明代知府一职一般为正四品），任职长达十三年，最后过度劳累倒在了岗位上。《明史》对他的评价是“刚正廉洁，孜孜爱民，前后守苏者莫能及”，“终明一代，一人而已”。苏州人民称他为“况青天”，和包拯、海瑞并称中国民间的“三大青天”，在中国历史上众多的政绩斐然的官员中，况钟是其中最著名的一个。

历史上的苏州，有过辉煌，也有过磨难，建城2500多年的历史，就是一根起伏波折的曲线图。当历史的进程到了明朝中期后，苏州步入了她的辉煌时期，无论是人口数量还是经济数据，抑或文学艺术，都在中国乃至世界上数一数二。16世纪末，意大利传教士利玛窦的几句话是对苏州这一时期的最好诠释，他说，苏州“以它的繁华富饶，以它的人口众多和以使一个城市变得壮丽所需的一切事物而闻名”，在这个地方，世界上所有的商品“在这个市场上样样东西都能买到”。

但，利玛窦看到的是16世纪末的繁华的苏州，他没有看到，在他170多年前的苏州竟是“天下第一剧繁难治”的地方……

宣德五年（1430），况钟出任苏州知府。其时的苏州府，“赋役繁重，豪猾舞文为奸利，最号难治。”《明史·况钟传》中这短短一句话道出了苏州府难题：赋役繁重。重到如何境地？况钟到任苏州府后给皇帝的奏章中说：“臣所领七县，秋粮二百七十七万九千石有奇。其中民粮只十五万三千余石，而官粮乃至二百六十二万五千余石，有亩征至三石者。”苏州府所缴纳的“皇粮”占到全国总额的30%。再加上地方奸吏的贪墨，百姓几无生存之能。于是大批百姓纷纷逃离这一“赋役重府”，致使苏州粮田荒废，五年的时间竟“欠下皇粮”近九百万石。

况锺到任后，治贪官污吏。他罢免贪官，当众处死了数名污吏；平冤狱，对所辖七县的案件轮流勘查，“勘部过轻重囚一千一百二十余名”，著名的昆曲《十五贯》艺术地反映了况锺断案如神的一面；他屡次上疏请求减免赋税，为苏州百姓争取到减免皇粮“七十二万石”，减少了近四分之一，还奏请免除徭役，使苏州百姓喘了一口气。在况锺和周忱的努力下，一年后，苏州府再获免税粮八十万石。此外，他还在苏州奖教育、兴商贸、选能人、办慈善等，为苏州今后的发展奠定了基础。

身为苏州一府的最高行政首长，况锺的一日三餐，每餐仅一荤一素；他的居所简陋至极，没有“华靡之物”。他在任满后按例应调离苏州府时，作了一首饯别苏州父老的诗，诗中写道：“检点行囊一担轻，长安望去几多程？停鞭静忆为官日，事事堪持天日盟。”他对在苏州的所作所为，敢向青天盟誓。

这样一位为民请民、为民谋福祉的官员要离任，饱受赋役之苦的苏州府百姓当然是依依难舍。于是，以张翰为首的二万多名苏州百姓联名上书，乞求况锺连任。皇帝也难拂民意。明英宗朱祁镇“诏进正三品俸”，仍留任苏州知府。可惜，正统七年（1442）十二月，况锺因劳累过度，卒于苏州任所，享年60岁。他死后，苏州百姓罢市痛哭祭拜，他的灵柩从运河运回故里时，两岸站满了祭送哭奠的人。而运载况锺灵柩的船中，“惟书籍，服用器物而已，别无所有。”

为纪念这位刚正不阿、智勇双全、情义兼具、受民爱戴的清官，苏州一府七县都建起了况公祠，百姓家中均立其牌位。清道光年间，苏州人民在沧浪亭建“五百名人祠”时，况锺也赫然在列。现在，苏州西美巷的况公祠仍保护完好。这是苏州人民对这位为苏州做出贡献的清官表达的爱戴和崇敬。

《千古第一官——况锺》以饱含深情的笔触，真实地、全方位地反映了况锺治苏十三年的艰辛历程，刻画出了一个足智多谋、嫉恶如仇、勤政爱民的能官形象。

本书作者退休前是苏州大学历史系副教授，他在30多年研究、教学明清苏州社会的同时，涉猎多种体裁的文学写作，曾创作了《西施》《黄道婆》《姑苏奇男：葛贤》《人生长恨水长东》等十多部电影剧本、戏剧本以及电视剧剧本，先后获得过省、市级的大奖。2012年，他精心创作的《千古第一官——况锺》完稿，后又几易其稿，终成。

本书是电视剧剧本，但其摈弃了戏说成分，尊重史实，其中细节真实到位，特别是剧本中涉及到的明代的礼仪、官职制度、社会秩序等细节，足以补充或纠正大众读者对明朝历史知识的认知。作者又根据剧情需要，铺设的情节曲折，环环相扣，使剧中人物形象鲜明、个性独特，情节跌宕、故事性强，读之如饴。

本书反映的虽是明朝贤吏况锺在担任苏州知府期间的故事，但其在反腐倡廉的今天也极具有教育意义。

故事梗概

大明正统七年（1442）十二月，按理应该是张灯结彩喜迎新年的时间。但此时的苏州，从城里到城外、从府衙到农家都是一片的悲戚和担忧，他们在为一个人担心、为一个人祈祷……

那一日，一艘灵柩船在苏杭大运河上缓缓北行时，这条于隋朝时开通的古运河两岸站满了披麻戴孝、痛哭流涕的苏州百姓……

他，就是在苏州连任13年知府并最终过劳死于岗位上，为苏州明清时期大繁荣做出巨大贡献的况锺。

在况锺接任苏州知府前，苏州已连续多年缴不足税粮，朝廷连续任命了几位苏州知府，都知难而退，于是苏州被称为“天下第一剧繁难治”的地方。

赋役繁重。当时，苏州这片肥沃土地亩产粮食也不过三石，而皇粮高达二石五，最高的竟达到三石。再加上贪官污吏从中贪墨不法，使苏州府的百姓不堪忍受，纷纷逃离苏州，导致良田荒废，税粮更难完成……

对此，大明宣德年间的内阁重臣杨士奇也忧心忡忡，他与内阁杨荣、杨溥两人商议后，决定向宣德皇帝推荐况锺出任苏州知府……

况锺临危受命赴任苏州。他放弃走舒适但需耗时个把月的水路，而是坐驿车，一路风尘赶到苏州。

而苏州府，一帮奸吏闻知况锺将赴任苏州，忙着做假账，做假文件……想在况锺上任前弄出个既成事实，并设下一个个陷阱。岂料，他们还没有商定，况锺已到苏州，打了他们一个措手不及……

枫桥驿站，接待况锺到任的官吏们给了他一个下马威，况锺坦然面对……

上任伊始，况锺藏拙，与一帮贪官污吏斗智斗勇。期间，他走村串户，细心察访，了解乡情民意，访忠义之士，请教隐世名士……待掌握了情况后，他突施妙计，一举将作奸犯科、恶行累累的府衙六个书吏全部处死，还查处了四名知县。此举一出，苏州上下大震。

秋收在即。虽然况锺早已把“减免税额”报告送到了户部。但得到户部的谕文却是“一升一合不得少缴”。

粮吏吴阿贰禀报：农民听说了税粮不减的消息后，都逃难去了。

农家场院内，况锺与农民在交流，了解了逃难的真相……

刑部侍郎、南直隶流民处置官成均却在长洲县衙宣布，以苛法处置流民……

当夜，烛灯下，况锺奋笔疾书，将实情呈奉皇帝，请求减免赋税……

巡抚周忱来到苏州府衙与况锺商讨良策……周忱在况锺的奏章尾部，签上他的大名，并决定第二日动身进京面圣，递交奏章。

乡间，况锺把红黑两本簿交给了由乡民推荐出来的“公直老人”倪孝子，由他对乡民的好恶分别记录……况锺在苏州大力推动此“良善”之举，以整肃民风。

况锺家中，餐桌上二蔬一汤，却不是常见的豆腐和“如意菜”（黄豆芽）。询问得知，是奸商囤货惜售。况锺急匆匆离开了餐桌……

苏州枣市街，大豆的批发市场，大家都在议论近日大豆的情况，而山东人的商铺都关门歇业。况锺找来了客商，平息了大豆风波。

府衙大堂公案前，钦差高声朗读圣旨：“……兹诏令免去税粮七十二万石，匠役减半，商捐二十纳一，自今永为定制……”

况锺派员将消息传向乡村，传达到逃往在外的百姓：还家免罪……

况锺召回了三多万户的逃民，令成均不快，他暗通沃通判，设下阴谋，欲对况锺家眷不利。

况夫人去庵堂进香祈福，遇到“卖身葬父”的范小妹，竟是北桥船拳的大师范大龙的妹妹，受乡民嘱托，要暗中保护况大人及其家眷。

香云院。十多名穿着民服的兵痞在成均的唆使下，大吃尼姑的“豆腐”（调戏）。沃通判现身，“斥退”兵痞，得到了香云院住持的信任……

府衙食堂。沃通判逼迫厨子拿出迷魂药……厨子连夜逃走。

秋粮登场。二百万石税粮运进京。得知苏州府完成任务要解粮进京，宣德皇帝很是高兴，亲自验收……

况锺母亲去世，按制况锺“丁忧”（离职守孝）三年。成均闯入府衙夺印，被巡抚周忱斥退。百姓联名上书，请求皇帝“夺情”（官员离职守孝期间，皇帝有权在特殊情况下召出任职）起复况锺。

又是一个秋收季节，一帮青皮流氓以前几年百姓欠下税粮为由，下乡抢粮。苏州府县百姓一片惊慌。

圣旨下，况锺“夺情”起复；苏州府再免八十万石税粮……苏州府县一片欢腾。

况锺还提议改革漕运——变民运为军运，以减少农民负担。

这一天，况锺正在内堂阅案卷，染织局内官来见，说吴县主簿（九品）吴清被常熟县衙抓了，请况锺在抄吴清家时留意他家一本由白居易手抄的《金刚经》。况锺觉得此案定有原委，连忙赶往常熟县调查。原来是常熟县令知道吴清有白居易手抄的《金刚经》，欲巧取豪夺献给内官，以此图加官进爵，故诬陷吴清勾结水盗……

江边的芦苇丛中，范大龙带着一班捕快在围剿水盗……遇到了被水盗谋害的赴任海门县的沈县令的千金。水盗被歼，沈小姐被救。况锺玉成两人婚姻……

吴县县衙。由主簿升为八品推官的吴清正在审理一桩离奇的休妻案。原来那丈夫的寡母被人卖到了外地当填房，且有其妻签的“卖身契”。而妻子发誓根本没有卖婆婆。况锺查清了来龙去脉，救回寡母，严惩人贩子……

府衙的附近有位穷书生尚某，被况锺介绍到某寺庙寄读。入夜，听到邻家有女子的哭泣声。细听后才明白：其家中的男人外出几年未归，只有婆媳俩苦度光阴，盼着丈夫（儿子）早日回家。不料因婆婆生病借下了高利贷。现在高利贷到期，年轻的媳妇要被抵债。尚某心生怜悯，把城里的二间祖屋卖了，假借他家男人的名义给了婆媳俩。然而，某一日，婆婆在喝了尚某给的“补药”后，气绝身亡。县令再三审查，却不明白那婆婆喝的是什么毒药，于是上报府衙。况锺断案如神，审出了原是寺中一恶僧所为，还两人清白。

况锺任期已满，即将卸任离苏。苏州百姓万人联名上书，要求况锺留任。

巡抚衙门。周忱正在处理一起刑部已核发的案件：有年轻的二男二女将被处以凌迟。周忱觉得可怜，想减轻点犯人死时的痛苦。见况锺后，两人对此案进行了一番议论，觉得其中有疑。周忱冒着违抗刑部裁核的罪名，让况锺接手重审此案……最终，况锺平反熊友蕙兄弟等四人的冤案，从刽子手已举起的屠刀下挽救了四条年轻的生命。

正统七年（1442）腊月，况锺心神衰竭，撒手人寰。

目 录

第一集

（一）

时　间　白天。

场　景　苏州府衙门口；府衙宅院一居室（卧房）。

人　物　两医师（苏州习呼郎中）与两医徒；一乘小轿；况锺与夫人，子况寰及妻子；仆况祥及老妻，其子况和及妻子；绅民代表七八名。

大明正统七年（1442），腊月。

府衙六扇黑漆大门中的一扇轻轻开启，一名郎中（一少年提着医箱紧随）快步由台阶上，跨入北门，门即闭合……

绅民代表们身站台阶前，脸上褪去了些愁容，喃喃相语："金郎中本事大，几帖药服下去，病势会扳过艄来的！"（扳艄，苏州方言，意用强力使某事转危为安。）

紧接着一乘小快轿，急步上了台阶，提药箱的青年迳扣黑漆门……轿子里出来一位白髯飘胸的老郎中……一脚跨进了黑漆门……

绅民代表顿时兴奋了："老神医！老神医！……"

府衙内院，卧室。

床上卧一老人，病势凶险……其夫人、一子一媳、老仆夫妇、青年仆夫妇，环伺侍立默默流泪、抽泣……

金郎中为之诊治：望、问、闻、切……夫人既焦虑又巴望的神情……金郎中走至门口，凄然地朝夫人摇头……夫人掩面抽泣……

徐老神医带了医徒，跨进了卧房，来至病床侧，夫人含泪请他坐下。他给病人诊治：反复地望，切了又切……余外诸人强烈巴望的神情……徐老郎中面色由凝重转成忧虑，又转成凄然……走至卧房门口，一边朝夫人摇摇头，一边竟也掩控不住自己的老泪往下掉……

衙门口。

民甲："听说徐老神医被朝廷请到京城，为外邦一位进贡的大官看重病……"

民乙："他竟然回转来了！真是额角头高！大人的毛病一定看得好哉……"（额角头高，苏州方言，意为碰到好运气。）

代表们脸上的愁云扫尽，笑逐颜开……

（二）

时　间　同上时间。

场　景　几座寺庙内。

人　物　各色百姓若干。

在缭绕的香烟里，百姓纷纷叩头、祷告……

"菩萨！菩萨！保佑大人祛病消灾，康健长寿！"

"菩萨！菩萨！我愿意减寿十年，添给大人长寿！"

"菩萨！只要菩萨驱灭大人身上病魔，让他安康长寿，我们为你重塑金身，扩建庙宇！"

（三）

时　间　同上。

场　景　居民家中。

人　物　老少妇孺若干。

一对老夫妻领着合家大小，在一幅喜神前，奉香祝愿：“祝大人早早康复，祛病添寿！”……（喜神，即古代刻绘的“生人肖像”。古代，人们历代之祖先画像亦名“喜神”。）

一名少妇跪于一幅喜神前，教身边伏跪的一幼儿：“囡囡快点说，祝阿爷毛病早好，多福多寿！”……（囡囡，苏州方言，相当于“小宝贝”。）

一名壮汉伏于一幅喜神前，虔诚禀祝道：“大人！我以前犯过错，现在已经改好哉，以后我要多做善事，为大人添福添寿！”……

一扇黑漆衙门开启——一前一后走出原先的两名郎中：金名医、徐老神医。金郎中右袖掩着双眼，脚步有点踉跄地下着台阶，徐老神医出得门即被接入了快轿，绅民代表中有眼睛尖的瞥着老人脸上两串大泪直挂到了胸前的白髯上……

绅民代表们忽地如受重雷击顶，转瞬间痛哭一片；金名医亦一屁股坐在药箱上放声号啕……

（四）

时　间　白天—夜晚。

场　景　府衙口小广场。

人　物　男女妇孺各色人群盈千盈万；四邻之松江府、扬州府、常州府、嘉兴府、湖州府五府数不清的绅民；况祥（况家管家）。

大明正统七年（1442）腊月。天气阴沉。

距府衙不远的大街衢（岔路交汇）上三条岔街间奔涌着数不清的哭泣人群。他们无一不披麻戴孝（鞋面缀块麻片，腰系长白带，头戴白孝帽）……间有许许多多的人双手擎着一张张喜神（像额有“况太守像”四字——取自苏州五百名贤祠石碑刻）。

一条条商业街间店铺纷纷打烊，店东店伙计个个泪流满面……

一条条巷弄间挨户关门下闼，大男小女服孝于身，哭奔出巷弄，汇入大街上的人流里……（闼：旧时民居大门，分为闼和门，常转动开闭一侧为门，上下开启的一侧为闼。）

打着署名松江府的孝幡，数不清着孝服的绅民哭奔而来，汇入大街上的人流里……

打着署名扬州府的孝幡，数不清着孝服的绅民哭奔而来，汇入大街上的人流里……

打着署名常州府的孝幡，数不清着孝服的绅民哭奔而来，汇入大街上的人流里……

打着署名嘉兴府的孝幡，数不清着孝服的绅民哭奔而来，汇入大街上的人流里……

打着署名湖州府的孝幡，数不清着孝服的绅民哭奔而来，汇入大街上的人流里……

府衙口广场上跪伏着海潮般的人群。“白浪”铺地，哭声震天……

府衙的六扇黑漆大门紧闭；门口既无一名守护的皂隶，告示架上也不见一张字条……

起更了，天际飘起了雪花。跪伏的人群，未见一人抽身离去……

此际，忽见府衙的一扇门轻启，走出一名披件棉袍的老年人，他即是府衙内宅总管况祥，他走下台阶，贴近人群，哽咽着开口说：“大人临终吩咐：不开吊，不祭奠，开春后灵柩运回靖安老家落葬……大家请回吧！”他随即跪下朝人群叩着响头，说：“我代大人叩送大家了！大家请回吧！”

头排人群里立起了三四个老者，搀扶起了况祥，哽咽地恳求道：“让我们给大人陪个夜吧！”“让我们给大人陪个夜吧！”……

人群中嘈杂地呼应:“我们要给大人陪夜!”“我们要给大人陪夜!”……

“我和大家一起陪夜!”况祥脱去棉袍,露出一身孝妆,在一位老者的身边跪伏下去。

背景哀乐《江河水》《哭七七》从街景初起至况祥伏下循环奏着……

(五)

时　间　白天。

场　景　枫桥镇。

人　物　况家六人——况锺夫人、况锺子况寰夫妻、况祥、况祥子况和夫妻;受况锺重恩的四对平民夫妻;追送况锺灵柩的三十万苏州各界民众。

大明正统八年(1443)开春后的一个吉日。

枫桥镇。

(字幕)三千里运河上第一大镇位于苏州城西,扼运河要津,是明清时期全国最大粮食集散中心。著名的漕粮北输,枫桥即是始发地;又从晋朝开始直至太平天国前的一千五六百年里,苏州人出远门者,亲友间都必于枫桥运河码头举行饯别礼仪。

况锺柩舟在运河里缓缓而行,它船艄后面紧随数只挂着孝幛的小船……

运河两岸跪伏着着孝服的三十万民众。

(字幕)元朝末年天下大乱,战祸频仍,至明初全国人口还不足3000万,后经朱元璋三十多年的吏治整饬与重农养田措施,人口快速增至6000万左右。苏州府作为全国第一大府,下辖吴、长洲、吴江、昆山、嘉定、常熟、崇明七县一州(太仓)人口240万,苏州城区约近70万。此日来此跪送的几乎达到半城之数——只要能走动的,几乎家家都倾家前来叩送……

披麻戴孝的况家六人全跪伏于柩舟船艄，频频行还谢之礼……

柩舟后紧跟的第一只小船，舱内一对三十来岁孝饰的夫妇，正朝着挂着孝幛的喜神上香叩祷……

（旁白）“这是一对经历很是奇特的夫妻：女的手无缚鸡之力，却协助况锺歼灭了一帮杀人越货的长江水匪；男的有一身好武艺，长时间暗中保护况锺！现时夫妻俩决定举家迁入况大人家乡，永世追随护佑况大人冥世平安！”

第二只小船，舱内一对戴孝的壮年夫妻，女的在喜神前侍弄香烛，男的正在整理一些书籍……

（旁白）“这个男的就是长期蒙受况大人照顾的穷书生尚某，目今已是任职苏州府贫寒子弟塾学总监了。现在也举家迁入况大人家乡，志愿去当靖安况氏宗族的教书先生……说及他两人的婚姻，竟出于况大人智破的惊世骇俗的特大奇案！”

第三只小船，舱内一对青年夫妇，正双双朝挂着孝幛的喜神上香叩祷，尤其女的已泣不成声……

（旁白）“这对夫妻的遭遇既奇特又悲惨，更富传奇色彩：男的是个孝子，自小与守寡的母亲相依为命，长大后娶妻成家，其妻因单纯无知，中了坏人之‘局’，竟签字画押，将婆母卖给外地恶人为妻。孝子经商外地偶见母亲受苦……回家休妻并欲上告，按明法，其妻犯极大恶罪，当处凌迟（千刀）毒刑……幸遇况锺慧眼审辨还母子、夫妻、婆媳以团圆。现时夫妻举家迁入况大人家乡，以求永世追随况大恩人！”

第四只小船，舱内一对较年轻的夫妻，女的在喜神前侍弄香烛，男的正在小桌上指导两个小孩写“恭祈况大人冥福”……

（旁白）“这一对夫妻，即是大名鼎鼎的《十五贯奇案》的男女主角！他俩以及其兄嫂四人，是况大人冒着自己被撤职判徒刑的危险，硬从刽子手已经举起的屠刀下抢救活命的！现时一家四口也把户籍迁去况大人家乡江西靖安县，永做况大人治下之民！”

还有第五只小船，第六只小船……

（字幕）中国封建制度自秦始皇统一中国至清王朝灭亡，长达2100多年。其间具体统治的执行人——九品以上的正式官员，至少有好几百万之数！自然这里面，清官、好官也会有盈千上万，然而考检史实，能享受全社会官民群众如此般爱戴者，况锺实位列第一人！吾中国是全世界文官历史最悠久、文官制度最完备的国家。况锺堪称我国公务官员中最杰出，且最具后辈学习价值之楷模！即使在今天，所有的公务员都可以从“他如何做好一个官”的上面，学习到甚多甚好甚有用的东西——后面的三十六集中将一一地予以展示……

（六）

时　间　朝霞—暮霭—入夜。

场　景　运河两岸；长江两岸。

人　物　灵柩船上诸人；紧随灵柩船的诸小舟；其后的挂着孝幛的大小不等诸舟。

暮霭中运河里，灵柩船等诸舟奋力西驶……运河两岸有众多百姓徒步逐舟西行……

夜色中灵柩船等仍缓缓行进……河两岸有不等间距的一堆又一堆的祭祀火堆出现……江面过宽，只能隐约见到僻远处的闪烁火堆……

在行驶着的这些孝船及两岸上徒步的人群之画面上出字幕：

从离开苏州府西境的望亭乡直到江西靖安县的约两千里的路程，最终陪送况大人的各色舟船竟达百艘，各色百姓徒步跋涉的竟达两千多名！

在传统哀曲的伴奏里诵吟出悼歌：

秦皇一统到辛亥，
悠悠二千一百载。

大小皇帝三百多，

任用官员何止几百万！

孰个贤良孰个恶？

纵使代代出班马，

亦难周详来评说。

幸得民心有杆秤，

清浊正邪称准足！

（班马，指班固与司马迁，中国历史上最著名的两位史学大师。）

我多想，我多想，多想返活六百年，

觌面大人话家常。

话家常，话家常，恩泽润大众，

贡献益中华。

百姓父母民公仆，千古况锺第一强！

（返活，即往以前活过去。觌面，指面对面，这是一个古时普遍用的词，现只保存在苏州话中。）

第二集

（一）

时　间　白天。

场　景　（明宣德帝内阁第一重臣）杨士奇宅。

人　物　杨士奇；户部尚书郭敦；吏部尚书蹇义；杨士奇家人一名。

杨、蹇、郭三人礼见，上茶毕。

蹇、郭两人离座，跪叩于杨座前，同声地："求杨老大人救助！求杨老大人救助！"

"快快请起！快快请起！"杨士奇赶紧搀起两人，"两位都是贤良大臣，如遇难事，士奇定当伸以援手……"

蹇、郭两人相互谦让后郭敦说道："我户部行将大祸压顶——郑和第七次下西洋的宝船编队已滞泊于太仓浏河达半年之久！皇上很震怒……"

杨士奇："缘何滞泊？"

"只因苏州府的货物不能备出！要粮征不上库粮，要银收不上税银……这'天下第一粮仓''天下第一财库'的苏州府已彻底破产了！不瞒老大人说，苏州府已连续五年交不足粮税了，欠交总额已达近900万石了！"郭敦含泪说。

"这笔数额，可以供养北京城坐吃上五年时光啊！"杨士奇好不惊骇！

蹇义："不是农户们要奸作赖，而是他们负担惨重哪！老大人，我且转唱一首苏州农谣，你听听：‘一亩田无三石收，两石五斗付皇州。还有三斗抵徭役，剩下两斗怎糊口？！’”

郭敦：“你吏部也是罪责巨大呀！开国至今60多年，苏州府的知府官没有一个是做满任的！有的上任才数月就挂印留疏不辞而别；有的干脆不受任命……而你吏部呢，最近五六年就出缺不补……让一些劣吏恶隶操弄害民……”

蹇、郭两人又一齐跪于杨士奇座前，道：“我俩深知罪责难逃，甘愿受国法之严惩！现今只恳求老大人向皇上进个主意，救救苏州府！救救大明朝廷！”

“两位且快起来！”杨士奇显得很是激动，“我知道成祖皇帝迁都北京，用兵漠北，又六下西洋，耗费巨大，然依仗成祖皇帝重农政策、与民休养生息，国库日渐充盈……不意近十年间苏州府竟至如此败颓，实令老夫震惊与痛心……”

“禀老大人！原先很富庶的松江、常州、嘉兴、湖州、温州、开封、吉安等府，现都已财政拮据、入不敷出了呀！它们是我大明159个府中之名列前茅的大府啊！”蹇义一贯是快人快语的。

杨士奇双眉紧蹙，尽力自控地道：“此事，已非你我三人之事！容我与杨荣、杨溥两位辅臣周密议定后向皇上尽心进谏！依老夫看来，皇上一定不会苛责两位的，现且请回部理事，静候消息就是！”

“辛苦老大人了！卑职等将永生铭记老大人再造之恩！”蹇义、郭敦朝杨长揖到地。

（二）

时　间　白天。

场　景　皇宫内廷一殿阁；后金銮大殿。

人　物　三十三岁的宣德帝；五位重臣：三位内阁辅臣杨士奇（时年六十六）、杨荣（时年六十二）、杨溥（时年五十九），吏部尚书

蹇义，户部尚书郭敦；内侍若干；况锺（时年四十九）及八知府官；文武百官若干；仪卫若干。

宣德五年五月（1430）。

宣德帝在内廷一殿阁里端详着靠一边墙排列着的九块长屏——每屏额处依次标字：苏州府、松江府、常州府、嘉兴府、湖州府、吉安府、开封府、温州府、琼州府。屏间列有一些数字……

一名内侍小趋步至宣德帝跟前禀奏："皇上，三杨先生和蹇、郭两尚书已到阁口候召！"

宣德帝并未回头与出声，只是一只手示意召入，

内侍至阁门边朗声："三杨先生、两位尚书请入阁觐见！"

五人趋进。至皇帝跟前，伏跪致礼："臣杨士奇、杨荣、杨溥、蹇义、郭敦叩见圣上！"

宣德帝快速地搀起三杨："先生，免礼。"而两尚书则叩拜如仪。

五人平身后一齐注目起排着的长屏，脸上都现出了钦佩神情。

杨士奇："皇上如此费心！实乃吾大明之鸿运……"

两杨、蹇、郭："更是万民百姓之大福……"

宣德帝微微含笑地说："先生们坐！"见三杨坐下后两尚书还站着，就指着两人，"你俩也坐了！"两人连声道："谢皇上。谢皇上。"

"朕刚才粗粗盘算一下：这九个府的人户，不到全国的一成；税粮则要占全国的三成……尤其这个苏州府，现时已成为这九个难中的第一大难！……"宣德帝说到此面色凝重，伸出一指召郭敦要他说话。

郭敦："这苏州府一府七县，每年征纳税粮近300万石，比浙江全省十一个府六十六个县缴纳之额还多近一成！"

宣德帝："而今呢？"

郭敦："已连续五年征不满额，所积欠的数额已将近900万石了！"

杨士奇："自非农户们作奸耍赖，而是他们粮税所背惨重。"

"刚才杨先生唱了首苏州农谣给朕听：'一亩田无三石收，两石五

斗付皇州。还有三斗抵徭役，剩下两斗怎糊口？！’”宣德略激动地说：“朕念自古国家只有民富庶才得以享太平！若民贫困必由之致祸乱！嗣后应酌情视岁减免粮税，省征徭役，劝课农桑。”他又侧过头朝蹇义道：“你吏部要明白一个简单道理，古圣有言政在养民教民。教养之道，农桑学校而已。农桑之业修，则民能足于衣食；学校之政举，则民能习于礼义，如是则民乐善，则国泰安，天下大治岂会远哉！朕将本此，严选九邑之守令焉。”

蹇义忽然朝宣德帝跪下叩起了响头：“皇上！臣部有大罪，这九个大邑，守令非唯没有选好，尤其苏州知府官长时缺失……臣甘愿受国法严惩！”

宣德帝：“一个要紧地方，少了最要紧的官头，此乃老大难之主要难根所在！今日朕想先解决此‘难根’之事！朕现想及一法……”

群臣：“请皇上示下！”

宣德帝：“即日起令京师文武三品以上官员，每人必举荐这九个府的一个知府官，凡举荐得好，日后举荐人与被举荐人一齐受赏，凡举荐错了，则双方一齐受罚，乃至重罚！你等五人也都得举荐。以三日为限，吏部蹇义你汇总，尔后送朕圈裁！”

群臣：“微臣遵旨！”

三日后蹇义挟册至此，殿阁禀呈宣德帝。

宣德帝认真翻阅……操起朱笔，按府逐个填上姓名：况钟、赵豫、莫愚……填毕，吩咐蹇义：“知会这九人，明日朝会候召！”

蹇义应：“臣遵旨。”

（三）

时　间　白天。

场　景　明宫金銮殿。

人　物　宣德帝；内侍若干；文武百官若干；侍卫若干；重臣五人（三杨，蹇、郭两尚书）；九名知府官

是日，朝会。

金銮殿（即太和殿）上，百官按仪分列——凡在京六品以上官员都得到列：文左武右，各按衙署顺序站立（位列中间空出走道），大殿外丹墀两边也站立众多官员。

某内侍挥抽净鞭三响（表示朝会开始），在鞭响声里宣德帝从殿后走上龙案处，在龙椅上坐定，三杨侍立龙案一侧。皇帝示意一伟岸内侍："宣朕话！"

伟岸内侍走上龙案前的高台阶，朗声向众官员原词原句地宣说皇帝之话："自古道，国以民为本，民安则国安！国家之政，重在安民，安民之方在于挑选太守县令，一个地方太守县令贤良，则一个地方就会安定！若所有的太守县令都贤良，则天下就能大安！"

殿间所有的文武官员，个个从腰带上所系的小皮袋里抽出毛笔疾速地在各自所执的朝板（笏）上记录着……

宣德帝向右列第一排第一人问道："蹇尚书，所选的九名知府人都来到？"

蹇义出列躬身："人都在殿外候召。"

宣德帝以手示意大嗓子内侍，令九人上殿。

伟岸内侍向殿口内侍喊："宣况锺、赵豫等九人进殿见驾！"殿口内侍依声高宣……

况锺等九人循殿中间空道来到小丹墀前，横列好，一起跪伏三叩首："微臣等见驾，候玉音训示！"（皇帝的发声，正式的场合尊称为"玉音"。）

宣德帝："平身！"九人起，立定。宣德帝自己提高了嗓音，朝对九人说："而今慎选尔等九人，各付以一方千里之民，其安危皆系于尔身。尔必使众民衣食有资，礼义有数，体其休戚，均其劳逸，兴利除弊，毋为权威所胁！凡官员及公差人等有作奸害民者，务必据实奏闻，朝廷准予惩处！尔等亦宜奉法循理，庶几以副朕之委托！”

九人一齐跪下，齐声：“臣等铭记皇上训示！”

宣德帝朝文官列中排一官问道：“通政使，今日可有重大奏事？”

通政使（三品之官）出列躬禀：“回圣上，昨日所收之奏章，已转达各该衙署议处，彼等都会上报内阁酌处……”

宣德帝手招伟岸内侍至身边，小语几句，此内侍迅即登上小高台阶纵声喊：“退朝！”待皇帝转入殿后后，百官有序出殿……蹇义吩咐八知府说：“随吾去部领取诰身！”（诰身，官员赴任的委任书，由吏部签发给本人。）

大嗓门内侍快步来到面现疑惑的况锺身旁小声吩咐：“快去文渊阁面圣！”

（四）

场　景　文渊阁。

人　物　宣德帝；三杨；况锺；内侍数人。

况锺进阁，趋叩帝前……

“平身。”宣德帝点点三杨，说：“况锺，你乃三杨先生，吏、礼两部尚书力荐得膺此重职的。”

杨士奇：“是皇上慧眼识英才，亲自挑选你的。”

杨荣：“皇上刚才还跟吾等提及皇祖永乐迁都北京，一应祭告、庆赏、封策礼文，均出你措画，甚受皇祖赏赞，前后受嘉奖有三十一次之多。”

杨溥：“皇上当皇太孙监国南京，你曾陪侍两年多，皇上早已赏识于你！”

况锺伏下，连声道：“微臣深蒙天恩！深蒙天恩！”

宣德帝一只手拉起况锺，另一只手指着标有苏州府三字的长屏，对况锺道：“朕将这举国第一大府交付予你，认定你能胜任！”

“必须胜任！”杨士奇一字一顿地强调。

“吾向朝廷保证，一定当好这个知府官！”况锺内心颇激动，只是沉稳成性，除语气见重外，其他不见显露。

杨荣是个心直口快的急性子：“这个知府官，实在不大好当呀！”

况锺双眼对视着杨荣：“卑职上感明君知遇恩；中怀臣子为公无私心；下时时念着困苦中的百姓，鞠躬尽瘁，至死后已！”

宣德帝语重心长地说：“朕须得交你个底：苏州府目今已是我大明剧繁难治诸府中第一老大难之地。它的艰难处已扩泛至方方面面，有些艰难已成为了灾难——举国第一的大粮仓，近五年来竟年年欠粮……”说到此，皇帝有点说不下去了。

杨士奇：“五年欠粮额几近900万石呀！”

杨荣：“这欠额够养我北京军民五个年头啊！”

“啊——啊！”况锺真有点惊呆了。

“怎么了？你怕了？”宣德帝逼视况锺……

“皇上！再大的艰难险阻也不能把微臣吓成个临阵脱逃的逃兵！”况锺双手按了一下胸膛，朗声道，“微臣此间有一颗忠君爱民的赤心，粉身碎骨也要治理好苏州！”

宣德帝面浮笑意，点了点况锺胸膛：“朕就等着你这颗赤心了！”

“不过，不过……”况锺朝三杨这边摊了摊一双手。

“皇上，况锺想说，他徒有一颗赤心，却是双手空空……”杨士奇一目了然。

杨溥：“他想要朝廷拨款？”

杨士奇、杨荣都摇摇头……

宣德帝示意一内侍托盘过来，而后他指着盘内一份黄绢卷，对况锺道：“朕让你手握一份东西去上任，这是份敕书，到任后许你便宜行事之权：凡苏州府属五品至九品的命官，犯罪的，你可械拿送京，刑部按律惩处；凡府属诸吏以及一切隶役，有大罪，许你就地诛杀！”

杨士奇：“朝廷还赐你可以启用六百里快驿，随时专章禀报事务。”（驿，即驿道、驿站，当时陆路即用马，六百里即一日夜走六百里，苏州至北京约五天可达。）

况锺从内侍盘中奉过黄绢敕书，朝宣德帝伏叩：“谢圣上天恩！”

杨荣、杨溥低声小议：“现在是五月底边，坐驿船一个月可抵达苏州，六月七月正是稻禾生长关键之时……”

“皇上，微臣待会去吏部领了诰身，赶快前去赴任……”

“好呀！六月底朕候你抵任的禀报。”

况锺：“微臣三天后就离京，好得目今家口不多，连仆婢也只八口人，从张家湾坐陆路驿车，半个月即可抵任，一抵任，微臣即专章禀报！”

宣德帝听了十分欣慰：“好个况锺！朕记住你这份公忠体国之意！走陆路开支多，朕再赐你宝钞两千贯！你现时就去吏部领诰身吧。”（朱元璋洪武年间，规定纸币“宝钞”一贯合银一两，到永乐时即大贬值，宣德时约十五贯钞合银一两。）

况锺见持钞内侍过来，又欲向帝跪叩……宣德帝向他急摇手示意：别谢了，走吧。

（五）

时　间　白昼（同前）。

场　景　吏部内堂。

人　物　吏部尚书蹇义；户部尚书郭敦；门斗两人；侍役一人；况锺。

况锺进吏部【他本是在任的礼部郎中（相当于现今正司职），不时要进吏部办事，故与吏部上下很熟】。

进大门时，门斗禀况锺，两位尚书大人正于内堂等他。况锺径自穿大堂跨入了内堂，见两位尚书果真在候他……他快步趋前，拜揖如仪："卑职况锺见过两位大人！"（门斗，即大门传达员。）

两人起立，以长揖还礼，礼毕，蹇义示意况锺坐，并吩咐侍役上茶。

茶过一巡（即饮后，侍役续满各杯），蹇义递给况锺一绢卷："你的诰身！"

况锺领过诰身，转向郭敦，拱了个长揖，说："尚书大人，卑职本想领了诰身后，即时上户部向大人请安，同时还想向大人恳求个不情之请……想不到巧了，能在此间一并求见大人……"

"况知府，本官更想见你、求你呀……"

"郭大人如此言重，岂不折煞卑职了！"

郭敦："况锺兄，苏州一府的税粮乃吾户部第一宗大收入！谅仁兄现时已经知悉，该府已积欠五年的税额近900万石！我部现在不要求苏州府完纳欠缴之额，只要求该府足额缴纳今年之税粮！况知府，本部堂拜托你了！"随即拱了个长揖。

况锺："尚书大人，卑职抵任后，自要认真审察，仔细核查，届时准定专章禀告于户部。"

郭敦："只要你不欠今年的一石税粮，户部可以为你提供方便。"

况锺："吾原本只能侍弄礼制仪规，对食货方面很是生疏，而今恳请尚书大人在贵部挑一名熟悉钱粮的书吏助吾做税粮事务，此人最好是苏州籍人。"（食货，即"经济"一词的古称。）

郭敦一听，正中下怀，爽快地道："天下财算，十中之七是苏州人。吾准定给你挑一个一等一的高手！"他稍作沉吟，继续道："此人叫吴阿贰，原即是部里负责苏州税粮者——一个月后，他到苏州府衙报到！"

况锺起身，作长揖："卑职这就告辞了。"

（六）

时　间　白天。

场　景　官驿大道；苏州府衙。

人　物　驿夫一名；府衙役两名；苏州府（六品）抚民通判——无知府时府衙临时一把手赵忱（三十多岁）。

驿道上奔驰的驿马，穿城来到府衙口，驿夫下马，快步过台阶，将一卷递给一门役：“邸报！”随即转身快步至马处，上马驰去……

门役持卷快步进二堂，呈卷予赵忱：“最近的邸报！”随即转身离开。（邸报，朝廷发给各地方的“官报”，内容为近时已做或议定将做的事的讯息。时间不定，但频率相当密。）

赵忱展卷浏览中突发惊诧声：“啊！”

第三集

（一）

时　间　白天。

场　景　府衙。

人　物　赵忱；白圭（吴县县令）；汪仕铭（长洲县令）；刘正言（常熟县令）；张肃（吴江县令）；任豫（昆山县令）；傅德（府衙八品小官）；孙福（府衙九品小官）；衙役若干。

赵忱在府衙大堂上——邸报摊开在公案上，赫然现出“况锺任苏州知府”一行字。

他坐在知府座上，逐一点着下站的五名衙役，命令：“你去吴县县衙！你去长洲县衙！你去常熟县衙！你去吴江县衙！你去昆山县衙！”一边逐一分发着一封公函。衙役们转身离去。

站在公案一侧的孙福似乎在提醒赵忱：“是不是缺了太仓和嘉定呀！”

“太仓姓王的，跟吾等一条心吗？”赵忱不屑地答话……

站在公案另一侧的傅德抢过赵忱话头，冲着孙福：“嘉定缺县令，你不知道呀？！”

孙福有点没趣……

傅德手指敲着邸报：“这个姓况的……这个姓况的会是个什么样的人？！”

赵忱手指敲着邸报：“明日众县令来后，得好好研究研究况某人！”……

“京中邸报到苏州，十天，姓况的抵苏城，最快也得在二十多日之后。”孙福掐算着，欢快道，“有足够时间应付他！”

（二）

时　间　白天。

场　景　小四合院（况锺供职礼部时的住屋）。

人　物　况锺，其妻；第二子况寰，其妻；老仆况祥与妻；况祥子况和与妻。

况锺踏进家门，走向北屋中间（会客室），一边招呼家人：“都来！”

众家人从各自屋内出，走进北屋中间。

“都坐吧。”况锺放好包有敕书、诰身的小包，说道：“朝廷已命吾去任苏州知府，一任会好几年，所以得举家随吾南迁……”

众人都面浮喜色……况寰低声嘀咕：“苏州好地方！天堂！”

况锺只瞥了儿子一眼，吩咐况祥：“你去张家湾码头，定几辆驿车，三天后启程！”随手解开桌上小包，抽出一叠宝钞交到况祥手里。况祥转身出。

夫人：“老爷，走水路坐驿船，起居方便些……”

况寰：“南下路程三千里，得走个把月……”

况锺：“坐驿车，快，能早到半个月！人就辛苦点吧！”

夫人：“一切听老爷的。”

“夫人！吾家衣物不多，理两天足够了，吾平日所用书籍一本也不可落下。”接着吩咐况和：“临走前礼部会派人来接手此院落及一应家具的，你要逐件理好，记明！”

（三）

时　间　白天。

场　景　聚丰大酒楼。

人　物　赵忱；傅德；孙福；五个县令；衙役若干；酒楼方面数人。

赵忱在府衙口招呼众县令："诸位随吾走——"自己踏蹬上马，众人也都上马，一路来到聚丰酒楼。下马，衙役们去安顿马匹。

酒楼二楼面街的回廊倚坐有三名浓妆的妓女，正向过路人盈盈地笑着，一见来客都是些官员，赶紧俯首垂手而立……

赵忱领众人上楼，步入贵宾间……孙福故意落在最后，贼忒兮兮地走向妓女们，吩咐其中一妓："快再去叫五个雌儿来。"接着伸手摸另一妓的胸部淫荡道："今晚你陪老爷我，到时你给我唱唱《十八摸》……哈哈——"

贵宾间里，众都坐定，就候孙福……赵忱鄙夷地斥进来的孙福："你简直是只发情的公狗！"一侧身吩咐两役："守好此间之门，去关照楼下的伙计们，饭可以吃，不许喝酒！"

孙福讪讪地坐上了末位。小二陆续地上菜……

赵忱："今天酒都免了！嗯，按路程计，这姓况的，大约半个月后就来到苏州。这半个月里吾等都细细盘算盘算，好好准备准备，大的漏洞，尽快补上，必须补上！……"

傅德："这姓况的，摸不清他到底是块什么货！"

白圭："到时，吾们也在此备席丰盛的接风宴，再合伙送上一份厚礼。他若收了，大家彼此彼此，从此相安无事……"

赵忱："万一不收呢？"

孙福："千里做官只为财！黄澄澄的金子，白花花的银子，有人送上门，竟会不要？除非他傻了、疯了！若说他人傻，朝廷怎会派他任如此要职、肥差，嗄——很可能他京中有大靠山？……"

赵忱见傅德蹙眉深吟，就小声问他："傅经历想出了什么好法子？"

傅德向众人："吾看不妨这样——他一到任，吾等接风宴自然要请的，礼则不必送，大伙一齐给他送呈文，你要求收备倭船费，他要求增征商税，还有疏河道、摊采办供应……多种开支，请他批复，他怎么批复，字里行间他的真面貌不就显露出来了？！"

众人欣然地："此法甚好！"

"此法可行。"赵忱有点得意了，"知府大印一直由吾护着，他要批复各位的呈文，自要用印，到时吾就托病在家卧床，不给他送印，看他使什么姿态，用何种手段来取吾手中之印——他的品格就一露无遗了！"

众人纷纷竖拇指："到底赵兄念头高、手段好！"

"对了！诸位欲催税、增捐、摊派役工，以及更换里长、坊正，须用府衙大印者，趁印在吾手中，这半个月里赶快来用，他来了以后，恐怕难以现今这般方便了！"

"对！对！多亏赵兄提醒！"众人杂然纷纭。

突然一役急匆匆上楼，入贵宾间，禀报："新知府况大人已到枫桥驿站！"

众人愕然："什么？！……"一齐惊得立起身来……

赵忱问此役："尔如何知晓此讯息？"

"枫桥丁驿丞亲自来报的，他人就在楼下候着！"

赵忱刚欲开口令驿丞上来，傅德抢先道："此间不宜见他，容吾下去面询……"

赵忱频频点头。"傅经历真是足智多谋哇！"几名知县脱口赞呼。

傅德不一会进入贵宾间，说："讯息确凿！还是况锺亲自命丁驿丞前来禀告的！"

"他怎么会提前半个月？""真令吾等措手不及呀！"众人乱嚷一气。"赵老大，现今怎么办？"

"乱什么？！"赵忱止住大伙，说道，"早来晚来总是要来。傅老弟，你看……”

“依吾看，在未弄清况某与我们同心或则异心之前，不可过于慌张！况某今天目的乃要我们从速接他进府衙，且不妨冷落他今明两天……待后天，请从太湖回来的王通判领我们去他驿馆接他……”

“吾呢且托病在家。”赵忱紧接傅德话茬，“大印在吾手中多一天是一天，你等借这喘息时间，把先前所议之事，办了。还有，孙福领些皂隶去把府衙内宅，收拾一下，里面有好几年无官住了，怕蛛网鼠虫快成灾了！”

“一切都依先前所议好之事去办！”傅德加重了语气，又说，“吾去通知王通判，让他领衔接新官。”

众人走出贵宾间，下得楼梯……傅德朝柜台后的老板丢下一句话：“所有开支都记在府衙账户上！”

待得这伙人走净，老板操着绍兴腔，咬牙切齿骂着：“娘杀的！记在账上，府衙已多少年没给过本店一分钱了？！鸟毛也不拔一根！从今以后，你们再要来收什么捐呀税呀的，老子就把这个府衙账一笔笔地顶！！呸，贱儓！盗生！”（鸟，读“屌”音，江南人在骂人时，“鸟，屌”同音。儓，古代人分十等，最末一等是“儓”。）

（四）

时　间　白天。

场　景　枫桥驿馆内外。

人　物　况锺及其家人；府衙王通判、傅德、孙福；六县令；衙役、驿役数人；轿子两乘。

况锺安稳地坐于驿馆小客室中，儿子况寰，家仆况祥、况和父子侍立着。

况寰：“父亲！丁驿丞前日下午已通报府衙，别说当天了就连昨日一天竟也一人不来，这伙人真够胆大妄为的！”

况锺：“吾想今日他们会来。”

丁驿丞应声进来禀告：“况大人！府衙之人已到馆门口。”

况锺：“请他们进来！”

丁驿丞引导府衙三官暨六县令入见。况锺出具任职诰身给他们过目……

王通判伏叩，自报家门：“苏州府缉盗通判王尚拜见知府大人！”

伏于王氏身后的傅德、孙福，亦自报家门：“府衙经历司经历傅德、知事孙福拜见知府大人！”

伏于傅德、孙福身后的六名县令齐声报道：“府属吴县、长洲县、吴江县、常熟县、昆山县、崇明县知县拜见知府大人！”

况锺循声拱长揖还礼，同时道：“请起！请坐！”

况祥、况和端盘给诸官上茶，茶过一巡，气氛有些冷场……

王通判：“况大人！卑职等已在本城最大的聚丰酒楼，备下了丰盛的接风宴席，诚请大人暨夫人等赏光！”

“我父亲四十多年来之饮食习惯：菜只是一荤一素一只汤，且从不沾酒，很厌恶大鱼大肉！丰盛的酒席，诸位老爷尽可自用！吾家现时最需要者，是赶快进府衙内宅安顿！”况寰早已满肚子不痛快了。

王通判瞥见况锺颔着首，鉴貌辨色说：“好来，听从公子尊意，吾等在前面领路便了。现且稍候，待吾等去安排一下……”

待等衙役来请况锺及其家人走出馆门时，鞭炮轰响，知府行道的仪仗排列成序，衙役们已经敲起大锣，放出大声：“新知府莅任了！新知府莅任了！”

况夫人与况寰妻坐进了两乘小轿……

府官、县官们都在自己的马夫牵辔下，踏蹬上了各自的高头大马……

一个马夫给况锺牵来一匹羸马，一旁的况和无法再控制情绪，给了马夫一拳：“是谁叫你这般欺侮人的！是谁？是谁？！”

况锺见此羸马，尤其跟诸官坐马相比，也简直不敢相信自己的眼睛了，逼问马夫："为何让本官坐此病马？"

马夫既怕且急，答说："大人，此马就是知府官专坐之马！它无病……"

"他们坐的马这般健壮，而全府最大官的坐骑，却如此瘦弱！这里边……快说！快说！"况祥也是满腔怒火了！

"禀大人，此马确是知府官的专骑，只是好几年来没有知府官，没有人骑它……"

"没人骑它，倒会这样？"况锺、况祥、况和都被弄糊涂了。

马夫："我调来喂它还不满十天，以前那个马夫跑了，喂它的料都叫那个丧良心的吞掉了！这马儿可怜呀，是饿成这个样的呀！"

况锺严厉地对马夫说："限你两个月，将它喂壮实了！喂不好，叫你蹲牢房！"

"大人！求饶恕了！"马夫叩头连连，"它已十几岁了，养不壮实了！"

"好吧，尔先喂着它！"况锺怜惜地抚着马儿，"吾会安置妥帖的！"

此时围观的百姓中冒出了杂议声："这种接官场面，出娘胎以来没见过！""府衙这伙鹭鸶腿上剥肉，叫花身上弄布的瘟官，啥个刮精事体做不出来？！""你看看连马夫也成了贪赃货，吾伲苏州还有救么？！"

况锺只当"耳旁风"，自顾自地说："走！无马骑吾就步行吧！"

众官一听，回头看了看，个个下得马来，面色尴尬地步行起来……

仪仗衙役又煞有介事地鸣锣开道……

孙福导引着况锺一家来到府衙内宅。

孙福告知况寰："这是书房。"况寰招呼抬书籍的衙役，助他码列书籍。

孙福领况祥夫妇至灶间，告知："米、柴、油、盐、酱、醋诸物已备十天之需……"况祥不免嘀咕："十天？"孙福一本正经："府衙经费拮据，这还是吾代为垫付的！”况祥：“稍等，我结钱！”

孙福引况锺至卧间，谦恭地：“知府大人，请别嫌简陋！实因好几年主官缺位，内宅无人居住，许多家什非损即缺，不瞒大人说，这架大床，还是私人的呢！”

况锺：“按制，内宅诸家什一应都有府衙备好，怎么还要向民间征用睡床？！”

孙福：“禀大人！苏州因多年收不上税捐，府衙费用拮据……此睡床还是卑职从自家抬过来的。请看这床的棕垫还是蛮紧蛮软熟的呢！”

况锺吩咐况和：“你把这床抬还孙知事府上去，本官岂可占用他人之物！”

孙福跪下，说：“大人，主官内宅应用诸物本应备齐、备好，只因大人来得急速，卑职一时措手不及，临时凑上顶用已属罪过，只求大人大量容纳，容卑职来日筹款备上。”

“向吾哭府衙之穷！更哭苏州府税捐之穷！”况锺不禁心中暗语，但表面则微微点头，冷不丁地问了一句：“谁护知府大印？”

“是赵忱通判。”孙福脱口应声。

况锺：“你去知会他缴上印来！”

“嗯——嗯——”孙福支吾了一下，赶紧补话，“他、他重病在床！吾、吾遵大人命去知会他！”

第四集

(一)

时　间　白天。

场　景　府衙内宅后门外蔬菜集市。

人　物　况锺、况祥夫妇；府衙食堂厨子；菜贩、菜农若干。

新来乍到的况锺，为熟悉内宅起见，随意走走。

况锺来到内宅后门，瞥见旁边的灶间里况祥手提竹篮和他妻子正朝后门走来，况锺问况祥："买菜去？钱带好了？"

况祥从衣袋里掏出一张钞票，说："一贯，约当六十文钱吧！今晚一餐，连明日三餐的菜都够了！"

况锺："吾跟随你们后边看看！你们买你们的。"

他们走出后门，走向街巷的不远处。

街道两侧排列摆着各色各样的菜蔬，还有水产、活鸡鸭以及肉摊……

况祥先到"市正"处将钞票换了几十文铜钱，随即买了点韭菜、豆腐，与一些鸡蛋，正欲再买几条鱼时……

况祥身后忽然走出一个厨子样的人来，指着鱼盆里的不少鱼，吩咐两个随从皂隶："全要了！"皂隶们抢着捞鱼丢进所携的竹筐里……

鱼贩急了："厨大爷，你不称斤两，怎么算钱哪？！"

厨子："不必称！给你估个价吧！给十文钱！"

“十文钱！这样鲜活的大鲫鱼，至少要五文一斤，这些有十好几斤呢！……”鱼贩快急哭了。

“明日新知府大人要会见府里、县里的官，有十好几位呢！我还得去拣肉挑鸡呢！”厨子掏出一把钱，点了点，丢到了鱼贩子装钱的小竹匾里，道，“给你二十文！走！”

鱼贩子一屁股瘫坐地上，冲向厨子远去的背影，咬牙切齿咒骂：“断子绝孙的官强盗！新知府是个害人精！丧门星！”

况祥夫妻听得目瞪口呆、手足失措……

况钟也都目睹耳闻，心中着实地难受……

（二）

时　间　白天。

场　景　府衙二堂。

人　物　况钟，况寰，况和；王通判，沃通判，傅德，孙福，六县令；衙役数人。

堂间主宾相见如仪。

众官向立于主位的况钟拱长揖：“卑职参见知府大人！”

“诸位请坐。”况钟打恭回礼。

况和上茶……

“这位是——”况钟问新面孔官员。

“卑职是新调来的知府通判沃能。才来数天，府衙诸事欠知少识，还请大人多多指点！”

“本官也是才来数日，府衙事务，一时难以上手，须请两位通判、傅经历、孙知事多上心，多辛苦了！”况钟故作不经意地，“嗳——护印赵通判身体还欠安么？”

傅德禀道：“赵通判还在服药。”

况锺呷了一口茶，说："本官原想与府衙官员及所属知县正式见个面……现今，府衙之官竟只有五名！……遵按吏部规章……沃通判你心中是最清楚的！"

沃通判数着："像我苏州这般一等大府，至少应配有五品府同知一员，各色六品通判四员，七品推官二员，经历司八品经历二员，九品照磨、检校、知事六员……至于不入流的吏员则四五十员不等。再下边的捕快、皂隶更得百数开外了。"

"府上官员欠缺如此之多，实因本府公事难办呗——他们都胆小怕事呗！"孙福熬不住信口开河起来。

王通判："尽管人手少，吾等还得用心干！"

吴县知县白圭："千斤重担，况大人挑八百，剩余二百斤，吾等也得分着挑哇！"

况锺："诸位看看，可有什么事务须本官审处者？"

傅德出位奉呈六份申详："本府吏、礼、户、刑、兵、工六房申详，请大人审批！"

六县令出位奉呈六份文书："下邑申详请大人审批！"

况锺拿六房申详交给身边的况寰小声吩咐："拿到屏后，简要记下其内容，然后给我！"

况寰持申详转入屏后。

"六县之申详之事，可能有的还需去县间实地勘察，"况锺顺次看看六县令，"贵县，是这个理吧？"

况寰从屏后出来，交申详于况锺。

况锺把六份申详交到傅德手中，同时说道："本官相信傅经历与六房书吏公忠恤民之心，你等照办就是！如若须用知府大印者，暂且只可去赵通判处一用了！"

众官相视无奈，无可说之话……

"诸位！本官打算抽出个十天半月，到府城街面上去走走，以便熟悉熟悉此地的风土民情……"况锺说毕站起身来，伸出手端起了茶杯……

众人一见知道主人"端茶送客"了，纷纷告辞起来……

"张知县，贵县致仕的平思忠老先生，日子过得怎样呀？"况锺走近吴江县令耳旁小声问。

张肃不加思索地应答："他呀，一直百事不问！从不到县衙来走走。不客气地说，简直是个无用老废物！"

"啊！"况锺提高喉咙招呼大家道，"诸位！下次会晤，本官会预先派人知会的！"

（三）

时　间　白天。

场　景　府衙二堂；避弄。

人　物　况锺；况寰；况和；吴阿贰；衙役两人（含门斗一人）。

况锺正与况寰于二堂翻阅适才的一些申详记录。

门斗立于二堂侧小门处向二堂上大声道："大人！有南京户部书吏吴阿贰在府衙口候召！"

况锺："快领他进来！"

门斗消失在二堂侧小门里……他跨出府衙大门，对立候之人道："请随我来……"两人走大堂边的避弄，来到二堂前部侧小门处站定……门斗大声道："禀大人，人已领到！"（避弄，大宅第必有的设置，含丰富的古人生活内涵。）

况锺停止翻阅道："请进！"

来人趋步，伏拜，自报家门："南京户部书算小吏吴阿贰叩见况大人！"

况锺立即伸手扶起吴阿贰："坐，坐，坐下说话。"口吻间颇带亲切味。

况和递上了一杯茶，况锺接过茶杯，转递给吴阿贰……

"折煞贱吏！折煞贱吏！……"吴阿贰十分畏葸地伏地连连跪叩……

况钟一把拉起吴阿贰，脸色严肃，对吴说道：“官场上把吏看得很低贱，贱不贱，就看该吏本身的品性和作为了。不瞒你，本官年轻时就是个小县吏，还不如你这个部里来的吏高呢！哈哈——”

这最后两句很显真诚之话，瞬间就拉近了两人间的距离……

“夏尚书告知吾，吴书吏是专职苏州府税粮的书算手，且还是苏州人……”况钟按吴阿贰坐下。

“是的！大人，小的家就在府衙后门的同条里弄里。”

“想不到，想不到吾们还是‘金乡邻’来！”况钟话锋渐转，“本官数十年来一直侍弄礼仪规矩，对这钱粮政务很是陌生，而苏州府钱粮极其剧繁，吴书吏呀，你要加倍用心、加倍费力地助吾！”

“苏州乃小的血地家邦，小的日夜企盼它兴盛安睦！而今贤大人来此管治，今后大人有用小人处，小的一定尽心尽力，牛马效劳！”吴阿贰满脸真诚。

况钟：“吴书吏，这府衙内之人你可熟悉？”

“回大人，小人每逢年底有假半月可以返苏省亲团聚，府衙户房王书吏钱粮事务上有所交往，其余之人，都很生疏……从小人家眷口中，他们中的大多数，常遭百姓诟骂！嗄，对了，府衙陆捕头可以问问……”

况钟：“陆捕头为人可靠？”

“他家同小人家也住一条里巷，吾与他自小一起长大。他很反感府衙中的那伙人。小的敢于担保陆捕头的为人！”吴阿贰渐现激动。

况钟伸手招来况寰向吴书吏介绍：“此乃二儿况寰，吾已叫他停学，专做吾整理文书的助手，一来让他于官场里历练历练，长长才干，二来那衙署里的文书，一字一句都关系匪浅！那些无良之吏，常仗舞文弄墨以逞其敲诈坑害之奸心……”

“吾是名苏州府编外小吏，既不领薪俸也没有办公的衙署。”况寰玩笑地自嘲。

吴阿贰连声道：“钦佩！钦佩！”

况钟当机立断地吩咐：“吾等三人今日晚饭后去陆捕头家访访他。

吴书吏，到时你在后门口等候，领路。”

“遵大人命！”吴书吏作长揖，转身进小侧门走避弄出府衙回家。

（四）

时　间　黄昏，入夜。

场　景　里弄中陆捕头宅内外。

人　物　况锺；况寰；吴书吏；陆捕头（三十来岁）。

吴阿贰领况锺父子（便服）站在陆宅口，叩门。

户内有人，启闼，探头见是吴阿贰：“是你呀！”开门让进……

坐定。陆捕头问吴阿贰：“这两位是——”

吴阿贰答：“新到任的知府况大人和其二公子。”

陆捕头稍见迟疑，随即向况锺伏叩：“小的府衙捕快陆大根拜见大人！”

况锺拉起陆大根：“坐下说话。”

陆大根站着不动，脑子飞快转念头——堂堂知府，于夜间便服到吾贱吏的陋居说话，八九不离十要吾为他父子干什么难以见人的私活——想到此，就说道：“大人有什么吩咐，尽可明日大堂上叫上小的，下令就是！现在屈尊枉驾贱处，实实折煞贱吏了！”

况寰：“也是一口一个贱吏！”

吴阿贰：“他与我可不一样！他家祖上是赫赫有名的苏州陆家！”

“苏州陆家乃著名的名门望族！代代辈出重臣贤才！”况锺面现敬重之色。

“惭愧呀惭愧！小子不肖！小子不肖！”陆捕头几乎要掉出泪来。

“大根呀，是府衙里叫你去做事吧？”客室里边的卧房中传来了一位老妇人的声音，“姆妈关照你，不管出去做啥，记牢四个字：天理、良心！”跟随一连串的喘咳声……（姆妈，苏州人对母亲的称呼，至今依然。娒，音“每”。）

“姆娒你放宽心，吾伲捕快队在府衙里是最干净的！”陆大根这话大一半是说给来客听的。

吴阿贰：“伯母的毛病又发了，去请观前金郎中看看，伊格本事真个好！”

“诊金太贵！吾、吾、吾现在连最便宜的小土方也撮不起了……”陆捕头嗫嚅道。

吴阿贰：“怎么回事？！”

“户房王书吏说商税难收，我们捕快队过年起到现在实足半年一个制钱也未发！”陆大根操起火镰，点了油灯。

况锺：“你月俸多少？”

“八百文。”

况锺对儿子耳语几句，况寰出得门去；况锺就着微弱灯光，看看这间客室真堪谓家徒四壁呀……

况寰进来，掮来了十二贯钱。

况锺指着桌上的钱，以不容反驳的语气对陆捕头说：“这十二贯钱是本府支给你今年全年的俸钱！从今年起你的月俸不是八百文而是一千文！”

“大人！大人！……”陆捕头哽咽得难以成句。

“确实，本府前来欲叫你干些事……不过，你得知晓，凡本府欲令你去干的事，一定本着天理、良心四个字！至于那些见不得人的丑陋勾当，则恰恰正是本官衔圣命来此整饬、痛剿之者！”

“大人！就请即时下令吧！”

“不！吾现给你五天假，好好为你母亲诊治诊治！你这间屋里也多少该添几件必要的家具！”况锺立起身，“记好，五天后到二堂来见吾，有要事交你办！”

陆大根：“小的记牢了、记牢了！”

（五）

时　间　白天。

场　景　吴江贫困致仕平思忠家（河浜间荒僻处草舍）。（致仕，古代官员退休之专称，分两类人：①年满七十岁者；②有重病且无罪者。）

人　物　况锺父子；况和；平思忠。

况氏三人穿过竹篱门，走向草屋，屋间芦席上盘腿坐着一位眼有点昏花，耳朵也重听的老者。

况锺走至老者跟前，作了个长揖，说："平老前辈，后辈况锺前来拜谒……"

况寰、况和一前一后地跟着向老人叩首、起立。

"你是况锺？"老者一手招于耳上，蹙起双眉辨认着。

况锺："正是况锺。拜谒来迟，望前辈恕罪！"

"你是本月中抵的任，今日才二十，就来看吾，怎可说是来迟？"（时为宣德五年六月。）

"前辈一如既往，细心关注府衙动静，着实激励我晚辈呀！"

"你也一如既往地是快速理事的风格——今日登临吾这'烂草殿'，不会仅为朋友间寒暄寒暄吧！"老人脸泛一丝狡意。

"前辈此间还有何人在？"况锺环顾草舍。

平思忠："有个小僮，刚捉到几条黄鳝去小镇售卖，约得个把时辰回来吧。"

况锺："况寰、况和，去屋后煮水泡茶！"

平思忠："喝茶？吾今天可没有茶叶，只有白水奉敬。"

况锺："吾深知前辈嗜茶，此番前来拜谒，就带了两斤苏州东山产的水月茶权作敬贽。"（水月茶，即著名的土特产茶"碧螺春"的前身名。）

"知吾者，况老弟也。好，你吾且喝茶……"

况寰、况和侍茶。茶过一巡。

“晚辈吾身衔重命，任职此大府，只缘新来乍到，人地生疏……管治之方略，务乞前辈多多指教才好！”况锺明人面前说出亮话。

“吾是老苏州，又长时间任过与各色官吏交道的职司，自然对管治之第一号老大难城邑，有所用心！有所规划！”平思忠旋过上半身，从身后的矮桌上拿过一节竹筒，“里边有份东西，你拿回府衙细细一看，虽不敢说多么高明，至少能助你拾个遗、补个缺！”

况锺深为感激地亲为平氏茶杯中斟上茶，恭恭敬敬地奉给了平思忠，并道：“谨以此表达晚辈以及苏州百姓对前辈的致敬致谢之意！”

在从平家返府衙的小舟中，况锺、况寰、况和三双眼睛盯住了那节竹筒……

况寰、况和相视，兴奋地说：“里边准是解老大难之高明妙法！”

况锺微摇着头，沉思着……

第五集

(一)

时　间　白天。

场　景　府衙二堂。

人　物　况锺; 况寰; 况和。

况氏父子在二堂拆视平思忠所赠的竹筒。

况寰心急地伸手欲拆竹筒……

“且慢!”况锺制住儿子, 说,“先待你我洗净手, 为父还得给皇上的敕书焚上一炷香, 之后再拆看!”

况和打上火镰, 让况锺点了香, 插好于敕书前的小炉中, 况锺边拆竹筒边说道:“老前辈奖掖后进, 只能是循循善诱, 断不会越俎代庖的!”

一张渐次展开的长卷纸——一行行的文字陆续映入三人的眼中……

(同步画外音)苏州被以‘第一老大难’之恶名, 乃出于——

一难: 税粮过重, 民不堪命, 实第一大灾祸。

一难: 杂捐摊派, 敲骨吸髓。

一难: 任意充军, 冤案山积。

一难: 良民抽出, 莠民涌入, 民风颓坏。

一难: 千里漕运, 粮户无不卖儿鬻女。

一难: 举家逃亡之农户, 近十年已达十几万户。

一难：官兵化盗，公然杀人越货，天理不容。

一难：里长圩老蜕成坊间村落恶霸，神人共愤。

一难：地痞恶少，拉帮结伙，鱼肉庶民，府县法司形同虚设。

一难：官贪吏污，上下勾结，百姓都欲“食其肉，寝其皮”，大乱迫在眉睫。

古圣有训：治民先治吏（这行字体墨迹特显粗重）。

况钟手指头重重地点着第一难，然后又迅速移至“古圣有训：治民先治吏”这行字上，稍稍沉吟后先吩咐况和：“传吴粮吏！”又吩咐况寰：“去陆捕头家问他府衙的六房书吏常在何处相聚？”

吴粮吏进见，况钟问他道：“还有两月，今年新谷就登场，户部要的税粮，你估算今年可征至几成？”

“至多六至七成。”

况钟：“吾今晚即上求免之章。你去列份必免额之明细单来！”吴粮吏转身出。

况寰过来禀父：“不是在赵通判宅中密议，就是在几家大酒楼吃喝玩乐！”

况钟：“明日先去几家酒楼走走！”

（二）

时　间　白天。

场　景　闹市路间；里弄底破屋。

人　物　况钟、况寰、况和；数残疾小儿；数无赖；数捕快。

况钟微服，扮成账房先生，对况寰道：“你现在是一名江西瓷商，要有点气派！对吾可以颐指气使。”三人正在路间走着。

忽然路旁三个残疾小儿窜过来抱住况寰的腿，大声讨钱……

况寰一怔，见小儿们的确残疾得可怜，就吩咐况和：“每人给五个钱！”

小儿们受到了鼓舞，忘了形地叫嚷：“发财的大爷，我要吃大肉面！……”

况锺俯下身，察看小儿残处——一个左手掌四指根似刀砍般；一个少了一目；一个断缺了一小腿，明显非病而是伤所致，就每个给了十文钱……

小儿们欢快地朝路边一巷弄进去……

况和机灵地注视着三小儿，隔远望去，见一名壮年汉收过三小儿的钱，随即支使三小儿再回大街乞讨。况和凑近况锺告知这番状况。

况锺示意况和，去跟踪那名收钱的壮汉。

况和尾随壮汉，拐了一个弯，来到里巷底，见那壮汉踅进了一间破屋，况和悄然靠上，隔着破窗，见里边地间有破席，席间杂然坐着五六个成年人，中间还有个妇人，大伙喝着酒吃着肴，哄闹着……有几个还彼此抢夺分摊的钱……

一会儿，况和快步回来禀报况锺：“在这巷弄底一拐弯处，有间破屋，里边有五六个大人正在喧闹、喝酒、分钱！”

“是伙骗钱的歹徒！”况锺不免焦急，“可是，跟前缺少人手呀……”

况寰眼尖：“嗳，那边走来俩捕快！吾去对他们说，叫他俩再招呼几名捕快来！”

“要快！”况锺转过头对况和说道，“残疾小丐，看来他处街道上一定还有，很有可能我们撞到了一伙专门残害小儿，逼他们强讨的犯罪帮伙！”

况寰领着四名捕快，奔了过来，由况和引路直插巷弄深处，果然在那间破屋里，竟还多出了几名妇人喝着酒，喧闹着分钱……捕快抖出铁索，那伙人吓得魂飞魄散，个个束手就缚……

况寰吩咐捕快：“把他们押于府狱！由捕快队看守！大人要连夜亲审！”

等捕快们走后，况锺吩咐况寰、况和：“走！吾们去把那三个小丐与散在别处的那些可怜孩子收容起来!”

况寰、况和:“好咪!”

(三)

时　间　**白天。**

场　景　**府衙二堂;聚丰酒楼。**

人　物　**况锺、况寰、况和;陆捕头;府衙五书吏;酒楼方数人;卖唱父女俩。**

况锺坐于案间阅着昨夜的案犯口供。

陆捕头沿着府衙避弄来至二堂侧小门处站定,大声道:“禀大人!府衙捕头陆大根进见!”

况锺应声,站起招呼:“进来!坐。”

陆捕头:“告坐。”

“你怎会想到,全府拐卖、残害小儿,逼他们强索硬讨之犯罪团伙的大窝主是谁?!”况锺愤愤地拍着这卷口供纸,“竟是府衙刑房书吏张乙!”

陆捕头:“他仗着自己手握那些地痞无赖的把柄,给他敛钱上供!大人,一定不能轻饶他呀!”

“轻饶他?哼!”况锺抱拳向斜上方打了一恭,“大明律之最重刑等着他!”

陆捕头立起身:“大人!我现在就去抓?!”

“不!且不可打草惊蛇!他们六房中不但还有五个坏伙,”况锺用手往上指了指,“上头也还有好几个恶货呢!”

“那,现在我——”

“派个机灵点的捕快,紧紧盯着他!要不动声色地盯着他!另外,吾这几天要变成个平头百姓,先到几处酒楼逛逛……你也得派两名机灵捕快，紧紧地盯着我！不过得远远地盯着，不可露馅啊！”况锺说完自己也笑了起来。

“遵命！”陆捕头忽然想起，问，“大人！六房书吏可认得你？”

况锺：“府衙中的官员除赵忱外，差不多都见过了。吏员么，除你与吴粮吏外，其余人都未照过面！”

“大人！尽可放胆地去逛街吧！”

况锺依然账房装扮，与况寰、况和来至聚丰酒楼，举眼向进深处靠河的一张大桌望去，只见五个府吏围着丰盛的肴菜，忘形地喝着酒……

况氏三人在稍远的另一张桌前坐了下来，小二过来招呼……况寰说道：“先来一壶好茶，肴菜稍停即点。”小二应声，动作……

此际，走进来一对卖唱父女……吏员席上有人狂叫他俩：“过来！快过来！”

老者是个盲人，在女儿搀扶下，走近桌前，怯怯地问：“老爷欲听何曲？”

“《小尼姑思凡》《小寡妇上坟》《十八摸》……”秽言浪声哄然于楼堂之间……

老者怯怯地说：“大老爷！这些个不可唱……”女儿说：“这些个，小女子也不会唱！”

一吏被女子的硬口气引了过来，伸手摸了把女子的脸，道：“标致姐你会唱什么？”女子强忍地道：“《月儿弯弯照九州》。”

“不听！不听！”几个吏大声嚷嚷。

摸女子脸的吏喝住他们：“不！就听她唱！”

老者操琴调了调音，古曲响起，女子噙着泪伴着曲律唱出声：

“月儿弯弯照九州，

几家欢乐几家愁。

几家夫妻团圆聚，

几家飘零在外头……”

“去他的！去他的！这有什么好听的！换一只唱唱！”几个吏乱嚷嚷。

女儿在盲老人耳畔低语了一声，老人换了曲调，女儿随曲调而唱：

“白米饭好吃田难种，

山歌好唱口难开……”

一吏一巴掌拍掉了胡琴，吼道：“大爷我等听曲是寻开心的！你俩是作死呀！叹什么苦经？！唱什么丧曲？！”

此时，只有摸脸吏独个鼓鼓掌……他问女子：“你俩还没有吃早餐吧？小二！拿一盘小笼包来，不要忘了两碗汤！”小二应声，动作……

父女俩是饿极了，惶恐地谢过，开始吃起来……

摸脸吏小声地对其余四吏说：“我知道你等都想要她！别争，别争，我有个好法子——这里有一颗骰子，往这碗里一掷，谁掷出红来，她就归谁！”

“如若有两人都掷出红呢，怎么办？！”另一吏提出疑问。

“笨蛋！这两个人继续掷呗，终有一人会掷败的！”

“好咪，我们就开始掷！”

大碗中骰子在急速地旋着、旋着……

第六集

（一）

时　间　白天。

场　景　聚丰酒楼内外。

人　物　况锺、况寰、况和；府衙五书吏；酒楼方数人；数捕快。

酒桌间五书吏掷着骰子……淘汰一个……又淘汰一个……再淘汰一个。

五人中剩下两人出“红”：工房吏朱阿土与吏房吏尤大刚。

朱阿土朝尤大刚道：“六房中你吏房排第一，你是我等的老大，那个雌儿吾不跟你争了，吾不掷骰子了！”（中央六部直到县衙六房，排列位序为吏、礼、户、刑、兵、工。）

“尤老大！姓朱的让，不真的是讨好你呀，他家里有只雌老虎呀——任你奸任你刁，敢对旁女瞄一瞄，老娘一脚踢断你的腰！”礼房吏杨大力真是猥亵到家了。

“好，那就承让了！”尤大刚见父女俩已吃好，就拉过盲老人对他说，“你女儿现在归吾了！你呢，吾给你一贯钱，就自己走吧！店老板，拿一贯铜钱来，是向你借的啊！”

“吾父女俩愿意这么做么？！”卖唱女既惊且恨，“吾就是饿死也不会跟你这种人的！！父亲，我们走！”

尤大刚一把拉住女子，说道：“走？你俩已经受了聘，居然想赖婚——”

“你、你们有钱的，怎么这般无良？！无耻！我、我问你，我何时何地，受过你何物之聘啊？！”盲老人真的被击蒙了，激怒了。

尤大刚一把拉过盲老人，随手抽了他几巴掌，大声道：“打你几巴掌，因为你口吐恶言骂人！你问我何时何地何聘物，我现在告诉你，是此时、此地、小笼包为聘！”说毕，用力一推，把老人摔到了墙角里……

卖唱女大惊恐，奔过来救父亲，况锺也急忙跑过去帮忙扶老人……

况寰义愤填膺地站在了尤大刚面前：“泱泱苏州，怎可容下你这么一个歹毒奸刁、披着人皮的畜生？！不过，我倒想听你说说小笼包是聘礼的歪道理。”

尤大刚刚见况寰富商衣饰还不敢太造次冒失，现听对方骂得十二分难听，不禁怒从恶胆生，一把揪住对方衣领，伸出另一掌掴了好几下，接着说：“你听好了，为何小笼包是聘礼？小——她做我的小妾，还是第三房呢；包——我包下她了，包多长时间，我说了算！两碗汤——她父女俩端了我的碗，就得听我的管！混账的东西，你明白了？快快滚蛋！”其余恶吏也围了过去……

况寰临时双拳难敌四手，就擦着脸面嘴角上的血渍，走向店门口，朝大街对面两捕快急招手，碰头，急声吩咐：“快再召几位伙计过来！”

一捕快吹起了响亮的呼哨，紧跟着陆捕头带着四名捕快飞奔而来……

陆捕头等捕快一进店门即趋步伏叩于况锺跟前：“府衙捕头陆大根拜见知府况大人！听候差遣！”

店内人众，无不大惊失色，尤其五个恶吏由惊愕到讶异再到肢体开始“筛起糠”来……

“你快去左近请外科郎中到这店里来看诊！”况锺吩咐过一名捕快，就厉声命令陆捕头，“把那五个人面畜生捆起来！先把他们押在吴县县狱里，你派队上的伙计守着！除我外任何人不许靠近！”

店小二对最靠近的一名捕快悄悄说："捆的绳子不够，我伙房里有！"

店门口以及大街两岸聚观的人群，见捕快们牵着五花大绑的五个家伙，从身边经过，绝大多数人眉飞色舞，鼓掌叫好，有些大声喊："杀！""杀！""杀！"……

店内，郎中为老者和况寰敷好了药，禀报况锺说："大人！这老人脸颊重掴掴伤，头颅碰到了墙角，预后就很难说，得好好将息些日子，这里有张方子，先服上几帖，再看看吧。这位大官人，除脸颊小伤外，无甚大事！"

况锺付了郎中诊金，喊过店老板吩咐道："替这父女俩在你楼上挑一间好的客房，一天三顿，不可怠慢！一应开支都由本府结算！闺女呀，吾这里先给你三十贯钞，实抵铜钱两千文，先用着。过几天吾再派人来看望你父女。"（宣德年间纸钞与铜钱约15∶1。）

老人与女儿跪伏于地泣不成声……小二领父女上楼……

况寰："父亲，早过了午餐时刻，我真的饿了……"

"好吧，就在此吃吧。"况锺伸手召了召，"小二倌，给菜一荤一素一只汤。"

小二愣了一下，走近老板低声说了说，老板却脱口吩咐他："上四冷盆六热炒一汤！"一会儿两个小二轮番端上来一满桌肴菜……

况锺连忙大声喝住："拿回去！拿回去！只用一荤一素一汤！"

老板赶忙跑过去，甚至跪求："大人！这是小人真心实意孝敬的！你为百姓做了如此大的好事……"

况寰一把把老板拉起："我父亲从二十四岁做事起，就坚持每顿只吃一荤一素一汤的铁规矩，从未曾破过！等会钱还得照付！快去把饭菜端来吧！"老板应声，与小二一齐动作……

饭罢，况锺付钱给小二，老板自己端上了茶盘，斟了茶……

况和："想不到这些坏家伙，三下五去二就抓起来了，真是老天开眼呀！”

况寰：“看来‘老大难’中的有些难也不一定真的那般难……”

“此话不对！漫说兵房的钱吏还漏网在外，还得用心设法去抓捕。”况锺以手指朝上戳了戳，“他们的上头，有好几个是带品级的朝廷命官，这些人比这些吏更奸猾更阴毒！多年来他们之间上下勾结、盘根错节，要抓出他们罪行之铁证，委实不易呀！”

茶已过二巡，况氏三人起身离酒店，跨过店门槛时，刚才人群眉飞色舞、叫好声轰响的景象又浮现在三人的脑际……

况寰：“父亲，儿子已看到了，那伙贪官恶吏，他们长期欺压善良、鱼肉百姓，对农、工、商、民敲骨吸髓，无法无天……一时间真似万马齐喑！个个噤若寒蝉！但一当我们出头真正来压邪扶正，万民就发出响应……”

况锺感慨系之：“吾等柄政人，看事得看深！苏州民心大可用呀！大可用呀！”

（二）

时　间　**白天。**

场　景　**太仓（州即县）某乡小镇内外。**

人　物　**况锺、况寰、况和；钱外郎（府衙兵房书吏）；造屋工匠数人；瓜农一人。**

况锺此际微服成个商人，带着年轻儿子况寰与跟随伙计况和，来至太仓乡间某小镇郊野，由于时值六月底边，在郊道上已步行了相当时间，酷暑难耐，正坐于一棵大树荫下，聊以纳凉……

远处有道高田埂，埂那边有辆时隐时现的手拉车在行进……忽然见一个农夫站在田埂高处，向这树下三人喊：“快过来！替吾推推车！”他又似乎觉得这三个人听不明白，就干脆奔到了大树下，吼道：“快过去！替吾推推车！那里有个坡，吾拉不上去！”

况锺立了起来：“好吧，吾等帮你推上去！”

农夫：“推过坡，给你们一个西瓜吃！”三人跟着瓜农过去，齐力将车推过了坡。

三人走回大树下，况寰手里捧着只西瓜。

况和低声埋怨况锺：“老爷！吾等出力推车，他自愿送一只瓜，为何还要付给他五文钱？！”

况锺：“农民种瓜是很辛苦的！你看他送瓜上镇上卖，一路拉车是何等的劳累呀！”

况和拿瓜到面前的大池塘里洗了洗，然后拍碎了，三人分而食之……

忽然，池塘里跳进来几个大小不一的人，一边扑腾水，一边瞎嚷嚷……

况锺三人吃完瓜，立起，得再上路。

况锺凑近塘边，问一个年岁稍大的游水人：“仁兄，请问钱外郎家住在哪里？”

“钱外郎？不认得！”

另外一年岁略小的汉子接嘴：“钱外郎，吾认得。嗯——不过么，这样吧，天很热，你也下来洗洗澡，给吾擦擦背，吾就告诉你！”

况寰、况和发怒地：“吭——嗯？！”

况锺手势止住他俩，随即脱去小褂，走下了池塘，沉了沉身躯，抹了把脸，走近那个汉子，说：“吾来给你擦背！可你得细细说说钱外郎……”

“说就说！唉，这边！那边，对！两只肩膀再捏捏……”

两人从水中起身，到树荫下，汉子问况锺：“你一定碰到大倒霉事了！”

“你怎么这么想？”

汉子：“找姓钱的，除了破财消灾之事，绝无其他事体！”

“真被你说中了！”

“姓钱的专管一府军户之事，”汉子不由自主地回顾一下，压低喉咙道，“拿充军由头，他不知坑害了多少人啊！……”

“定军户、核军籍，朝廷有一定的法度呀，他敢独自胡来呀？”

“朝廷法度？哼——”汉子切齿道，“那些簿册都攥在他手上，他给你写上了，给你抹去了，谁个能弄清啊！”

“真的不敢相信啊——”况锺非常讶异……

汉子：“唉，你不是要上他家？你走那条田埂顺东就到镇梢，见一座正在扩建的大宅院，就是他家！你呢，只要打听一下他怎么把那座相邻的宅院扩建过去的，姓钱的是人还是鬼就无须吾等费口沫了！！”

况氏三人都脸色沉重地向东边的钱宅走去……

（三）

时　间　白天。

场　景　小镇梢农户院子。

人　物　况氏三人；农妇数人。

况氏三人正从小镇梢处一农户家门口经过。

忽听到此户院子里有名老妇人一声叹息：“唉！作业呀，徐家四口就这样白死了！房产、田地就给那个天杀胚骗到手！……”（作业，本为佛家专用词汇，即罪恶的言、行，此词汇从晋开始，一直留用于苏州话中，全国他地均已无。若写成“孽”字就错了。）

况锺灵机一动，趸身跨进院子：“嬷嬷、大嫂，讨口井水吃。”

一位农妇从井中汲来凉水，分倒三碗，给况氏三人。

一老妇招呼三人：“快坐荫凉里歇一歇。”

况锺呷几口水，接话头问老妇："嬷嬷，吾刚才好像听你在叹气……"

老妇："吾勿是叹气，吾是恨！……"

一名青年农妇赶忙截住话头，说："婆婆！米饭好吃，闲话难讲！那个天杀胚强凶霸道，阴险奸刁，吾伲得罪不起伊的！气话、恨话、伤心话就烂在肚子里吧！……"

一名壮年农妇合十双手祝告道："天老爷！您发发慈悲，派个好官来，拿个天杀胚捉起来！"

"《评话》里大清官常常微服私行……勿晓得吾伲这小镇，阿有福气，也来一位呐！"

"喔唷唷……胃气胀煞哉！……"喊恨的老农妇，按着肚脐处嚷嚷。

"婆婆你可能冷井水吃伤哉！吾去烧碗姜糖汤来……"青年农妇欲进屋去……

老婆婆吼青年农妇："笨胚！吾不是肚皮痛，吾是恨！恨得肚膨气胀！！"

况锺："嬷嬷，吾是个郎中。人，心里有恨，一定要散出来！拿心里的恨话全抖出来，心就舒畅哉！身体就健安哉！"

"真格啊？"老妇人不自主地朝院门外望了几眼，"好！吾就透底讲给先生听！"

第七集

（一）

时　间　白天。

场　景　小镇梢农户院子；小镇上一座宅院。

人　物　况锺等三人；老农妇；徐家夫妇及俩孩子；钱外郎；数名士兵。

老农妇于院子树荫下朝况锺说："吾就透底讲给先生听——"

文弱的徐三官正在院子里帮助妻子晾晒衣服，忽听院门嘭嘭响，忙去开门。

钱外郎伴同几名兵卒走了进来，钱外郎指着徐三官对兵们说："被补的就是他！"

"补什么呀？！"徐三官莫名其妙。

"补充军籍呀！"钱外郎拍着手中的簿册。

徐三官："吾家祖祖辈辈没有当兵的，吾家不是军户！"

"对，你家本不是军户。但你知一不知二，告诉你吧，苏州城里有家姓徐的军户，祖孙三辈一直在这些兵爷的卫所上服役。现今那个徐军士死了，需要在苏州徐氏族中补一员，吾就从他家竖里横里找，竖里的已经死断成了绝户，于是就得横里找，轮来轮去就轮着你了！"

"吾家一直很单薄，不要说在苏州没有族亲，就是太仓本地也几乎没有远亲！"

"反正你们都姓徐，五百年前是一家！摊上了就得忍了！"钱外郎笃悠悠地说。

“徐三官，少噜苏！快抓紧收拾收拾，明日随我们一齐返山东！”兵们有点不耐烦了。

“兵爷，放宽几天吧，他家这宅院，还有几亩田产得处置呀……”钱外郎充过好人，又从身边掏出几张纸钞塞给兵士，“几位先去酒楼喝一杯，我这里跟徐三官说几句话，再上酒楼陪大伙！”

一名兵士大声冲着徐三官：“徐三官，给你五天，五天！”

钱外郎拉徐三官于院间两张小竹椅上坐下，道：“三官，别过急，吾伲好好商量商量……”

徐妻急进内屋泡茶，端茶给丈夫和钱外郎。

“钱老爷！古语道‘树荆棘得刺，树桃李得果’，求你放吾家大小四口一条生路——在这军籍册上……”

钱外郎：“要我动动笔头子？！”接着头摇得拨浪鼓似的！

徐三官发急了：“推开天窗说亮话：你早中意吾这个宅院！好，吾就贱卖给你了！”

钱外郎：“贱卖给吾？”

“是的，贱卖——三十两银子！”

“真的？只要三十两？！”

“三个兵爷，每人十两，以求得他们的安静！不过，徐三官三个字不再在兵籍册上！”

“你宅院实价三百两也不止，”钱外郎闭了闭眼，思忖后说，“吾拢总给你五百三十两，三十两给兵爷，三百两作房价，你几亩田折价二百两，徐三官三字白纸黑字不能抹！”

“什么呀？啊？！”徐三官跳起来了。

“你跳也没有用！”钱外郎无动于衷，“按规定你妻子、小儿女必须随军，而且她们的开支须自理！每年我付你五十两，则她们三个在山东的日子就好过一点……”

老农妇两行惨泪簌落地往下掉:“徐三官充军山东,哪里吃得了那种苦?一年多点就生病死了!家主婆也发疯死了!只是一男一女俩小孩不晓得下落……说不定哪一天会回来找那个天杀的报仇!”(苏州人称妻子为“家主婆”。)

况寰痛泪满眶:“姓钱的只是花了一笔钱——当年的五十两,就吞进了这么大一注房产、田产,这又是一只披着人皮的畜生!”

况和怒喊:“更有大小四条命啊!!”

况锺默默地抹去了泪花,默默地走出了院子,况寰、况和紧跟身后,大步向东边走去……

(二)

时　间　**白天。**

场　景　**钱外郎宅(外,正在扩建;内,富裕、气派)。**

人　物　**况氏三人;钱外郎一家人;一名工匠。**

况氏三人走近正在扩建的钱宅。

况锺问一名工匠:“我寻钱外郎钱老爷!”

工匠看况锺富商装束,就别过头向一边高喊:“钱老爷!有贵客上门!”

钱外郎应声过来,打量了一下况氏三人,恭手请引三人入内院。

彼此坐定,家人上茶……

钱外郎:“贵客上门寻吾,定有要紧事体要吾办理,请明言!”

“吾是苏州南濠一名瓷商,”况锺指了指况寰,“小儿近日摊上了‘军余’补军的事,朋友介绍吾找钱老爷,解除这个麻烦……吾父子恳请了!恳请了!”(“军余”,明军制专门词,指正式军卒的亲属——候补军卒身份的人。)

钱外郎捻了捻颔下的几根稀须,说:“你准备花多少银两?”

“吾从未摸过此种事的行情，请钱老爷告诉吾们一个最便宜的价目……”

钱外郎右手伸出食指向上又猛地向下指指。

况锺真不甚明了：“一百两，再加一百两？”

“看来你是个外地人，这是苏州人人人都明白的，一千呀！”

况锺：“倾家荡产，吾也凑不出这个数！”

钱外郎：“南濠街上的都是大字号呀！”

“吾是从一位老乡手里盘过来的，至今不过两年，现今为小儿事，昨天已把店连货带店面一齐盘给了别人，合总银子六百两！”

“六百两决然不行！”

况锺恳切地说：“吾把女眷的首饰也凑出来，碰顶八百两这个数……”

钱外郎竟还是摇头……

“看起来，钱老爷是帮不上忙啰！”况锺站起身，道，“再想法请府衙里的其他老爷或者大人处求求……”

“好吧，八百两就八百两！银子你带来了吗？”

况锺：“这么大一笔钱，出门吾敢带在身上呀？！”

“那你怎么交付给我？”

“这样好了，明日正午，吾在苏州聚丰楼请钱老爷吃饭，到时吾把八百两面对面付清！”

钱外郎：“补军的簿册吾是不可拿到饭店的，只能给你写一份不叫你公子去补军的保证单子！”

“永远不补！还是三十年、二十年不补！”

钱外郎：“这可不行！吾保证单只能管吾任兵房吏时期！”

“那也只能这么办了，”况锺拍了拍儿子的肩头，“至少可以渡过这近几年的难关了！”

钱外郎：“明日上午，吾骑马过去，准于午时前到聚丰楼碰头！”

况锺父子拱拱手：“恭候！恭候！”

（三）

时　间　正午。

场　景　聚丰楼一小客间（包厢）。

人　物　况氏三人；钱外郎；店小二；陆捕头带一捕快（装作家人）。

小客间内，小二端盘上茶。况锺、况寰和钱外郎坐在主宾位上。

茶过一巡，况锺示意况和与家人抬过一只不小的好纹饰木箱至钱外郎跟前。

钱外郎随手掀开箱盖，果见白花花的银锭以及一些金银首饰，他认真地掏出一锭又一锭的银锭，先咬咬再用手指拨弹拨弹……脸含笑意点着头，说："是真货！是真货！"看完锭放还箱中后，竟然又拿起金首饰一支一支地细细端详……

况寰有点耐不住了，正要发作，被况锺一把按住，悠悠地说道："当今人心不古，世道沦丧，钱老爷小心驶得万年船！钱老爷，对吧？"

钱外郎盖上了箱盖，问店小二："笔砚备好了？"店小二应声从边桌上双手捧来笔砚，钱某从自己袖间掏出一纸，他操笔舔墨于纸上签上了姓名与花押……

况锺收起了保证单。

家人（捕快）抖出铁索套在了钱外郎的脖颈之上……

（四）

时　间　白天。

场　景　府衙头门口。

人　物　况和；皂隶若干；陆捕头带数名捕快；各色百姓若干。

况和指挥若干皂隶用水用力地冲洗署额六扇大门、大柱及短栅……

过路的群众，不少人驻足而看，纷然嘀咕：“这是为啥？”“喔，可能要来顶顶大的官。”“吾活了六十多岁还是第一次见啊！……”

一妇人扯一下一个老妇，道：“那个皂隶阿狗，不就住在你家隔壁？你问问他看，到底做啥？”

老妇扯开喉咙冲一皂隶问：“阿狗！做啥这般？”

皂隶阿狗做了个鬼脸，摇了摇头，表示自己也不晓得……

况和见聚观的人越来越多，就快步走下台阶，来到大众跟前，掏出一张纸，朝大家说道：“我自己拟了副对联，念给大家听听，大家就全明白了！”

“大家静点！”“你念得慢点！”

况和兴奋地朗声：“上联是‘昨日府衙龌龊白昼提灯不见路’；下联是‘今朝公堂干净黑夜明镜照亮人’。我再念一遍……”

人众先是一愣……随即有人高声：“原来知府衙门溷个浴，洗清过去身上的垃圾，以后就变得干干净净！”人众响起了一片附和声……

有好几声另样议论飘进况和耳朵——

有几人几乎不约而同地说：“衙门里的垃圾是出不清的！……”（垃圾，古音为“勒色”，至今苏州人仍如此读。）

一个中年煞有介事地说道：“里面的垃圾，并非真的纸屑、灰尘……是一个个活人呀！你捉掉一批，又出来一批！六月里的韭菜，生得快了！再说目今，捉掉小的，大的还没有动呢……”

一名士子模样者：“这批小的都是低等货，强凶霸道，吃喝嫖赌，无法无天！他们上头的那些大的，一个个识文断字，心思奸刁，何况还都是有品有级的朝廷命官呀！……吾侃苏州府开国至今六十多年，稍微清廉一点的官，这个知府大位阿坐得牢啊？！现在新知府、新知府放了一把有点像样的火……”

一名年轻后生，抢着士子话茬，低喊道：“新官上任三把火？——吾看，弄勿巧就会是一阵风呀！”

陆捕头领着马队捕快经过府衙门口时，招呼住况和，俯身说："大人令吾等去知会府衙各官，我去赵通判处，他再装病，我抬也把他抬来！"话音一落，纵马驰开去……

况和笑着返身叩了叩府门，应声出来俩捕快，抬一大牌，放置在台阶东侧石狮跟前，牌上赫然告示着：今日未时新知府开大堂传宣圣旨。

人众纷拥至府衙西首，见况和正指挥若干皂隶在西侧石狮西处挖坑、埋柱、架梁木，成一可挂重物的大框架子，其顶处还扎上屋檐状的芦席。人众指点着、纷议着，就是无人能说出这是做什么用的？一名老者恍然道："圣旨！圣旨！……"

"圣旨！圣旨！"人众似乎也有点恍然了，不过大家猜不出皇上会下什么训示……

第八集

（一）

时　间　白天。

场　景　府衙大堂；二堂。

人　物　里长、坊正、耆老约百人；捕快若干；衙役数人；各色百姓千百人；原府官五人。

时间在午未之际，府衙外各色百姓纷聚着，数捕快维系秩序……

人众忽得让出一条“人巷”，走来了府衙数官：王通判、沃通判、傅德、孙福，还有赵忱，他走在头里，手里抱着苏州知府大印，心里实际有点虚，然而表面仍气宇轩昂地上了台阶，跨进早已洞开的六扇大门……

大堂上堂口沿短栅前延及两边，站满了里长、坊正、耆老等百十人，其间居然有那名卖唱女和聚丰酒楼老板和店小二等三人（是况大人的“特邀嘉宾”）。

【大堂堂面上决无其他所谓历史剧中审案时站立的两排手持红黑两色行杖的皂隶——这类场景全出自无知的杜撰！真实的历史场景，乃是——

一、大公案前，方砖地面上，根据临时犯人的人数放上“跪石”（一块块城砖大小的方石，有些年久的已跪磨出了石坑）。

二、行刑皂隶都专候于大堂的东隔间——此间是行刑间，与大堂堂面连一垛墙，墙不到顶，空处以便传声。行刑间中各色刑具排列有序。当主审官一叫“将犯人押上堂来”时，一些皂隶就于行刑间内一边齐声吆喊

"唔——喊——",一边用刑杖敲击,并用力抖动铁索,借以发威震慑犯人……

三、候审犯人则待于西隔间里,闻呼即由堂口转身上堂。

四、大公案一侧置有一小案,专供书记员记录临场之口供。】

赵忱等五官,上得堂面,拍惯马屁的数名衙役习惯性地给他们每人座椅,他们也照坐不误。

况和从堂屏后出,站定大公案侧,朗声高喊:"知府况大人上堂!"

况锺从容出,上公案,坐下,专注地看了看赵忱。

赵忱识相地起身,双手奉大印置公案上。

况锺立起身,朝堂口的大众作了个揖,说道:"诸位父老乡亲,本官况锺奉圣命任职苏州,今日首次幸会,十分高兴!自今往后,还请诸位多多相助,不吝赐教!"

堂口人众行着礼,纷然说:"欢迎况大人!""况大人言重了!"……

况锺手势示意众人安静……随即高声:"请圣旨!"

况寰从屏后双手恭奉黄袱锦匣出,安置于大公案正中。

况锺于公案前率官们、况寰、况和跪叩……堂口的人众肃然地注视着……

况锺走返公案椅前,立着,恭敬地解袱,取出圣旨,展读(同声出字幕)。

"敕苏州府知府况锺:国家之政,首在安民。今慎任尔等,付以府郡,必使其民,衣食有资,礼义有教,察其休戚,均其徭役,兴利除弊,依顺民情。……凡公差吏员人等,有违法害民者,许尔究办!所属官员有作奸祸民者,尔可拿下,解京惩处!钦此!"

全堂气氛肃然……寂然……

况锺收纳好圣旨,猛地一声断喝:"把府衙六房书吏押上堂来!"

六名捕快迅即端上六块"跪石",一字横列于方砖地上。

六名捕快,一人一犯押上大堂,按压六犯跪好。

赵忱、王通判、傅德、孙福一见此番情状,大惊失色,低下头颇不敢看人……

况锺命站于公案一侧的况寰："验明人犯真身！"

况寰逐个呼叫六房书吏之姓名：

"吏房书吏尤大刚！礼房书吏杨大力！户房书吏王山！刑房书吏张乙！兵房书吏钱外郎！工房书吏朱阿土！"

六犯逐个应声："在！"个个躯体"筛起糠"来……

"大人！这是六犯前时报府的公事申详。"况寰递呈给况锺一叠文书。

"表面所报不是喜讯，就是善举，"况锺拍了拍这叠文书，"可是实地所为无一不是坑公害民勾当！且听六犯前两天在狱中的口供！"

小桌书记员站起念出诸口供：

吏房收贿委派已拟革的里长、圩老，近三年中竟达一千七百人！

礼房借口田粮积欠，擅自克扣府学生员廪粮，近三年竟达两千石！

户房随意或增或减或报荒之税粮去年一年就达两万石！

刑房冤案山积，迄今不该关而仍关押府狱者八百多人！

兵房买卖军籍，讹民充军，近三年中仅逼死性命的就有二十五人！

工房修堤建宇，谎报工料价格，甚至将御用窑厂低价承包于不法奸人！

"这一张张发出去的文移，"况锺怒指赵忱，"都由他一颗又一颗地盖上府衙大印！"

赵忱好不惊慌，扑通一下跪伏地上。

况锺用左手召了召耳朵——东面行刑间该发出震慑之声了！可却不闻那儿一点动静，况锺明白了：许多皂隶是六房恶吏们的走狗！心里十分气愤，顿时做出一个决定——

命令捕快们："将六犯之枷去掉，各以绳索捆紧身躯！"捕快们遵令动作。

喝令行刑间："速来五名壮隶！把跪石移去！"五名健壮皂隶应声过来。

况锺厉声命令五隶："把这六犯逐个当堂处死！"

"大、大人！怎么、处、处死？"五隶扑通跪下，连连叩头……

"好！本官教尔们：本官法外施仁，予这六犯一个全尸！尔们五人，四人各执犯人四肢，一人捧其头，五人协齐用大力将其高抛，摔下就死，万一未死，再高抛一次，必死！就以两次为限！若犯人受抛两次还不死，本官就命别的皂隶来高抛尔们！"

五隶吓极、急极，头凑在一起，低嚷嚷："只好使出吃奶力气，喊齐后抛……""犯人胸腹已捆得极紧，高抛后摔下，内腔必会破裂，两抛不能不死！"……

况锺手指朝六犯一扫，命令："按六房排序，抛！！"

堂面诸人、堂口人众，个个屏息静声地看着这空前绝后的中国死刑独创之新场景！！

抛死最后的工房吏后，五行刑隶瘫倒在地上，不省人事……

赵忱、王通判、傅德、孙福四府官都蜷缩方砖上，有的连小便都禁不住了……只有沃通判，可能由于新调乍到，虽受点惊，但人还未见大变形……

况锺命令陆捕头："叫捕快们将这六具畜体挂去门外示众架上示众！"

况锺又吩咐况和："将那六块身份牌，挂到他们的胸前！"

况锺接着吩咐况寰、记录书记："连夜书写告示，明日遍贴城乡！好让庶民周知！"

（二）

时　间　下午—入夜。

场　景　府衙口东西侧小广场。

人　物　陆捕头、数捕快、数皂隶；六房吏之尸；各色百姓若干。

陆捕头指挥六名捕快与十二名皂隶（三人吊一尸）把六吏尸吊挂于大框木架之横梁上……

百姓拥过来观看。

一士人读出尸胸所挂牌上的字："吏房吏尤大刚，礼房吏杨大力，兵房吏钱外郎……"

数妇人惊诧声："怎么？他们身上还上了漆？"

一老者："不是漆，是桐油！可以不烂不臭十几天！"

突然广场里"开起了锅"：数不清的锣鼓声和四面开花的爆竹声……

夜色渐合，示众架前，每尸前站有一个皂隶，手挑大灯笼，光照尸牌……看的百姓络绎不绝，咒骂声也不绝于耳："披人皮的豺狼！""五毒俱全的畜生！""真畜生都强过他们！"

（三）

时　间　近黄昏。

场　景　府衙大堂。

人　物　况锺、况寰、况和；赵忱、王通判、沃通判、傅德、孙福；陆捕头、捕快数名；皂隶若干；里长、坊正、耆老约百名。

陆捕头兴冲冲走上大堂。

"回禀大人！示众事已办妥帖！大人呀，你听听——百姓们开心，开心，真开心呀！"

况和跟着进来，站立在大公案一端。

"百姓们开心就好！"况锺立起身，"时近黄昏，不容拖延了——还有三事得速办：一、况寰，你带马队捕快速去六犯之家，家财充公，房屋封门，其家眷人等，限令明天，自行投亲靠友，违者必究！（况寰应声出）二、赵通判、王通判、傅经历、孙知事，尔等亦多犯事，六死囚口供中都有若干的牵连，奉圣旨本官现将尔等拿下，待查清案情，解送刑部惩处——陆捕头，你带些伙计，将四人押入府狱，一人一间，派捕快看守！（陆捕头应声带这些人下）三、诸位里长、坊正，府衙有件大要事得与大家合力办，现且请大家等吾知会地点、人员、事由，届时一一具明。”

况锺连连恭手……况和大声喊：“退堂啊——！退堂啊——！”

人众退，自然结成一丛一丛地往大门口走去……

一丛人说着：“吾等摊到了一位好长官！”“感谢皇上派来了他！”

一丛人中的聚丰楼老板、店小二说：“况大人念头巧，手段高啊！”卖唱女双手合十说：“我天天把高香烧！”

几丛人异口同声嘀咕：“府衙大要事？”“要吾等合力办？”

二堂，况锺拿起平思忠所赠小竹筒，对况寰、陆捕头、况和说道：“平前辈特列之先圣古训：‘治民先治吏’，今日吾们已走出了第一大步，府衙威权有所树立！第二步即治民……”

况寰、陆捕头：“悉听大人旨意！”

第九集

(一)

时　间　白天。

场　景　居民巷弄；一座祠堂。

人　物　况锺、况寰、况和；汪里长及近百名里长；上百名居民；汪伯仁；一名急足。

一名急足快步来到德胜巷内首家，叩门。（急足，衙门皂隶中专送通知者。练就很快的步行速度。）

门启，急足开口：“足下可是汪里长？”

“是呀，有何公事？”

“今日知府大人率城西百名里长来观看你里的‘读法’！辰时三刻准到，特此知会！”

汪里长：“请回禀况大人，热忱欢迎！巷底汪氏宗祠即读法处所。”

况锺率近百的里长有序地步进德胜巷，到汪氏宗祠，才见汪里长一人站于祠口台阶上躬身相迎。

汪里长引导况锺一行人安静地来到祠堂大厅，有序地分坐于四边排好的数十条长凳上；大厅正中坐着呈方形的好几圈居民，多数是男女老人，神情专注地听一士子读着《明大诰》：（明孝第七）“朕问有司耆宿举一孝廉之人何谓孝？答曰父母跟前，晨省昏定，供奉饮膳，说的言语，不敢违。朕问止此乎？答曰是。朕感叹呜呼愚哉！以尔所言，人子之道，何见尽善！真孝者：冬寒，则使父母温暖；夏炎，则使父母凉爽；清晨，则问父母一夜安否？至暮，则伺父母安睡后，自己才走。父母饮食，必要十分精好清洁，且供应及时；父母有什么吩咐，合理正当的，子女要快快完成不得拖延，若所说的不合礼、违背法，子女就得再三劝告……这样才算得孝！孝子之道，实非一端，岂止但供饮食而已……”

（同声出字幕）

汪里长告诉况锺：“我里居这德胜巷与邻巷汤家巷，共一百户人家，自太祖皇帝规定每里每月用一天集聚、学法、读法，至今四十四年合五百二十三次，一次也未断缺过……”

况锺立起身，朗声说：“本官今日率这城西区一百名里长，到你崇德里，一表敬慕，二想效学。”他指了指居民们人手一册的《明大诰》，说：“这《明大诰》乃太祖皇帝亲自写定，是我大明律法之宗！凡治贪官污吏、治土匪盗贼、治莠民奸恶、治奸商欺诈、治灭伦忤逆、治淫邪赌博……无不有实例明示者！众位里长，这崇德里居民，户户学法懂法，人人遵法守法，除一人之外，个个都是我苏州最良善之民！”

居民里一名老年妇女双手捧脸饮泣起来……

汪里长连连向况锺、众里长作揖：“惭愧！惭愧！她的儿子汪伯仁犯赌博偷盗罪，正在筑堤服刑……实在是我汪族中之不幸！”

况锺向况和一示意，况和从门外领进来一个青年人，况锺指着他对哭泣老妇道：“别再悲伤了！你看看谁来了？”

“伯仁！伯仁！”老妇、汪里长、许多居民不禁喊出声来，脸部显现疑惑神情……

“本官日前于清理积案中，见汪伯仁卷宗，他明显受了奸人的诱惑，干了下贱勾当，罚上河工服刑，迄今已是两年。前日他下水救人，其心可嘉，现提前解脱两年刑期。”况锺转向汪伯仁，“说说你现在正在干何营生？”

“母亲、里长、族里宗亲和邻居乡亲，吾原本于丰乐酒楼当掌勺厨子，后为府衙知事孙福胁迫，给一商人酒中下迷药，孙福偷按了商人手印，吞骗了一大宗货物……害得吾家秀才弟弟抬不起头，见不得人！更害得母亲几乎丧命！”汪伯仁走到母亲跟前，叩着响头，“母亲！儿子真心悔改了！况公子介绍吾到聚丰大酒楼当掌勺厨师了！”

母子俩抱头喜泣……

“还有一件要紧大事！”况锺点了点头，就吩咐况寰，“去！把善恶簿抬进来！”

况寰到得祠门口，一招手，两名衙役抬进一杠簿册于况锺跟前。

况锺拿起一红一黑两簿册，予汪里长之手，说道：“这红的叫善簿，这黑的叫恶簿，每一户一份，专记这户男女成人（明制成人：男十六岁以上，女十五岁以上），红的记他们一年里的善行；黑的记他们一年里的恶行。善多者受重赏，恶多者受严惩！古圣有训‘作多善，天降之百祥；作多恶，天降之百殃！’”况锺看出汪里长满脸的畏难神情——我一个人怎么记得了全里数百男女一年之作为？就此解说：“你让全里的人一起，推举出两位德高、正直肯言、热心教导后生小辈的老人，吾名之谓‘公直老人’——这一百户的簿册全交两人管理，你不必介入，只是到一年年底时，你把里中之大善大恶之人，汇总抄报本官！”

“况大人！如此高明妙法，小人一定全力遵行！这一百份善恶簿我领下了！”

况锺：“时快正午了！本官要带了这批里长，在你巷弄中走一遭……”

汪里长：“吃饭？”

“他们的饭，”况锺扫了一眼里长们，道，“府衙饭堂早已备好，这里离府衙不过两里地……你现在且陪我们走一遭！”

里长们一路走，一路抬眼张望每户大门上方的户帖（木门牌）。

况锺数说着：“这户帖，太祖皇帝设想得多么周到——”

（镜头大写户帖之状）

户主××× 年龄××× 职业××× 因何事受何刑罚

妻××× 年龄××× 职业××× 因何事受何刑罚

大儿××× 年龄××× 职业××× 因何事受何刑罚

媳××× 年龄××× 职业××× 因何事受何刑罚

二儿××× 年龄××× 职业××× 因何事受何刑罚

媳××× 年龄××× 职业××× 因何事受何刑罚

女××× 年龄××× 职业××× 因何事受何刑罚

仆 × 名 婢 × 名

（户帖以漆书写，则不怕日晒雨淋；每一年年初则更换新帖；女儿未嫁时列于父家，出嫁则列于夫家；仆、婢只标口数，一切由户主担当，无须详标；如犯罪人已刑满放返，当年也得写上；一年终确实已改恶从善，则更新帖上不再标出犯罪身份及服刑日期。）

况锺问汪里长："哪家是汪伯仁家？"

汪里长指着一户："就是此家！"

况锺驻足、注视其户帖，指一指道："'服刑筑堤'，后面添'已改恶从善提前释回'九字。"

走至巷门，况锺用力摇晃了一个巷栅门，看了一眼栅顶上的"德胜巷"巷名牌，点点头，表示赞许，然后与汪里长道别……

况锺招呼住诸里长，说道："尔众明日起，细细查察各自里里的栏栅、巷名牌、每户的户帖，仿照此间详细列好备查！善恶簿本官已为全府城五百里悉数置好，饭后即可领取。公直老人的推举务必用心做好——尔每一里长与里中两个公直老人荣辱与共呀！！"

（二）

时　间　白天。

场　景　府衙二堂。

人　物　况锺、况寰、况祥、况和；陆捕头、捕快若干；吴粮吏。

陆捕头立于二堂东侧小门口："禀大人！府衙捕快陆大根率手下十九人候召！"

况锺正在四张文书上盖知府大印，应声招呼陆氏："大根！过来拿好！"

陆捕头看过后脸色欣奋地道："是该把他们抓起来了！"

"在赵忱、傅德家中，搜出了这四个县令分赃的单据，还有他们伙同赵、傅二犯阴谋杀死人的书信……你们每个县去五个伙计，持这文书，到他县衙抓他，不怕动静闹大！押来府衙时，动静就得大些……"

陆捕头："那个长洲县令？"

况锺："他！得派专人细找罪证，眼下须得暂置一边了。"

陆大根率众从东侧避弄出，于避弄遇见匆匆而入的吴粮吏，侧身相让，吴粮吏立于小侧门口："大人，粮吏吴阿贰有要事禀报！"面孔上是大汗淋漓。

况锺："阿贰，进来，坐！坐着说！况和，给阿贰茶！"

"这是南京户部冯郎中派人送至吾家给吾的训令信！"吴阿贰双手奉信呈给况锺。

况锺展信……（出画外音）今年秋粮丰收有望，秋税征纳现正造册核额之时，你吴阿贰务必尽全力协助知府足额完纳！如若况知府欲擅自减免打算，尔应一尽力劝阻，二提前驰函禀报本部。尔如有差池，尔将受部惩处！

吴粮吏："吾特问来人，半月前况大人专章请求户部减免税额，来人说户部批驳之谕文正已发出，一两天内即至府衙。据说谕文只有一句话，原定税额一升一合不得少缴！"

况锺把信还给吴阿贰，亲和地轻拍了一下他的肩膀，坚毅地道："你先去找几户最为困苦的农户，听他们算算税粮的收支账，吾再专章直禀皇上！"

"这个主意好！这个主意好！"吴阿贰很是高兴，说，"吾这就去找，后天一准来禀报给大人！"

（三）

时　间　白天。

场　景　府衙门口。

人　物　陆捕头、捕快数人；吴县、吴江、昆山、常熟四县令；况和；百姓若干。

陆捕头与众捕快以铁索牵着四名县令穿过百姓让出来的人巷，走上台阶。

百姓甲："你们看！他们还都穿着官服来，唉——一个个都是知县官呀！"

百姓乙："大家看！大架子上挂着的六个死尸，刚刚拿掉，是不是要让这几个坏货挂上去呀？！"

百姓丙："他们都是七品命官，况大人无权杀的！只好派专人押到刑部去惩办！"

"喔唷！你倒懂得很多啊！吾倒问你，怎么还欠缺两名知县？"一青年蹦出一句冷话。

百姓丙："这个吾勿晓得哉！"

几个妇女感叹地说："看来，那位新知府大人真是个好官！……"

"吾伲几个，每日上工全要经过这衙门前，以前看见这黑漆大门，真是肚膨气胀！触气！鄙气！现今，真个两样哉！……"

立在黑漆大门口的况和接嘴说："知府衙门滗浴是真心的！里头的大垃圾、中垃圾、小垃圾全被知府大人清出来！你们现在看这个衙门，心里头？"

"勿恨哉！勿恨哉！觉得有点欢喜哉！"不少人连声说。

"知府衙门的威信立起来哉！"士子模样的百姓丙朝众人说："吾伲苏州从今后有照顾平头百姓的当家人哉！"

甚至有几个人喊出了："谢谢况大人！谢谢况大人！他真是苏州人

的救命星！！”

（四）

时　间　**白天。**

场　景　**府衙二堂；府狱。**

人　物　**况锺、况寰、况和；陆捕头；赵忱、王通判、傅德、四知县；典狱与狱卒数名。**

况锺、况寰、陆捕头三人说事；况和侍立。

陆捕头：“大人！四个知县囚犯小的已将他们关押于府狱最靠里的一间中，与赵忱、王通判、傅德、孙福的牢房隔得很远……”

况锺：“你押他们经过赵忱、王通判、傅德、孙福时，这四人的神情如何？”

陆捕头押四县令囚来到府狱，典狱出迎，捕头朝他低语几句……

典狱：“随我来！”

陆捕头牵着四囚缓缓地先经过孙福牢房，孙福一见，由惊骇、目瞪口呆到浑身颤抖，末了竟然跪伏于褥上号啕起来……

被牵的四囚接着经过姓王的通判牢房，王某先是一愣，继而大惊骇……突然朝陆捕头大声乞求：“捕头大爷！捕头大爷！请转禀况大人，囚犯王某甘愿认罪！彻底招供！”陆捕头丢给了他鄙夷的一瞥。

被牵着的四囚，让陆捕头止于傅德牢房的栅前，傅德先是一愣，继而故作一副并不在意的样子，引得陆捕头难控胸中之怒火，朝一旁的典狱道：“陆典狱！姓傅的死囚应该把他吊在府衙口的大架子上！”

典狱也被傅德激怒了，他开牢门而进，一把揪过傅德紧拴于粪桶之上！

陆捕头继续牵着四囚来至赵忱牢房栅前，四囚个个把脑袋缩于胸前……赵忱却出人意料地打起招呼："四位县太爷也进来啦！况知府的手脚真的好快呀！赵某认输了！认输了！"

陆捕头牵着四囚来到一间较大的牢房，给他们松去绑索，钉上脚镣，临走时丢给了他们几句话："况大人吩咐不把你们分隔关了！你们之间要相互串供也行，愿意相互提醒老实招供也行，躺下后仔细思量思量……"

"捕头大爷！等会能给副笔砚，给点纸么？"两个县令不约而同地请求。

陆捕头："大人！四名府官犯人就这样四副嘴脸！"

"大人！府官赵忱、王通判、傅德、孙福四犯录送刑部的申详已写好，"况寰呈予况锺四份文书，说，"四名知县的罪证，已逐个核实，现只缺长洲知县一份……"

况锺踱着，沉吟着："吾呢，要率吴粮吏进村勘查税额虚实……长洲知县事，府衙人手太少……目前专禀南京吏部速配十六官员，弄不巧，延宕一月两月，怎么办？"

一衙役立于二堂侧小门处大声道："禀知府大人！衙口有人自称北京吏部派来者……"

况锺："是官员，还是差吏？"

衙役："都不是！是一名平头百姓！"

"平头百姓，吏部派来？"况和、况寰、陆捕头甚至况锺都显得疑惑了……

况锺："去领他进来！"

第十集

（一）

时　间　白天。

场　景　府衙二堂；长洲县一农村小集镇；乡长宅。

人　物　况锺、况寰、况和；顾主簿；小客店主江氏夫妇与女儿江小玉；乡长及家人数人。

衙役于大门口欲领顾主簿（平头百姓装束）走东侧避弄。

顾某轻推开衙役径自跨过府衙大门走头院回廊，步大堂堂面一边，过屏后，踏上二院甬道，上得二堂台阶，边进边朗声告："新任苏州府衙七品通判顾得仁来府衙就职！"

况锺不由得审视顾得仁："既是七品官员来衙就职，缘何不穿品服？呈过诰身！"

顾得仁双手呈上自己诰身，说："禀大人，卑职缘何不穿品服告进，实情说来令人难信……"

"喔！你原来是长洲县失踪两年的顾主簿呀！"况锺认真看过诰身，说，"他人不敢相信之实情，本官倒要好好听听！请坐！"

顾得仁娓娓讲来——

顾得仁带一役来到县属西山岛一小镇，走进一家小客店，店主江氏夫妻热忱接待，领入一间简陋但很干净的住房……顾某对江店主道："今年茶来得晚点，吾俩要多住个三五天！"

“好呀！像顾老爷这样的好官，吾伲一家门是真心欢迎的！”

店主妻同店主女儿、十六岁的江小玉端来了两木盆热水，江妻说：“清明节边天气还是蛮冷的，两位泡泡脚，困时热烘烘，蛮适意的。”母女离去。

顾得仁泡着脚，一边说道：“我来这里，今年已是第三年了，这次府衙也想采办这岛上货，明天，我们得多走几个茶场了。”……两人随后憩息。

顾得仁俩傍晚从茶场返回，刚进客店门，只是店主夫妻与其女在号啕大哭……

江店主向顾得仁诉说，岛上的刘乡长，硬逼小玉做五房小妾，此乡长不仅丑陋，且年过半百，依仗自己任乡长权势，糟蹋良家妇女已不知其数了……

店主妻指了指柜上一只首饰匣边哭边道：“聘礼已下，父母必须答应！”

“顾老爷、顾老爷！求老爷救救小玉！”江女泪如雨下。

顾得仁拍了拍店主，说：“别哭了，吃过晚饭你随吾去他家，他家不就住在村东口吗！”

刘乡长听家丁报自己的顶头上司来临，急趋至宅门迎接：“顾老爷光临寒舍，给小的大面子，大面子！快请里边坐！”

顾得仁进得客厅，坐下，朝江店主道：“你也坐下！坐下嘛！”随手把乡长奉给自己的一杯茶递给江店主：“喝！尽管喝！”

刘乡长只得尴尬地赔着笑……

“刘乡长！你要强聘他女儿江小玉为第五房小妾？”顾得仁霎时声色俱厉：“你是乡长还是恶霸？！”

刘乡长嗫嗫嚅嚅地说：“吾……吾……”

“霸占民女是重罪！得流放两千里！你已霸占了多少个了？据说还曾奸死过少女！”顾得仁立起身高声道，“此事若查实，你本人斩首示众！家产充公！数罪并罚，女眷卖作婢，男亲罚作奴！”

刘某扑通跪地连连告饶……他的家人男女老幼也跪了一地……

顾得仁从江店主手中接过聘匣，置于桌间，朝刘某道："此事就到此为止！到此为止！"

刘某连连答应。

顾得仁："你得当众朝天发誓！"

刘某转身朝厅外，边叩边祷："刘某自今起，决不再惹江家！有违此言，合家必遭天劈雷轰！"

（二）

时　间　晚间—白天。

场　景　岛上乡村小路；江记旅店；顾得仁宅。

人　物　顾得仁及随役一；江店主与女儿江小玉；顾得仁妻与一童婢；两个媒婆。

顾得仁与江店主走在村路上，随役提灯照着明。

"顾老爷面子大，姓刘的收回了聘礼。"江店主仍不免担心，说，"等顾老爷回苏州，那个姓刘的会不会再出花样……"

顾得仁："放宽心吧！他乡长正为吾所管，你刚才不是看见了，吾让他在他全家人的面前认错发誓了！"

江店主："全靠顾老爷救了小玉一命！"

"吾给你几句忠告吧……小玉前几年还小，而今快十六了，人越长越标致哉，快点寻家好点的人家，嫁了吧！老话头：女大不中留，留了必发愁呀！"顾得仁推心置腹地说。（标致，苏州方言，即美丽。）

"谁说不是呢！吾此番一定要摆定主意，替小玉找个合适的婆家！"

说话间，返还至旅店，顾得仁关卧房门歇息……江店主来至自家卧室，只见小玉母女挑灯盼候……江店主将先时顾主簿如此这般地训斥刘某，刘某无可奈何地退了聘并还赌咒不再招惹江家，母女俩大喜过望，喜极，相拥而泣……

翌晨，江店主刚开门，门口就来了一位笑盈盈的媒婆甲。

媒婆甲：“江阿大，给你贺喜啦！一贺刘乡长退了聘，二贺杨员外家要小玉进他家之门！”

江店主一听是杨员外家，赶快直问：“是给杨二公子当三房？！不，不，吾夫妻舍不得！你，你不必再说了！”媒婆悻悻离去……

媒婆乙进得旅店门时，媒婆甲正悻悻离去，媒婆乙拿大地坐在了客室交椅上，道：“吾跟小玉姆娒是老姐妹了，小玉好比就是吾的女儿，吾现在给小玉找上了全岛第一号的婆家……”

江店主：“秦家！不，门第太高，不相配。”

媒婆乙：“吾们西山，自南宋以来，世家望族落户的至少也有二三十家！这个秦家可不是秦桧一系的，是秦少游一系的，秦老爷虽已有了三房大小夫人，只可惜会生育的三夫人也只生了两位小姐……”

“为何看上了吾家小玉？”

媒婆乙：“是吾推举的！吾祖上本是岳飞元帅帐下的一名大将，只是到了高祖手里败落了，吾自小识文断字，也懂面相之学，你女儿小玉能生儿子……”

江店主连连拱手：“大才女！大才女！请另找别家会生儿子的好女子去吧！”把她拥了出去。媒婆乙临出门时丢了一句话：“普通人家没人敢要你小玉呀！进得家门，宅间大小不安，弄不巧那个后生是会丢性命的呀！”

江店夫妻商议……沉思……再商议，摇头叹气……忽而江店主跟妻说了几句：“……准定如此办！”

时逢端午节日，江店主一家带了不少节日土特产来到顾宅。

顾得仁同妻子忙不迭地拉起叩着头喊“恩人，恩人”的江氏一家三口……再三推让最后顾得仁只得把土特产收下，顾妻拿出一匹绸料、两块棉布料回赠给了江店主妻女……

临别时，江店主像有什么话要说，但嗫嗫嚅嚅，终究未说出口……在离开顾宅一段路后，江妻埋怨丈夫："你为何不说？！难道让女儿自己开口，说愿当他顾老爷的婢女、小妾服侍他，报他的恩？！"……

时值中秋节，江家三口带了一些节日礼品，又来到顾宅。

一番家人般的家常之后，江店主朝顾氏夫妻掏心掏肺说道："吾夫妻俩思量再三，觉得小玉只有到顾宅来最妥当！可以先当当婢女，以后觉得好，收房作小妾，吾伲夫妻乐意，小玉自己也是这个意思。"

"相公，意下如何？"顾妻面带笑意地问自己丈夫。

顾得仁："这可万万使不得！吾家虽无男仆，却有公家配给的两名皂隶供差遣，女婢已有一个十二三岁的丫鬟供使唤，根本不缺底下人！"

江店主与妻子交换了一下眼色，立起身与女儿一起作告辞状，出门离去……

顾得仁夫妻正感慨系之地说着刚才之事，忽听叩门之声……小丫头启门，转身朝顾妻禀道："刚才那个姐姐又来了！"

顾妻："小玉呀，你怎么没与父母一起走呀？！"

江小玉站着，不说话，眼角闪动泪花……

顾得仁思忖一会，毅然说道："小玉且在吾家玩几天吧……夫人！吾看这般好了，你认小玉为干妹妹，对，就这么定了！过几天，雇只船，你代吾送小玉回家去，要乐意的话，你待在岛上玩个三五天也行的。"

顾妻一把拉过小玉："江小玉！从现在起，吾就是你的姐姐，你就是吾的妹妹了！"俩女子紧紧搂抱……

（三）

时　间　晚间—白天。

场　景　京城郊外小客店；礼部衙口；吏部左侍郎宅。

人　物　顾得仁；小客店主；门斗二人；左侍郎、侍郎夫人；百姓一人。

县衙八品主簿顾得仁奉县令差遣，进北京去礼部公干……一路上车马劳顿，到北京城外这天，天色已晚，投宿于一客店……

（顾得仁画外音）“怪吾自己呀！晚间睡得太死，小偷进房，毫无察觉，一个包着诰身、几两路费的包裹，随身穿的几件像样衣服，一齐偷了个精光！”

第二天早晨，顾得仁亦无法跟客店主争吵什么……店主取来几件旧布衣给顾穿着……

顾得仁拉着店主至礼部衙门口恳求地朝门斗说：“我是南直隶苏州府长洲县主簿来礼部公干，不幸昨晚被窃贼偷个精光！这位店主可作佐证……”

门斗一副官腔：“我可不管什么窃贼、土匪，拿申详来，有你的诰身更好！”

顾得仁：“我初进京城，至大衙门办事，故将诰身随带……现时只求老伯行个方便，让我进去见堂上官禀报说清……”

门斗头摇得拨浪鼓般厉声道：“别想！你们这些九假一不真的浑客，多是借同乡宗亲借口，打打秋丰！我要放你进去，或许能讹到几个钱，而我的饭碗可就砸了！快滚开！要不，就喊衙役打一顿！”

两人无奈地退走，店主说道：“也不必去报五城兵马司了，他们根本不理你的，弄不巧被他们捆打一顿，枷示三天呀！我看不如这样好了，你且在我店中充个下手，我管你吃住，你呢，不妨抽空去找找亲戚、同乡什么的……可好！”顾得仁：“多谢了！”

顾得仁在小客店中勤谨地干着诸般杂事……晚上拥被躺着，潸然泪下……

他忽然明悟到了，自语道：“是了，一定是刘乡长恨吾保护江小玉，他就串通他的表亲汪县令，派吾公差，让吾必须带诰身，再派窃贼，偷窃毁掉吾的诰身，歹毒呀歹毒——让吾流落远方，连尸首都还不了家乡！”

顾得仁正在一条胡同里张望访观。

在胡同一头顾得仁遇见一个百姓，向他问询：“大爷！这儿哪有苏州人家？”

百姓用手向胡同另一头指指道：“最西首那座大宅第，屋主人是个大官，他就是个苏州人！”

“多谢了！”顾得仁道了谢彳亍地走近了大宅第，在门首来回地张望……他一咬牙上台阶向老门斗作了个揖：“大爷，请问尊府大人是……”

老门斗瞟了顾得仁两眼：“你认得我家大人？”

“不认得……”顾得仁摇摇头，道，“只是想问问这位大人可是苏州人士？”

“是呀！你也是苏州人？想打我家大人的秋丰？”

“不！不！不！”顾得仁连连摇手，“吾现今落难了……”

老门斗：“落难了！现今没得生路了……好！你来得正巧！……”

“大爷，你愿帮吾……”

老门斗：“我呢，是北京人。我家大人苏州的亲眷、朋友、同乡上门来的着实多，一直想招一个苏州帮手。你可愿意？”

“愿意，愿意！”

老门斗：“明朝过来，这门斗服明朝发给你，月银由夫人定。”

顾得仁连连作揖：“大爷，你阴功积德！你阴功积德！”

顾得仁就这样当起了吏部侍郎私宅的门斗，迎来送往，恭敬勤谨，甚得老门斗的嘉许。

（顾得仁画外音）“就这样，在客店充下手一年多，来到侍郎府也大半年了，心里很焦急，就是找不着时机对侍郎大人诉说……感谢皇天，突然七月十五这天鸿运临吾头……天大的好事……吾无论如何不敢相信这会是真的！”

第十一集

（一）

时　间　傍晚。

场　景　侍郎宅客厅。

人　物　顾得仁及男仆女婢数人；侍郎夫人；侍郎；总管一人。

时当阴历七月半（习称盂兰盆会日），左府夫人赏仆婢钱。

总管站于厅口高声喊说：“今日阴历七月半，每个后辈都应给自己的先人烧个盂兰盆，我家夫人，要给每个人这一份孝敬钱，大家挨个儿到夫人跟前叩头领钱！”

众仆婢，女先男后顺次叩头领钱……

轮到最后一个是顾得仁，夫人问他：“你是新门斗？我呢，进府以来也没有出过门，不曾见过，今日正好，照照面，认一认，你且抬起头来！”

顾得仁应声一抬头，夫人不禁“啊”出了声，凑过脸，端详地辨看了一番……“你、你、你姓什么叫什么？”

顾得仁刚才听夫人的说话声好像有一点点耳熟，抬头时因已傍晚看不清夫人脸面，也没去多想，就应声回答：“吾姓顾，叫顾得仁。”

“你叫什么？叫什么呀？！”夫人神色急迫，声音也颤颤的……

“吾姓顾，叫顾得仁，是苏州府长洲县人……”

“你！你真是苏州府长洲县的顾得仁？！”夫人的声音竟然含着哭腔，“家、家住宝、宝林寺前的顾得仁！”

“是的！不错，不错！家住宝林寺前。”顾得仁大感惊讶……

"姐夫！恩人！"夫人扑通一下跪伏在顾得仁跟前，顾得仁不由自主地相对跪伏，心下此时才知这位夫人竟然真是江小玉！……

此时际，厅间众人无不瞠目结舌，不知所措……

台阶上走上来五十来岁的三品吏部左侍郎，一见自己的娇妻竟与一名三十来岁的门子头顶头地跪伏着，声色俱厉地喝问："怎么回事？怎么回事？！"

地上两人赶紧起身……

江小玉向丈夫诉说着……（有画面无声音）

顾得仁向侍郎大人诉说着……（有画面不出音）

左侍郎："那位失踪两年的长洲县主簿原来在吾家里！"笑过后，道："明日吾到部里，查核实了，让你官复原职，回长洲县衙去！"

顾得仁："大人真是顾某的再造恩人！"

夫人："你实是吾的恩人！"

左侍郎："你顾某也算得是老夫的恩人呀！"

"不敢！不敢！"顾得仁惶恐不解，一脸的疑惑……

"夫人！你给我俩去弄点好菜，吾要与顾老弟喝上两盅？"支开了娇妻，左侍郎接着说道："你一定想知道夫人是怎么回事？既然是自己人了，就告诉你好了，吾原配的娘家是西山岛上人，去年清明吾回苏祭祖，顺便也去了趟西山，在岛上的几天里，听到了不少有关江小玉的话，对她就生了份心意。吾原配体弱多病一直未曾生养，后虽娶了一房小妾，也只生了个女儿，十多年来一直未见子嗣，心中着实忧虑，心想这个江小玉……就从苏州城重金请了个相面大师，暗中相了一下江小玉，相面师力劝吾：江小玉不单能生子，而且还有帮夫长运，于是就托人向小玉父提了亲，说清做妾，小玉父母可能从吾岳父家得悉吾为人尚可，就一口允承，小玉进得吾门一年有余，已为吾左门生了个儿子，使吾左门有后，此大恩岂非也靠你救助小玉而来！小玉为人又贤惠又能干，故老妻去世后，吾就将小玉扶了正。"……

第二天左府客厅上。

左侍郎将一份诰身交予顾得仁，说道：“这不是长洲县八品主簿诰身，而是苏州府衙七品通判诰身！因苏州知府况锺大缺人手，吾已与南京吏部酌定急配十六名品级官员给他！你是吾额外要为况锺配的最得力助手，才任你为苏州府衙通判的！”

顾得仁跪下双手接奉诰身，禀诉：“请大人准卑职明日就启程返苏！”

左侍郎：“吾理会得你急于返苏的心情，今准你明日启程！不过到苏后要请你为吾左家办一件私事！”

顾得仁：“大人！要是吾猜得不错的话，就是上趟西山岛将夫人的父母派专人送来北京府间团聚！”

“一点不错！老弟确实能干！吾和夫人就拜托你了！”

（二）

时　间　白天。

场　景　府衙二堂。

人　物　况锺、况寰、况和；陆捕头；顾得仁（通判）；成均（刑部侍郎衔，时任苏州抚民巡抚）。

顾得仁最后禀报自己的离奇经历——

顾得仁：“吏部左侍郎七月十六发吾诰身，十七吾就驿乘赶来苏州，直上府衙报到！”

“今日七月廿五，八天赶三千里，到后首先来府衙报到！好！公忠勤劳。”况锺称赞有加，“是块可造就的官料！本府现就委你为衙事通判。再给你四天假日，理一下私务。月底，准来见吾，要派你专职清查长洲知县不法之事！全府贪官就欠他这一个了！你快去家吧！”

“大人！卑职正有重要下情禀告！”

况锺："请讲！"

顾得仁："卑职原与知县汪仕铭一衙共事，深晓其狡诈个性，其不法丑行，多得数也数不清，就是不落下被人抓的把柄……"

况寰："你是主簿，经管县衙诸种文移，他有纰漏的，没落下一件于你手上？！"

"凡是有他墨迹的文移，不管大小，他都要最后过目，有些干脆就烧掉！"

况寰："那你如何查得了他？！"

"大人！卑职在回苏的路上，一直在苦思冥想抓出汪贼之法，现今确有一个十拿九稳的法子……"顾得仁显得有点激动。

"且说来听听！"况锺精神一振。

顾得仁："蒙大人照顾，赐假让吾还家，吾若还得家去，长洲县衙就会传遍上下，势必要打草惊蛇……何如明日吾先去西山岛，办理江小玉父母去北京与女儿团聚之事，大人派下陆捕头秉府衙命，逮捕恶吏刘乡长，此恶吏原是汪知县的表兄，他们间多有书信往还，出其不意地抄刘恶吏的家，汪贼的罪证很可能是一大把呀！"

况锺："好！这个办法好！况寰写份抓捕令给陆捕头！"

陆捕头："遵命！不过，不过小的有份担心……"

"担心什么？！"

"自从况大人严厉惩办这些贪官恶吏，千万百姓拍手称快！然而，坏蛋们岂能甘心？！故吾们捕快队对大人的安危十分上心，尤其夜里，队上都分班轮护！"陆捕头舌头不顺当地说，"明日去西山抓捕刘贼，应当是应当，就是、就是吾不想去……"

况锺："为何不想去？！"

"吾、吾不敢离开大人！"

况锺："你！你发现有刺客啦？！"

"嗯！"陆捕头认真地点了一下头，"这几天，衙口西首路边来了一个走江湖的，他的拳脚功夫在小人之上……府衙附近，走江湖摊场子的，从来没有过呀！”

“你说他呀？”顾得仁插嘴，“他是个好小伙！是北桥乡船拳师父。”

陆捕头：“你怎么认得他的？！”

“吾来府衙报到，走过那边，一眼就认出他了。你要知道北桥乡是我长洲县地，他乡里吾不时去公干，与他很是谈得来。”顾得仁一下浮上了灵感，“大人！吾敢断定，他是来护你的！他们有几个村子，祖祖辈辈玩船拳，男男女女不单会玩拳术，而且个个正直良善，贪官恶吏们没有一个敢惹他们的！大人，现今府里不是正缺押解贪官们的武力人员么？他们有船有拳功，请他们出这份力不是天上掉下来的好事？”

况锺脸浮喜色，一边点着头一边吩咐道：“顾通判，你今天下午去见那位北桥船拳师，跟他说妥押解贪官上刑部之事，一应开支，府衙从优给付！晚间你就住在府衙，让陆捕头与这位拳师见个面，好好聊聊……陆捕头，你明日带几名伙计随顾通判去西山岛抓刘乡长，记住，抄家时，凡书写物，哪怕一张小纸条也不要忽略！”

堂间诸人都长长地舒了口气。

顾得仁、陆捕头正待告辞，况锺轻叩几下自己的额头，拉住两人，说道：“吾或许思虑得过分了……不过，总觉内里有些疑窦！去年年中，知县汪仕铭曾来到府衙，呈给本府一份申详——”

况锺认真审阅申详。

况锺问汪仕铭：“贵县认为顾得仁主簿进京公干，一去四月，迄今音讯全无，判断顾某不是畏罪潜逃，就是路遇盗匪遭劫杀身亡，这种判断，贵县有何证据呀？！”

汪仕铭：“证据一时尚无，四月音讯全无，总不外乎此两类缘由……”

“糊涂！不凭物证人证，随意判断，贵县属何缘由？”

“大人！主簿一职，何等要紧！卑职实在着急，请求速补为上呀！”

汪仕铭像硬灌水的鱼儿翚张嘴。

况锺："四个月音讯全无，必有重要变故！主簿空缺，留至年底再补，贵县不可擅委代理之人！"

汪仕铭："是！卑职告退！"

况锺问顾得仁："汪仕铭派你进京公干何事？"

"简直说不上什么紧要之事：乡间一吕姓大户，为其祖上曾任过七品知县的先祖求礼部赐个号，求请汪知县以县衙祀乡先贤名义呈文礼部者……"

况锺："此吕姓知县有何善绩？"

"原是元朝残部，后降了本朝，无任何善绩可陈！"

"你以前上京师公干过？"

顾得仁："从来没有。"

陆捕头插话："你的诰身，性命交关的凭证！你怎可让它离身，管自憨睡啊？再说你身着八品官服，住进旅店，通常的偷儿断不会向你伸手的！窃贼帮都有很严的规矩的！看来，你是中了人家的'局'了！"

况寰："得仁兄！父亲耳闻你平素官声不差，故命我每月从府衙支领你的俸钱转于嫂夫人，府上安靖无虞。"

况锺由衷发声："顾主簿，你妻贤惠明礼，真是个好女子啊！"

顾得仁双泪如串珠，跪叩于况锺脚下……

府衙中一间简便卧室里，顾得仁居间介绍船拳师与陆捕头晤识。

顾得仁居间向船拳师说："这位是府衙陆大根捕快都头。"向陆都头说："这位是北桥船拳师父范大龙。"相互礼毕，各自坐下。

"大龙呀，这一阵子为啥专在府衙近旁摆摊呀？"顾得仁手指点了点陆大根，"陆捕头他担心你对况大人不怀好意呀！"

范大龙："吾是乡里几百号人指派来的呀！临走时，老父亲拍拍吾的头说，'况大人伤了根汗毛，吾就把你的头发拔个精光！'……吾再告诉两位，吾妹妹也受派了，派她看护况大人的女眷！她知晓况夫人信佛，大概常于几处庙宇里转悠吧！”

陆捕头：“大龙仁兄！你家兄妹真帮了吾捕快队的大忙了！你，不必说了，你妹妹这份忙真像是及时雨呀……”

范大龙：“及时雨？”

陆捕头：“真的是及时雨！况夫人与少奶奶都信佛，差不多每个月都要去寺庙拜菩萨！保护女眷，吾们捕快队无论步骑都是男子，跟着，又不让两位夫人发觉，总有许多不便处，而今由女拳师暗中保护，岂不方便多多！哎，顺便冒昧问一句，她的拳脚功夫比你又如何？”

“听仔细了！她的棍棒刀枪，跟吾不相上下！可轻功那是好个了得！”范大龙说得眉飞色舞起来，“你不要不相信，船拳船拳，是船上显武功！船行进中，要过得桥去！至高的桥，当船头快进桥洞时，人要在船头上蹦起，跃过桥顶，再落在桥洞那边的船上，人体不见晃悠！吾妹妹，她能在跃过桥顶，双脚站稳在吾爸或者吾的双肩上，你看厉害不厉害！！”

陆捕头被范大龙说得痒痒的，急迫地催问道：“何处最能见到这位女侠客？”

顾得仁：“明日吾俩还得去西山抓刘乡长，事关汪仕铭罪证的大事！完事了，还府衙后，你就多留心，两位夫人何时去上香，你暗暗跟着不就行了！”

“女侠客也是在庙场间卖武艺吗？”陆捕头是个性急的人。

“不！她跟吾可不一样！她要的那些小滑头，你挖空心思也猜不出来！你想见着她全凭你的额角头高不高啦！”范大龙说此话时并没有故弄玄虚的味道。

陆捕头转身朝顾得仁通判低语：“是不是跟大龙兄说一说武力押送贪官污吏的事？”

顾得仁稍一思忖，答道：“押送这十个人，兹事体大！分开解押，船也得好几条，人员更得数十人，再加上侍候劳作之人，更得细细筛挑，路程一个多月，是半点也疏忽不得！这不是大龙一个人可以做主派遣的！过几天吾和大龙到北桥去，见他们的族长，面商酌定吧！”

陆捕头：“好咪！吾听从顾通判旨意！”

府衙二堂中，况锺翻阅着文书，况寰不时瞄瞄水漏，面现焦急之色。（古时测计时间，室外用日晷，室内用水漏、沙漏。）

况寰：“父亲！顾通判、陆捕头今天能顺利回衙吗？！”

况锺：“这两人办事都颇老到，黄昏前准可回来！”

“况大人！小的粮吏吴阿贰告进！”吴粮吏立于堂东侧小门口禀报。

况锺：“快进来，快进来。况和，给凉茶。你坐下喝口茶，慢慢说。”

“奉大人命，吾已在乡间选定两个村，一个好的，一个差的。”吴阿贰急迫地很不安，说，“农村状况不好，很不好，已经出了祸事了！”

“啊？！——”况锺父子连况和一起惊叫……

第十二集

（一）

时　间　白天—黄昏。

场　景　府衙二堂。

人　物　况锺、况寰、况和；吴粮吏；顾通判；陆捕头。

二堂间况锺听吴粮吏禀告——

“吾奉大人命在乡间选定两个村：一个好的，一个差的……”吴粮吏急迫地说，“吾开门见山告知村民，知府大人要下来与诸乡亲商议秋税减免之事……谁知村民们回说，京里户部不准减免，吾说况大人会再上奏章力求减免……村民们都是摇头叹气，临了，却丢给吾一句话：‘只有逃走才能保命了！’吾、吾原当这是他们的伤心话……在、在回来的路上，竟、竟然看见数、数不清的农民，牵大抱小，背着包裹，朝湖州方向逃去！人多得真的数不清！”

况锺：“今年天时顺，稻谷喜人，还有个把月就要开镰收割，农民们会舍弃即将到嘴的米饭，抛家舍业去逃亡？这？这？——这里边肯定有大事发生！”况锺心情急躁、疑虑重重……

正在此际顾通判、陆捕头欣欣然进得二堂。

顾通判呈一大叠书信给况锺：“大人！如此多的罪证，实难叫人相信……”

况锺：“顾通判，江小玉父母送走了？好！你现在就回家，在家待明、后两天，第三天来府衙，由你审问汪仕铭！吾与吴粮吏有急事要办！”

“遵大人命！”顾得仁告辞离去。

况锺：“陆大根！你明日过来，况寰会交付你捉拿汪仕铭的知府令书，押进府狱，也单关一间！西山那个刘乡长，你把他关在哪儿了？”

陆捕头：“回大人！那个刘恶贼真是罪恶滔天哪，按大明律法，他有三个脑袋也不够砍的，吾把他关在西山巡检司里，脚镣已用铁汁灌死了！日后杀他就地示众，也省些力气！”

况锺：“吾明日下乡，你派两三个伙计，穿着百姓衣服，远远地跟着吾就行。那个北桥的范大龙不是一直盯着吾么？你放心去抓汪仕铭好了！”

陆捕头：“遵命！”

（二）

时　间　白天—晚间。

场　景　府衙大门内外；二堂。

人　物　况锺、况寰、况和；吴阿贰；成均（原刑部侍郎，现南直隶抚民专官）；四人小官轿一乘；一马夫、一马。

况锺带着况寰、况和及吴粮吏正从大门口内甬道上走出，跨过大门槛，走下台阶……

况和向衙西首一牵马马夫招手喊：“马来！”（明官制规定，官员出行，三品以上乘轿，四品以下只能骑马。）

况锺正待踏蹬上马，忽于马侧急停下一乘四人轿，轿内的成均掀开帘布发声：“况知府请停步！”

况锺站好，应声说：“是成大人光临呀！实在不巧，卑职急于下乡，有急事要办！待过个几天，卑职到大人处谒见，到时再相谈……”

“不行！也不必！就现在相谈！耽误不了况知府多大时光，谈得好还用不着喝盏茶的工夫……”

况锺：“那，大人请说！”

“况知府给一杯茶喝着谈，不行吗？！”成均按捺不住胸间之气了。

“请！二堂谈！”况锺无奈，摆手相请。

两人二堂坐定，况和奉茶。

成均呷过一口茶，说道：“本官奉朝廷差遣专职南直隶抚民事务。本官来苏州府还要比况知府早到两三个月哩！”

况锺：“卑职就任以来，实因杂务剧繁，未能挤空拜谒大人，乞恕罪、恕罪！”

“客套之话就不必多说了！本官只想向况知府说两句话，也算两项要求吧。”

“卑职恭听！”况锺随即示意况寰入屏后记录，况寰领会入屏后。

成均：“一、苏州府一应流民事务，包括农户逃亡，乃本官职司，无须况知府过问！二、府衙之赵忱，任职抚民通判，乃本官之得力助手，听说已为况知府下了狱，我今日就要将他领走！”

况锺立起身来，毅然作答说：“大人专司抚民，实乃苏州百姓之福，只要安抚有成，卑职衷诚高兴。不过，卑职的职司是管治整个苏州府的诸项事务。皇上亲批的圣谕，就是爱民、安民、养民、抚民。再说我苏州府乃朝廷的粮仓、金库，农户的逃亡，关乎朝廷的根本，卑职必须经心，必须过问！吾今日就是要去查看农户逃亡的实情，待回衙后再向大人通禀！”

成均也站立起来：“赵忱，你可让本官领走？”

况锺斩钉截铁地：“不行！不行！他乃苏州府县贪官污吏团伙之首犯！阁老尚书来领也不行！”

“饶人不是傻，过后便宜大。”成均放婉了语调。

况锺："害民的恶人不能饶，人丢的便宜不可要！"

成均的脸色陡变："奉送况知府一句古谚，'灭门刺史，破家县令'！"悻悻而去。（大的知府官，亦称刺史。）

"卑职也有一句古谚对应，'但教方寸无邪恶，虎狼丛中也立身'！"

从屏后出的况寰："父亲，这位成大人原是赵忱的主子呀！"

"流民的大乱子，十有八九跟他有关！走！吴粮吏还在衙口等着领路下乡哩！"

（三）

时　间　白天。

场　景　农村场院地面。

人　物　况锺、况寰、况和；吴粮吏；农民若干；一处荒村；一乡长。

吴粮吏导况锺入场院，与农民们晤见。

况锺："乡亲们都就座，本府今时是与大家商议今年税粮减免之事！究竟减免多少数额，想听听大伙的话，之后核算而定……"

农民们无人应声……

吴粮吏："况大人到任才两个月，为减免大伙的税粮，已向朝廷上过两次的专章了……"

一老年农民："听乡长说，都给户部驳回了！……"

"是的，两次都驳回了！这次吾要直接向皇上呈恳求减免的奏章！"况锺顿了一顿，以手拍了拍自己的脖颈，说，"退一步说朝廷还有别的说法，吾、吾况锺就是砍去这颗头颅也要给大伙减免！乡亲们，究竟减多少合适，大伙得说出个底来啊！"

另一老农："况大人！我们相信大人是位爱民的好官！吾，就拿吾家来说给大人听听吧，阿土呀，你来一笔一笔地算给大人听——"

阿土立起，说道：“吾家连大带小，靠种自田三十亩活命……”

吴粮吏在况锺耳畔小语：“大人，他在村里算个中等户。”

阿土继续说道：“今年是个好年成，亩产稻谷约五百来斤。可砻糙米三石，匀起来算，九个人一年口粮至少二十七石，换句话说，三十亩产量扣去九人口粮九亩，还剩二十一亩数；春上的秧种、牛吃的精料，莳秧时请个短工，斫稻时也得请个短工，合总的本钱至少要千多斤稻谷，余剩下来还有十九亩稻谷数。阿爸！今年养马费、抗倭费、宫里物料费，乡长通知要缴几花呀！”（砻，去谷壳。一石米，约一百二十斤。莳秧，苏州方言，即插秧。斫稻，即割稻。）

阿土爸：“一千斤谷！”

阿土继续算道：“一扣，又是两亩数，剩十七亩数，吾伲苏州的税粮全属漕粮数，吾伲村派定缴到山东临清，这还算小运气，未被派缴北通州张家湾仓！缴漕粮时要缴户出船出人，吾伲村十家中等户合造一只船，约装两三百石稻谷，船三四年换一只，吾家摊到的造船费今年三百斤谷，每年要摊一个劳力去摇船，一来一回很顺当也至少三个月，弄不巧要延宕到开年春时才回还，这劳力在船上的吃食，最省也得四五百斤谷。大人呀！最费的大头，是塞赃谷呀……”

况锺好似没听明白：“塞赃谷？”

阿土：“运河上的关卡多得数不清，到临清剥皮抽筋关至少有瓜洲、淮安、济宁、临清四大个，经过每一个至少要塞赃五百斤谷，不然的话，卡上人东给一个刁难，西给你一个麻烦，不让你顺当开航！……”

况锺：“他们怎么公然勒索如此显眼的稻谷包呀？真是些笨贼呀！”

“大人呀，他们恰恰是聪明呀，关卡上千人百眼，谁也不敢明目张胆地塞赃银、受赃银的，他们就称这几包稻谷不干、秕瘪，不合格，就撂一边，船户只管开航……”

况锺：“嗄——原来这就叫作塞赃谷！”

阿土："去年吾家这大关小卡的塞赃谷花去了五千斤呀！刚在算的还有十七亩数，合稻谷八千五六百斤，再扣去塞赃谷五千斤，吾家应缴的漕税额是每亩六十斤三十亩合一千八百斤，算到头，还应该剩一千六七百斤！可是，可是……"

阿土爸："大人呀！府衙那个姓傅的瘟贼，带了十几个青面獠牙的皂隶，到吾伲村宣布每亩田要加收一贯钱，这钱是那些逃亡户的抛荒田税，以及工部派征的阔白棉布代金，分摊到各村现有农户头上之钱。大人呀！吾家加缴三十贯钱哪！"

阿土："去年最好的稻谷一千斤可卖三贯来钱，吾刚才算剩的一千五百来斤谷数，可折四五贯，还少二十五贯呀，那个姓傅的瘟贼，硬把吾一家大小的口粮拿去了三千斤折抵九贯，还把一只壮牛作价九贯牵走，最后仍缺七贯钱，姓傅的说，让你明年秋收还，加利一倍，还十四贯！"

阿土父子："大人呀！今年就是再好的收成，吾家也活不下去呀！"……

一个青年农民，控制不住情绪蹦起来喊说："大人，不瞒大家，吾伲好几户，亦要当逃民去了……"

吴粮吏："稻眼看就熟了，到手的好白米，舍得丢掉呀？"

此农民："临走，割几把稻，砻几升米，路上备备。逃，还有点生路；不逃，死路一条！"

"乡亲们！刚才这一笔一笔账，本府听了真是心惊肉跳哇！"况锺指了指况寰，"他已一一记清了！吾将连夜如实地一笔不落地呈奉圣上，圣上定会赐下减免之恩！现到征纳秋税还有一个半月之期，请大家耐心等候，到时候吾一定派人来村里知会减免喜讯……"

"到时候皇上也不肯减免呢？"那个要当逃民的青年信心不大。

况锺："本府带着家眷跟你一齐当逃民！"

况锺在吴粮吏的导引下，来至一荒村。

吴粮吏指点说："这座地势稍洼，雨水稍多就歉收，干旱点倒无事。这几块看像池塘，其实都是稻田……"

况锺："村里好像人家不多……"

吴粮吏："原本多时也有二三十户唻！现在只剩下三户：一户寡妇，拖一双小儿女，就靠吃菱棵头、野菜延命！一户孤老，老太婆双腿残疾全靠老头子相伴，原本有一个儿子，被骗卖成军余充了军！目今老夫妻日子，苦得与那户寡妇同样没法说了……还有一户是村长，去年因欠税，两个儿子都被捉起来，一直关在长洲县狱里……"（菱棵头，水菱的嫩叶，芽头可吃。）

况锺："用不着问，其他的农户都变成了逃亡户……"

吴粮吏："是的！去年就逃得差不多了，村长因为有两个儿子在牢里，自己也就不逃了！"

"你且领吾去会会村长！"况锺一转首吩咐况和，"你回到刚才的村上到那三十亩田的农户家，说本府要向他暂借一百斤糙米，明日就派衙役还给他五百文钱，这一百斤米，你快挑来，给这两苦户各送五十斤去！这村里反正一找就找得着。"

"遵命。"况和离去。

况锺跟着吴粮吏跨进了一处有竹篱的院落，院间有一对中年的农民夫妇，女的在拣摘菱棵头，男的在剪螺蛳……见一官一吏进来，就趋前跪下了叩头……

况锺拉起农民，自己就近坐于小竹凳上，朝农民说："本官是新来的知府，姓况，现想问问你村里的情状……"

农民低头垂手立着，并不开口……

吴粮吏："况大人爱民护民，你家你村有何苦处，尽管诉说出来！"

农民泪如串珠，哽咽得说不出话，农妇已在院角号啕痛哭起来……

正在此际，快步跨进一中年人，叩见况锺，报说："小人本乡乡长沈大波，刚才耽于公务，侍候大人来迟，有罪！有罪！"

"你有公务来迟，何罪之有！"况锺转朝农民吩咐，"先叫你妻别哭了！你儿子的事，本府亲加过问！你也过来，一块说说！”

乡长：“本乡东边有两个村五十来户，结伙逃亡，吾怎么劝也不管用……”

况锺：“现在可否追得回来？”

乡长：“现今至少已跑出去二三十里了！就是追得回来呀，大人！吾也不去追了！”

况锺：“实在追不回来也就罢了，然而追得回来，你不追，你是有罪的呀！”

乡长：“昨天，听了成均大人的话，左思思右想想，觉得还是让他们逃了为好，逃了有希望保牢自己的性命！”

吴粮吏：“沈乡长，你怎么见到成均大人了？！”

乡长：“昨日县衙把乡长们叫去，听成均大人的训示——”

（出下列画面）刑部侍郎、南直隶流民处置官成均显赫地坐于长洲县衙大堂上，对下边跪伏一大片的乡长们训话，说：“农户以种田为本，上缴朝廷税粮，下养家人老小；工匠以承继祖技，服役官府，借以领取口粮，养家活口。凡安分守法者，即是良善之民；若抛弃本业，妄图逃税避役者，即是刁民乱民！”说得兴起，他立起了身子，恶狠狠地说：“朝廷之所以派我这个刑部大臣来执法，就是教我以重刑来整治！大家听好了，我下令：凡流民中之骨干人，税粮额多之人，徭役轮值到之人，一律诛杀！余外诸逃流者，男充苦役，女卖为奴以钱抵债。本官如此重治两三年，保你全县、全府再也不会出一户流民！”

况锺：“此话差矣！孔夫子有训：人民，应用道德去教导，用礼仪去整顿，则他们与政府就会同心同德；如用苛法去诱导，用刑罚去整顿，则他们与政府就会离心离德！”

乡长：“吾今后听从况大人的！”

况锺先问况和：“两户米都送了？”见况和点头，就朝村长说：“明后天一准让你儿子回家！”

况寰：“父亲，是否请沈乡长明天来趟府衙，同时请上几位长洲县的乡长，一起细议细议逃亡流民之事？”

况锺：“好，就这么办！吴粮吏，快！随吾回府衙！”

况锺与况褒在二堂中烛光里议酌着。

况锺在堂间边徘徊边叹息：“苏州的农民太苦了！太苦了！”

况褒：“按说，亩产五百斤谷，缴税六十斤谷，不算过重呀！”

“可是，他们已经被压死了呀！大祸根就出在这个漕运上面！”

况褒：“三十亩税粮一千八百斤，漕运开销竟要倍上三倍数，人又得几千里地奔波，不大改，苏州府别指望能治好哇！”

况锺：“村里凡说话的农民，他们的姓名一个个都记录清了？”

“父亲，要让圣上相信他们的苦难、灾祸，在事确人真上是一点也不能含糊的呀！”

况锺：“况和，案桌两端点上两根大烛！”

“父亲！时已更深，快请歇息吧！”况褒听到已敲二更了，道，“明日早起再撰也不晚呀，要不然，大人歇息，儿子在此撰章好了……”

况锺：“就是你写了，还不得吾逐句逐段地修改？”随即坐上案桌，铺开卷纸，况褒卷袖磨墨。

况和端来了两碗粥，一碟子，上有两个鸡蛋：“大人、少爷要熬通宵了，先喝碗粥填填饥……”

况锺转身坐到了就餐的方桌边，随口道：“喝碗粥也可振振神……咦，有碟咸菜也够了，何以额外添个鸡蛋？拿下去！”

“大人，大人，这可不是明日烧汤的蛋！是吾姆妈捉的两只小母鸡养在灶间，拾拾碗残，现已生了十几个蛋了……大人和少爷要熬通宵，不吃不行的！”况和最后一句话犹如命令。

“好吧，就添一个小荤吧。”况锺朝况和道，“你也盛碗粥来，也带一个鸡蛋，我们三个一起吃！”

窗棂纸间东方已露出了鱼肚白……蜡烛已燃残至根部，在摇曳的烛光下，况锺还在振笔疾书……

二堂东侧小门口出现一衙役高声禀报："大人！衙口来了一位大官……"

况锺："这么早？他说自己是谁了吗？"

衙役："人都没见……"

况锺："人都没见，你怎么知道他是大官？！"

衙役："那是一乘八抬大轿！一早来到，停在台阶下，就是不见大官出来，他手下也没人过来问话……奇、奇得很！"

况锺不由得不惊讶了……

第十三集

（一）

时　间　白天。

场　景　府衙大门内外；二堂。

人　物　况锺、况寰、况和；周忱（新到任的南直隶巡抚二品大员）；衙役数名。

况锺闻衙役报说来的是一乘八抬大轿，赶紧在况和、况寰的相助下，穿好官服，独自快步下二堂、过院落、穿大堂、过甬道，到得大门里边，大声吩咐衙役："开正门！"自己应启门声出大门，下得台阶，来至八抬大轿边，躬身，道："卑职苏州知府况锺迎接大人光临！"

"伯律仁弟，是愚兄周忱呀！"轿内官掀帘、跨杠，一把抓住况锺。（古人重礼。尊呼卑，直呼名；若称呼字，则表分外敬重。周忱，字恂如。况锺，字伯律。周年长况锺数岁，两人私交颇深。）

两人手牵手进入了二堂，况和上了茶。

周忱看着侍立的身着吏服的况寰，问道况锺："此非二儿况寰吗？怎么，他充了你府衙的小吏？你不让他入学，不耽误他前程么？"

况锺："大人哪，苏州府衙事体何等繁重，人手又奇缺，吾就让他弃学就吏，好好历练历练也一样会有前程的！"

周忱："嗳，是啰是啰！你就是县吏出身，而吾呢则亲王府长吏上来的嘛！对了，此次吾给你带来了十六员缺补之官，明日他们就会来府衙禀到！"

况锺："多谢巡抚大人了！哎，吾从邸报上看到仁兄大人几天前才到南京赴任，怎么今天就来视察苏州？到了府衙，竟是轿歇门口，不进衙去……"

周忱："告诉你，吾昨日就来了苏州，派长随一打听，知道你带吴粮吏下乡了，无须多问，定是为征纳今年税粮之事奔波，你呢又有连夜写奏章的习惯，吾呢想让你早间用餐之时从容一些，故就候卯时府官应卯时一起进衙会你。"（古时官衙办公人员均在卯时签到，故称"应卯"。）

况锺："多谢仁兄大人体谅！"

周忱："闲话叙过，且说要紧之大事。此次朝廷于八月派吾就任南京，南直隶征纳今年之税粮，自是吾肩上头等要务，而你苏州府乃朝廷的最大粮库、最大银库，从速早来，吾是急不可耐呀！……"

"实在巧极！实在巧极！"况锺有点欣奋，"原来吾想今日暂且安置一下府间贪官事宜，明日即上南京拜谒巡抚大人，而今，竟然巡抚自己上门，省去吾四五天的车船劳顿……再次多谢仁兄大人了！大人，请审阅卑职恳请减免税粮与改革漕粮运输办法的申详！"

周忱指指况和问况锺："这是你的管家吧？"他见况锺点点头，就径直吩咐况和："去！给本官、你家老爷，还有况书吏备三份早餐来，等吾塞饱了肚皮再来看申详！"

早餐用过，周忱细细地看着申详，还不时地屈着手指盘算着。

周忱神情兴奋："好！好！伯律老弟，你这份农户秋粮账算得委实好呀！就凭它，户部再也不能驳回你的减免数额了！苏州全府缴额二百七十八万石，减免七十二万石，每个农户虽税额受惠不顶大，可是配上这漕运改革，那个受惠可是大狠去了呀！"

况寰："大人呀，就以那户三十亩田的农户算，他家除了可足额缴纳税粮一千八百斤谷，另外只需拿出一倍的一千八百斤谷，这一千八百斤除去能抵所有其他诸种开支外，更多的可作济农的存粮，防灾防荒济助贫户。这三十亩之家每年竟能净收入一万一千四百斤啊！真是地狱变了天堂呀！！”

况锺：“这改革，全在民运改军运！农户向就近卫所缴税粮，免去长途运送，省去三四倍税粮数的额外支销，又让劳力留下干农活，法子真的甚好，只是吾这个不大的知府官不管卫所，这决定成败者全仗巡抚大人了！”

“本官职可管军！南直隶尤其运河两岸诸卫所，吾就下文，令他们接手农户漕运事务！”周忱拍着手间的申详，朝况锺频频颔首，道，“贤弟，你这个巧心思无人可及！无人可及！规定每驾漕船之军士，每人可捎带若干地方土产，从甲地带去乙地、丙地销售，赚钱归己，军士们岂能不乐意？！”

“古话说：多劳则俭，俭生德；安逸则奢，奢致败呀！卫所军伍，平素又无战事，从事漕运，既为国效力，也强健自身体魄，这实是利国利己更利农的莫大好事啊！”况锺指了指案桌上的一份长卷，说，“此乃禀呈皇上的奏章，所写内容与大人所看之申详并无二致。这奏章上想请大人领衔签名……”

“领衔签名不可！这利国利民又利军的大善政，乃是伯律贤弟心血结晶，吾是不能掠弟之美的，然而吾名仍要签，由卫所运漕还得巡抚下令执行！”周忱展开案桌上之长卷（奏章）在尾部“臣苏州知府况锺”之具名后侧签上“臣南直隶巡抚周忱”之名。

周忱：“伯律，你把这申详，抄一份派专差给松江知府送上，让他学着办！松江府之税粮额是你苏州府之一半哪！是仅次于你苏州府之全国第二号呀！”

况锺：“是，遵办！”

周忱：“吾明日就从苏州起身直接进京面乞圣上恩准你的奏章！”

（二）

时　间　白天。

场　景　府衙大堂。

人　物　况锺、况寰、况和；顾得仁通判；陆大根捕头；南京吏部派补府县官十六员；衙役数名。

况锺及手下与吏部所派补十六官员于大堂正式晤面。

况锺立于公案后，接受十六名官员逐一递呈的诰身，况寰将其按府衙官、县衙官分置于公案两端；堂面间分东西两列排有十七张座椅：西列七张，东列十张。

况锺伸摆右手："府衙官请就座！"——此列顾通判坐于首座，顺序坐上了六人。

况锺伸摆左手："县衙官请就座！"——此列十人顺序坐。

况锺轻点右手边的那叠诰身，朝堂间西列诸人道："两位通判、两位推官、两位经历。"

况锺轻点左手边的那叠诰身，朝堂间东列诸人道："六位知县、两位县丞、两位主簿。"

"顾通判请起立！"况锺就座，说道，"我向列位引见顾通判，他为本府衙之首席通判，在苏州全府，除本官外，他的职司最大，所有各种公务，他均可过问！"

顾得仁通判应声连连作揖："今后要请列位多多赐教、多多相助。"然后归座。

况锺："我苏州府县目今有三件急务要办：第一件，有众多的农户、匠户与若干商户，迫于税粮过重，徭役苛繁，征取无度，纷纷抛业弃家，逃亡远方！现本府令各知县官从速赴县衙理事，即时出具告示遍示城乡：今年税粮最高数不超亩额一百斤谷，一应费用全数在内，百斤以外悉数归农户所有！匠户徭役免去一半！商户税捐二十税一！尽力将流民逃户阻断遏止！"

一县令嗫嗫地："大人！百姓们真肯相信呀？"

况锺："你们可在县衙的告示中写明：这个数额是苏州知府况锺以身家性命作担保的！第二件急务是六县贪赃县令虽已被抓，然而各县衙的六房书吏，尤其钱粮、刑名与工役之务恶弊丛生，各位知县务必及早整饬！"

另一县令嗫嗫地："大人！我等人生地不熟的，整治恶吏，难以速效呀！"

况锺："整饬他们现今已不难了！七月初本官处死并示众府衙六恶吏，极大地震慑了他们，民众正气已经抬头，只要你们多到民间走访，多听本分良善百姓的评议，谁该杀，谁该徒刑服劳役，八九不离十的！"

"承大人明示，我等就心中有底了！"众知县齐声回应。

况锺："第三件事，乃吾于明天领着府衙三通判、两推官、两经历去吴县横山乡考查乡里长，推行善恶簿，民举公直老人事务，此事比上两件急务更见紧要！诸县官，本官给你们一旬之期，从速处置好劝阻流民与惩办恶吏两事，第十一天上集齐府衙，吾将教会各位这第三件事务的翔实做法。把这做好了，今年秋税征纳头等大事就能快速顺当完成！！"

十名县衙官员面呈兴奋地相互以目光交融……

况锺起立，侧过身子，朝众人："请看，此乃孔圣人的教训；实是府衙、县衙，你我府官、县官为政之道的大经大法！"公案后大屏间有颜楷的几行字——

子曰：道之以政，齐之以刑，民免而无耻；道之以德，齐之以礼，有耻且格。

（画外解说）孔夫子说，用政法去诱导，用刑罚去整治，人民暂且可免犯罪，却没有羞耻心；如用道德去教导，用礼仪去规范，则人民既会有羞耻心且能归服政府。

众人均注目，均毕恭毕敬……

况锺一拱手，朝众说道："今日晤议，到此为止。请诸位随顾通判至府衙食堂用个简便午餐，饭后请再来此，取回自己的诰身。"

府、县官们起身，离开……

况锺与况寰一份一份认真地阅看着诰身……

（三）

时　间　白天。

场　景　一座祠堂内外。

人　物　况锺、况寰、况和；新到府衙六官；何乡长、数十名里长；衙役数人；村民若干。

祠堂大厅，村民们围成数圈地坐于竹木小板凳上，听一个五十来岁的瘦弱男子在读《大诰》，况锺带着府官、数十里长，从祠口进来跨入大厅，按何乡长的指引，悄悄地坐于最外圈……

读法男读毕，朝何乡长道："乡长！《生身之恩篇》已读解完结，且小憩片刻，容众方便。"

何乡长点点头，村民们出外去方便……

况锺朝何乡长说道："这六位乃新来之府衙官员，这数十位乃吴县、长洲县两县乡村地区之里长，今因你乡不止'读法'好，且要村民公举公直老人，故领大家前来亲眼看一番。"

何乡长："大人前天差人知会吾，吾已认真准备了。诸位！我这乡有五个里，这村有三十三户，与东边三个村，合成浣花里，今日读法，除一户重病上城就诊外都到了，自洪武以来，近三十年，按月读，未曾落下过一次！……"

府官、里长群中飘出脱口的赞声："好得很！了不起呀！"

何乡长："这读法的好处，真实在哪！我们浣花里九十一家农户、四户匠人、四户商人、一家丐户，无论男女老少，人人懂法安分，家家互敬互爱，和睦相助。我们热切盼望况大人早赐善恶簿册！”

况锺：“你五个里五百家，一千本善恶簿已带来了！待会公举公直老人事之后，就发给你！”

村民们陆续归了座，何乡长：“今日读法就暂且停住，下边时光，是我们浣花里要推荐两名公直老人，由这两人对你等一百户人家每一个人，给你记下你一年的善事恶事，一年一清算！这个善恶簿册，你们的里长管不着，我这个乡长也沾不上边！全由这俩公直老人说了算！所以大伙得认认真真地来推举！哎，请况大人给我们说说何等样人可以当？”

况锺立起：“乡亲们！公直老人四项资格：第一，老，他有了闲时光；第二，腿脚勤健，能够东家走走西家跑跑；第三，心思明白，分得清青红皂白；第四，敢说话，肯说话。这样的人好找也难找哇！”

村民们纷纷议论开了。

甲说：“村西头杨大伯一二三项都行，就是不肯做‘出头椽子’，不够格！”乙说：“吾村里的袁老头，一三四三项都对得上，你看他在茶馆里指点起人来，一说一个准，不过，不过最近……最近触霉头，阶沿石上滑一跤，跌折了一只脚，不好推举他了！”丙说：“吾村里的老长大，一二三四项全呱呱叫！真是蛮配得上的！”村民丁、戊齐声说：“那么吾伲就推举老长大吧！”丙急说：“细想想，不行！”丁、戊问：“为啥？”丙道：“他是个怕家主婆的货！家主婆最怕得罪人，即使老长大在茶馆里随便评评人，消息传到他家主婆耳朵里，直吵得老长大不讨饶不住嘴……”（出头椽子，苏州方言，即常说的“枪打出头鸟”之出头鸟。）

有一个村民战兢兢地试探着说：“况大人！你是个好官，识人的眼力又特别厉害！你就给我们指派好了！”

他身旁的一村民埋怨他：“况大人又不认识我们浣花里的人呀！”

况锺：“乡亲们哪！这是你们浣花里的要紧事，须得你们大伙公议公举这两人！”

几个村民稍稍思索，异口同声地喊道："张员外张立德！"

"对！张员外！好！张立德！"应从声从村民丛间纷然迸出。

况寰："张立德张员外？他人在这里吗？"

村民们："没有，他管家在这里！"

何乡长："李管家！把你主翁给大家说一说吧！"

管家应声起立，向众人表述张员外立德事迹——

第十四集

（一）

时　间　白天。

场　景　田野间一条路间；一座宅第；浣花里祠堂。

人　物　张立德夫妇、新儿媳；中年女婢、少女婢、男仆数名；小花轿一乘；婚礼人员数名。

李管家表述张立德员外事迹——

宅第厅上张立德夫妇受归宁后回宅的儿媳参拜……

张立德："新妇请起。亲家翁、亲家母谅必健安吧！"

新妇："谢公公婆婆关怀，俩老均健安。"

张立德妻见儿媳身后只立有中年女婢，就问儿媳："小珠在哪里呀？"

新妇："小珠她，背了吾的衣包，抱了吾的首饰匣，许是先回吾的房了！"

张立德妻："你也早点回房吧！"

"是。"新妇带了中年女婢走进自己的卧房，喊，"小珠！小珠……"却是不见人影，不禁慌乱起来……

中年女婢："少奶奶，刚才走到半路上，我见小珠拐到路边草丛后，是去小解了吧，一会儿就能赶上轿子的，现在看来她还在路上呀！"

新妇："你赶快迎过去，一定要找到她！"

十三四岁的小珠，身背衣包，手抱小首饰匣子，跟随新妇坐的小花轿后，走着走着，内急了，就拐向路边草丛后面……出来时匆匆系背衣包，直向前头的轿子小跑地赶着……突然悟到首饰匣不在手，顿时急得哭了起来，迅即反身向小解处奔去……在草丛间用脚扫，用手扒，就是没有匣子，一下子瘫坐于地，号啕大哭起来……忽而有一双人脚立在自己身边，抬头一望只见一名少年花子，伛身问："你、你怎么啦？！"（伛，苏州方言，上身作20至30度弯下。这个字春秋战国时就流行用。）

小珠："吾掉了要紧东西了，吾、吾活不成了！"

少年花子："是不是一个匣子？"

"是呀是呀！是吾家少奶奶的首饰匣呀！小哥！你看到啦！"小珠猛地爬起，急不可耐。

"喏，这不是首饰匣呀？"少年花子把手从身背后亮到了胸前，首饰匣就在手间。

小珠一把抢过匣子，口中连声："谢谢天老爷！谢谢观世音！"……

少年花子："怎么不谢谢吾？"

小珠忙改口："谢谢小哥！谢谢小哥！"并随手开匣，拣出一支银钗，给少年花子："也值个百把钱……"

少年花子："这是你少奶奶的钗子，少了一支，你少奶奶不要骂死你呀！快放还去，吾一个钱也不要你谢！"

小珠："小哥，该要的！该要的！吾有月份钱，可以赔给少奶奶的！"

"放好！"少年花子将钗放进匣子，说道，"吾如若要你的钱，吾拣到匣子早就跑了，还用得在这里专程候失主？！"

小珠："小哥！你真是个好人、正人！嗯——这样吧，从明日起你到吾家来，张家浜张员外家来，吾每天给你准备中餐一碗饭，晚餐一碗饭，省得你再东村讨到西村，饥一顿饱一顿的……"

少年花子："这个样好，这个样好！可是怎么跟你见面呢？"

小珠："吾家的厨房在后门旁，你每天中饭、晚饭时稍早一点候在后门口，吾呢准时开后门给你送饭，你这只破碗不行，吾有只海碗，明日中午连饭一起送给你！”

小珠抱了首饰匣，欢快地往张宅跑，一头与急走着的中年女婢撞了个趔趄……

卧房中新妇嗔着小珠：“小短命的！你死到哪里去了？！”（嗔，古时常用词，小斥之意。苏州话至今承用。）

小珠：“肚皮坏了！耽搁时光了，少奶奶宽恕宽恕！”

小珠于后门外将一满碗有肴菜的饭倒进了少年花子的海碗里……

小珠在厨房间偷偷地挟块肉于碗底，而后盛满米饭，再在饭上盛了点蔬菜，然后放于一只小篮里，走至后门，开门，倒于少年花子碗中——这一切全被留一个心眼的中年女婢看在眼里，脑中浮现出不好的猜测……

中年女婢禀告少奶奶：“小珠她不对头！她……（后面有画无声）”

“你去看看晾晒的衣裳。”少奶奶支开中年女婢，拉过小珠，问她，“那个小叫花子，可是你的亲眷？”

小珠：“不是。”

“是你老家的邻居？”

小珠：“也不是，吾跟他素不认识……”

“好呀！吾明白了，你小小的年纪，就动起了男女之间的心思了……”

“少奶奶！少奶奶！没有的事！没有的事！……”小珠既羞且急伏倒地上。

少奶奶：“那有什么事，你就实话实说！要再不说，吾叫人去把那个小叫花子抓来拷问了！”

小珠：“吾说、吾说！事情是这样的——”（画面出小珠失匣、小花子还匣、相约赠饭之具体情状，不出声音）

新妇将此感人的事实，一五一十地禀报公婆……

张立德员外招来小叫花子见面，说事。

张立德："你叫什么？今年多大了？"

小叫花："叫李小大，今年十六岁。"

张立德："十六成丁！男子汉不能再要饭了！到吾府中来做事怎么样？"

李小大："有钱人家的事，吾不会做……"

张立德："给吾跑个腿、传个话；吾到佃户家去收租时，给吾挟把伞、提个包总会吧？"

李小大："这个吾还行。"

张立德："你从现在起就当吾的跟随了。老管家，领他去洗个澡，换身衣服，以后让他跟你住在一起吧！"

（字幕）三年后——

某天，厅间。张立德对李小大说道："小大呀，你三年来，勤勤慎慎，忍劳受累，为吾张府出足了力气，为人品性又好，全府的人，无人不称赞你。老总管年纪大了，眼睛、耳朵都不灵了，吾让他养个老了。从即日起，就由你来当这个总管了！……"

李小大跪下叩了个头，道："小大一准抠心挖肚肠地为张府做事，报答员外的大恩！"（抠心挖肚肠，苏州方言，相当于"掏心掏肺"。）

张立德："说起报恩来，吾今朝再让一个人来报个恩！"紧随他就拍掌示意。

几个仆人应声迅疾地把厅布置成一简便喜堂（红绸披幕、大红喜字、红烛……）。

两个壮仆不容分说地给李小大披上了新郎衣帽。

两名女婢拥来了新嫁娘小珠。

在婚乐曲中李小大、小珠拜堂成婚。

（同步的画外说白）小珠报李小大还匣之恩；少奶奶念主婢恩情，将善事禀报公婆；李小大报张员外收留重用之恩；张员外以超等之胸襟，施大恩于下人，下人们谁能不刻骨铭心主人恩情，以期有朝一日还报其大恩！

况锺、府官、众里长异口同声惊呼："你李管家就是那个李小大呀？！"

一壮年村民立起，说道："吾是浣花里今年的轮值里长，另外一位公直老人，吾推举倪孝子，就是刚才读法的那个人，他现在给母亲送饭去了。"

村民甲："他是个丐户，士农工商都不是，也可以当呀？"

村民乙："孝子，大孝子，虽说是个花子，落户我们里，我们不嫌鄙，我们乐意！"

村民丙："吾们里还有九十九家，他每天到一家，中晚两餐，轮到哪家，哪家早就准备好了！"参观席间一里长出了声："那不是讨饭，那是派饭呀！"

何乡长："他有什么本事，能派九十九家的饭？人敬的是他的大孝心哪！"

浣花里长："让吾说细到点吧，他母亲原是江北一大户家的小妾，丈夫一死，大房不光弄瞎了她的双眼，还把她母子俩赶出了门！流落到苏州，想大地方讨口饭吃总可以，谁知城里乞丐帮派是划地段的，她外来的孤儿寡母哪有立足之地，后来就来到了我们乡间，一晃已十几年啰……倪孝子的娘犯有心病，极忌怕生人，所以她现在住在远离村落的一只破船里边——"

（画面）一只搁浅了的破渔船，舱棚整齐，坪板干净，瞎母正在吃饭……倪孝子在拭擦坪板上的草席……母亲吃罢，孝子就拿身旁的茶壶斟上一盅野茶汤，奉母……母亲躺在草席上睡午觉，倪孝子轻摇葵扇为母送凉……母亲睡着了，孝子替她盖上千补百衲的被单……转身洗几件破衣，河中漂过，晾于棚间竹竿上。接着在船一侧的阴影下搓起了蓬蒿条，一条又一条……

（字幕）蓬蒿条点燃可以薰走蚊蚋，是他送给乡亲们夏季的小礼物……

村民丁：“推举倪孝子好是好，他哪能撇下母亲，一天到晚地东家走西家跑的呢？”

浣花里长：“不要忘了，孝子他每天要去一家两趟，九十九户一户也不会落下！三个来月大轮一圈，一年时光，每家他至少去八趟，有哪个更比他走访得勤啊！”

众村民：“好唻！好唻！准定就举他了！”

况锺立起身，向祠门边的两衙役招手示意，两衙役抬来一杠簿册，况锺对何乡长说：“这里红的是善簿，黑的是恶簿，你乡五个里，合总一千册！待会再分发。现在领吾去张家浜给张立德家上公直老人牌！”

况寰拿出两方相仿于信封大的木牌，牌面有红漆书写的“公直老人”四字，字下有苏州知府印的铁烙印。况锺拿过一方交予浣花里长，对他道：“这一方给倪孝子，钉在船的显眼处，你一个人去钉，我们大家不去惊动他母亲了！”里长连连点头。

况锺领着府官与诸里长，在何乡长的引导下来到了张立德宅。张立德合家出迎跪接……况寰上梯将公直老人牌钉在了户帖牌的边上，颇为显眼……

（二）

时　间　白天。

场　景　府衙中知府一家居处；城间一道路。

人　物　况锺与夫人，况寰与妻子；老主管况祥及老妻，其子况和及妻子；马夫一名；捕快两名。

况锺正于自己住所的小客厅间用餐。

客厅不大，摆有三方桌，成品字状，靠北一桌为尊，靠西一桌尊于靠东桌。

况锺与夫人坐于北桌，其余六人八字式侍立……况锺发话："你们也吃吧，耽搁时光，汤冷了就不好喝了！"应声后，况寰夫妻就座西桌；况祥四夫妻就座东桌，每桌上都是两菜一汤。

况锺在动筷前朝夫人道："吾已有好几天见不到豆腐和如意菜了！这是……"（黄豆芽，苏州人习呼"如意菜"。）

况夫人："吾与祥大嫂问过几个菜贩，他们有的说，要涨价，惜卖；有的说山东黄豆老板的'团行'售价摆不平，停止批发！更有的说是山东黄豆大歉收……"（团行，即同业公会，是资方组织。）

"这可要出大事了！"况锺站起身，望着诸人惊愕的表情，道，"豆腐、豆芽，是平民百姓主要的家常菜，黄豆更是榨油的主原料，也是耕牛、马驴的精饲料。不管是囤货惜卖还是乱涨价，甚至断货，都必引起纷乱、不安定！吾得要出去察看察看！"他稍加思索，坐下，以较快速度吃下了一碗饭。

况寰迅即端来了一只小盆，让况锺擦了把脸，径直朝二堂直南的大堂外衙口走去……况寰辞母，也赶紧跟随身后……两捕快远远跟着，暗加佑护。

况和则是急步出侧门——去马棚吩咐出马。

况锺来至衙口，一马夫牵来马匹于台阶下候着。

况锺下得台阶，来到马匹边，一看马夫："哎，是你呀！"

马夫："大人！真巧，轮值着我……"

况锺："那匹老瘦马还活着吗？"

马夫："大人下了铁令！我不能让它死呀！天天精料喂它，两个多月了，不瘦了，只是牙口太老，也活不久了！大人，要去枣市街吧？"

况锺讶异地："你怎么知道？"随即踏蹬上马。

“他吩咐我的！”马夫指了指况和，牵马开步，边走边道，“大人！黄豆荒，这把锁我有钥匙……”

“是吗？好啊！”

马夫：“大人！随我来——！”

第十五集

（一）

时　间　白天。

场　景　城间一道路；枣市街。

人　物　况锺、况寰、况和；马夫；茶馆店小二（称呼“博士”）两名；商人若干。

马夫牵引着马，与马背上的况锺说着话。

马夫：“大人！随我来——！大人，枣市街你去过吗？”

况锺：“说来惭愧，来苏州已两三个月，忙得还未能去走一走。不过本府知晓这是条食料街，专卖黄豆、大枣，还有些绿豆、赤豆、花生，对吾苏州府四十来万户人家生活，干系至大至大呀！”

马夫：“大人哪，正因为这干系太大太大了！所以我才大胆多这个嘴了！……”

况锺：“说下去！”

“大人！我就长话短说吧，七八天前，我来枣市街为马匹买精料，到茶馆店里歇歇脚，听到不少的山东豆客在拍桌子骂人……喏，就是前头那家茶馆！”

况锺：“骂什么人？”

马夫一看，已来至枣市街里：“我、我不敢说……大人！你进得茶馆，一准能见得到那些山东豆客在那里大声嚷嚷，你耐心听一阵子，准能弄个一清二楚！”

况锺:“本府这身装束进去,他们还敢嚷嚷呀?只怕嘴上都上了锁了!你有钥匙开?”

“吭——!”马夫连连摇头,随即点着况寰、况和说道:“大人!派一个人进茶馆,保证能听到要紧的实情!”

况锺:“这些山东豆客人没有走呀?”

马夫:“大人,他们的货船还都停在这枣市河里呐!”

况锺:“况寰把外褂脱了,进茶馆,耐心听,仔细记!吾先在这街上走走看看。等一阵,我们在茶馆门口会面。”

况寰走进茶馆,见一伙客商正在大声嚷嚷,就在离他们不远的一桌上坐下,茶博士过来给他泡上了茶,他慢慢地呷着,支起耳朵仔细地听着……

豆客甲:“依俺看,那个市正竟来劝俺们黄豆提价……俺看他是只笑面虎!”

豆客乙:“不是劝俺们是逼俺们呀!你不提价他不让你上市!”

豆客丙:“依俺看,很可能是那些江西、浙江、安徽的杂豆客买通了他,使的反间计呀!”

豆客丁:“反间计?怎么说?”

豆客丙:“你想,俺们的黄豆一提价,就显得他们的杂豆价便宜,销得快!俺们呢,客户就不愿来买,更歹毒的是,俺们没有理由地提价,让那个铁面判官况知府知道了,那还了得:货没收!人吃官司!”

豆客甲、乙、丁异口同声:“害得俺们这般不死不活……”

……

(二)

时　间　白天。

场　景　牛马屠宰场。

人　物　况锺、况和;马夫;两名捕快,范大龙;屠夫三人;牛马卖主若

干、肉贩数人；市正与手下数人。

况锺带况和、马夫在两名捕快的护卫下，顺路走着，只见街侧的十数家大的黄豆铺均关着门，只有若干小店铺在营业……

马夫：“大人！这些歇业的铺号就是那些山东豆客所开……大人！再往前就到街尾了，不要去了！”

况锺：“为啥？”

马夫：“那里是杀牛、宰马的屠宰场！现时正是开杀时光，牛叫马嘶的太惨了……”

况锺：“快带本府去！”

他们一行人来至街尾。

只见一处以木、竹芦席圈起的大院子，走进院门，四周隔有数不清的小圈栏，每栏中都拴关着几头牛、几匹马或驴，全是待宰卖的老弱畜生，每栏前站的即是卖主，肉贩子们正围着院子中央的四张大方桌拼成的一小木台，向台上的人交钱，交过钱的人，由台边的人领至某圈栏前牵牲口，拽向河滩的杀场，场旁的小河里停有收皮骨的船只……

马夫悄悄地告诉况锺：“那小木台上坐着喝酒、收钱的就是市正！”

况锺径直朝小木台走去，台上市正瞥见，大惊，他懂得这是位大官，所以慌忙跳下来，跪下叩头，他手下也跟着跪下叩头……

此时正有一个肉贩硬拽着一头老牛向河滩杀场去，老牛犟着不肯走，肉贩的帮手手持毛竹竿，使劲地打着老牛……牛的惨叫声刺痛着况锺、况和、马夫与捕快……

况和一下窜到牵牛肉贩跟前，抢过了他手中的牵绳……

河滩头木桩上拴着的一头老牛正在哀鸣……屠夫磨着手中的刀向老牛走近……

况和瞥见，然而远水救不了近火，他拼足劲朝屠夫喊：“刀下留牛！刀下留牛！”

屠夫充耳不闻，走到老牛边，伸左手摸牛颈的大血管……此际突见一团白影翻至屠夫跟前，啪一脚踢掉了那把刺向牛颈的刀子！原来他即是穿着白短褂，暗中护佑况大人的北桥船拳师范大龙！

况和把老牛牵回了牛栏，老牛的眼睛里竟有泪珠往下滚落……

况锺吩咐况和说："去！去茶馆，对那些山东豆客说，本府叫他们来这里见面！"

况寰、山东豆客来至屠宰大棚，叩过况锺，听候训示；况寰低禀父亲……

况锺问市正："你刚才收的是牲口买卖捐吧？有记账册么？你把县衙命你收捐的文书掏出来！"

市正伏于地不敢回应也无法回应……

"他在这街上的所作所为，已犯必死的死罪！"况锺吩咐捕快，"把他捆了！"

山东豆客感激地说："谢大人主持公道！谢大人主持公道！"

况锺对山东豆客们说："明日你们铺子都开张，价钱照旧，不准涨也不可跌！等等，别忙走！还有事得跟大家商议。"

况锺低声吩咐况和，况和扯起嗓门喊道："牲口的卖主们，靠拢过来，知府大人要训话！"

人众聚拢，况锺对之说道："这些牛、这些马驴，为你们干了一生一世，出了多少的力，吃的只是草、一点料，到头来，它干不动了，你们不但不养它的老，竟还要剥它的皮，剔它的骨，吃它的肉！你们摸摸自己还有没有良心呀！在本官看来天理难容！这牲口肥一点的也不过卖个七八十文钱，瘦小的只卖一张皮几把骨的钱！现在本府决定，这里的牲口统统由府衙买下，肥大的给五十文，瘦小的给三十文……"

"府衙吃得了这么多肉啊！"一些卖主讶异地喊出声。

况寰呵斥地："丧良心的东西！府衙要将它们养老善终啊！"

"大人还要办牛马养老院啊！"卖主们又发出一片讶异声。

况锺直问众豆客：“你等以为这么办好不好？”

“好！好！这个办法真是阴功积德！俺们赞成，俺们赞成。”豆客们应声回答。

况锺：“这要花很多的钱哪——要造数十盈百间冬暖夏凉的正规厩舍；要配上几十名的饲养员还有兽医；平素又要多吃精料……”

“俺们出一些，俺们出一些！”豆客们识趣表态。

况锺：“不是一些！是全部你们出！”

“啊？！”豆客们结舌了。

况锺：“今年中秋节，你们给府官、县官凑了多少‘节敬’钱哪？”

豆客甲：“禀大人，俺是枣市街的团行头儿，俺这个节给府官孝敬五百两……”

况锺：“本府明日派专差府衙收据到你店取这银两！”随即招手唤过马夫：“本府现命你为府衙牛马养老院的院长！你从明日开始上任，先招二十名饲养员、两名兽医，然后分差他们招工匠、买砖木料……就在这个屠宰场建造牲口养老院！本府将派一个书吏帮你管这个五百两的开支。”

马夫跪伏叩头，激动得全身发颤……

况锺示意招来肉贩子们及三个屠夫，声色俱厉地说：“你等今后如再宰杀贩卖耕牛、马驴的恶业之事，你等必将受断腿断手的惩处！”

（在况锺训斥卖牛马驴之人“这些牛马为你们干了一生一世之活”时，开始配以画外的字幕）况知府办牛马驴养老院的创举，不仅仅是出于况锺个人的仁爱之心，他更着意通过这种举措，可以很好地培养熏陶苏州人远离血腥戾气，修养人间同情互爱之心，从而使得苏州社会日益和谐安定。”

（三）

时　间　白天。

场　景　府衙大堂、况锺住所；府狱。

人　物　况锺、况寰、况和；府衙七官、七县令；典狱；马夫；赵员外；狱卒数人；囚犯若干。

况锺与府官、县官们在大堂上议事（座位西列尊于东列，按品顺序坐）。

况锺："列位，今日有二事相告：第一件事，吴江、常熟、昆山、太仓、嘉定、崇明颁行善恶簿册，推举公直老人事宜，从吴县、长洲两县实施看，效果甚佳，五县务必于十日内办竣！"随即示意况寰。

况寰："各位县老爷！善恶簿册、公直老人漆牌，府衙已照各县的户口数备好，待各位返县衙时领走便是。"

况锺："第二件事，请于、丁两推官相告……"

于推官："过了中秋节，第二日我即与丁推官审处累积于府衙的囚案，按况大人旨意从速审处罪过微小之囚……"（推官，府衙中的司法专职官，七品。）

丁推官："狱中所拥抢劫、偷盗、忤逆、诈骗、谋财害命等重罪囚犯已经人满为患了！到昨日廿五为止的十天里罪过微小之囚竟至三百人之多！"

于推官："他们之罪是拒缴新建漕船的分摊钱！多的不超过三百文，少的只有七八十文！从今年端午被赵忱他们抓来，关押至今，无人过问！"

况锺："眼看新谷十来天后就要开镰，这些人都是各农户的主劳力呀！"

丁推官："建漕船的钱，按亩摊，按理说应该担……"

于推官："有田农户税捐实在重啊！"

况锺："这三百人的分摊钱，本官于昨日已经募到一笔钱为他们抵解了！而且这剩余的钱数额还不小呢！"

"那太好了！"两推官一振，道，"大人，用何高明办法呀？"

"各位县令：在你们返县施行善恶簿事宜之时，抓紧清理一下县狱，相类的轻囚，赶紧放人，以迎接开镰！"况锺接着道，"抵钱的来路，完全可以照抄本官之办法！本官的办法就是——"

（画面及同步声）

况锺与赵员外并辔而行……

赵员外拘束地问："况大人要吾去哪？"

况锺手一指府狱："喏！前面就是！"

"大人！大人！小人是一个信佛的居士，从未曾干过一件坏事呀！"赵员外急坏了，下得马来伏地叩头。

况锺也忙下马，一把扶起他，安慰说："员外！别误会！本府是叫你来做好事的呀！"

赵员外一脸的疑虑，只得跟随况锺踏进了府狱之门，典狱赶快迎接并导引参观——只见一间又一间的牢房，间间房里满是各色的囚犯：有哭的，有低声骂的，有怒目而视的，也有蹲在屋角不敢抬头的……（明清时，监狱长叫"典狱"，不是官，是吏。）

况锺指指这些人朝赵员外说："他们里边除了真正的罪犯之外，还有一些人并无罪恶，只因为贫穷，被抓了进来！来，你看这一排，里边关的都是有田的小农户，欠了分摊造漕船的钱数十文不等，最多也不超过三百文，眼看就要开镰了，他们都是主劳力呀！……"

赵员外："况大人要吾捐钱？捐多少？"

况锺微摇手："吾与报恩禅寺的大和尚是好茶友，听他告知本官，你赵员外最近做了一件大佛缘善事：献五百两银子建筑一座佛寺，此事果真？"

赵员外："不假！"

况钟:“苏州地面大小佛寺数百座,再建……”

赵员外:“只是心间老想着今年要做一件阴功积德的佛缘善事。”

况钟:“佛家语:救人一命胜造七级浮屠。拉这几百个贫穷农人出这个牢门,岂不是比造一座寺院更大得多的佛缘善事?菩萨心里定会更加欣喜的!!”

赵员外:“好了!况大人,吾无话再说了,这五百两银子献给府衙了!”

况钟吩咐典狱:“把这样的农户统统放了!”

受放的农户欢声雷动,纷纷朝况钟叩头道谢……况钟连连招呼道:“要谢就谢这位赵大善人!赵大居士!”

县官们:“我们县里也有大善人大居士呀!”县令们相视,会意地微笑……

来了一名衙役,跪于大堂台阶上,大声禀报:“况大人!衙门口来了钦差……”

况钟凛然起立:“开正门!……”众官随之起立……

第十六集

(一)

时　间　白天。

场　景　府衙大堂。

人　物　况锺、况寰、况和；府衙七官、七县令；钦差一名；衙役数人。

府衙正门洞开，况锺带诸官迎接钦差。

上得大堂，钦差立于公案座前，案上已燃起焚香，况锺率众官跪伏听宣……钦差朗声："……南直隶巡抚周忱、苏州知府况锺求请减免税粮奏章，朕审阅苏农诸般税粮杂捐之明细账目，已悉苏民担负之苛重，兹诏令免去税粮七十二万石，匠役减半、商捐二十纳一，自今永为定制；又改漕输民运为军运，省费省力省时之巨，利国利民利军善政之大莫此为甚矣！特著令周忱于运河沿途之卫所一体受命，专一指挥。苏民仍须输送者：一、朝廷之白粮，总额不减，亩原征六十斤减为三十斤；二、南京之税粮仍旧。钦此！"

况锺、众官由衷感激，齐声颂谢："天恩浩荡！天恩浩荡！"

钦差恭奉圣旨于况锺，并道："周巡抚要我转言况大人，今秋税粮，一丁所担之税额杂捐归总不得超百斤！大人放胆放手去办就是！"

"圣上真乃千古明君！周巡抚亦为百年一见的贤臣！"况锺朝北深恭深揖，他送走钦差之后，坐上案椅，朝众县令："圣上爱民之心，关怀我苏州府县之情，昭若日月！请列位从速返还县衙，照额开征！断不许多添一文半斤！又你们的善恶簿册、公直老人之漆牌均已足数备好，请一并带返！”

县令们：“遵旨！”随即散出。

况锺：“两位通判！请你们各带十名衙役，一上湖州长兴山里，一上嘉兴海盐，去将吾府的逃户劝回家乡：明白告知他们，还家免罪，过往不究；今明两年，他们之田地颗粒不征，无种赠种，无牛贷牛！府衙官员与他们一体同心！”

两通判不禁感叹说：“况大人呀！你真是贪官的仇人！良民的菩萨呀！”

（二）

时　间　白天。

场　景　况家内宅；某庵堂。

人　物　况锺、况夫人与儿媳；况祥妻与儿媳；范小妹与父范瘸子；寺尼二人、烧香人若干；陆捕头。

内宅中。

况夫人兴奋地谓丈夫：“相公，闻知圣上减免了苏民的重税与苛捐，真是天恩浩荡，妾身欲去北庵堂进香祈福。”

况锺欣然：“好呀！为圣上祈福增寿，你吾同愿哪！寰儿家的，侍候好你婆婆！”

主家婆媳两人和仆家婆媳两人，乘俩小轿从府衙后门出来向北庵堂走去……轿刚离后门，即见一名卖解妆束的少女悄悄跟随，在她后面陆捕头也悄悄跟随……

况夫人、少奶奶进得庵堂即由两名尼姑陪着，入大殿焚香叩拜，随后又入云房小坐……

卖解少女见她俩入庵拜佛，即捉空来到庵口小场上，施展开拳脚，耍了一下，即收手，随即亮出一木牌，牌上赫然写着：卖身养父——身价一文。她指了下瘸脚老人说这即是自己需养的老父亲。

观众们聚注“身价一文”，无不大惑不解：“一文金钱也至多抵三五百文铜钱呀！一个标致大姑娘，哪能这么个贱价呀？！”

卖解女接口道：“不是金钱，也不是银钱，就是一文铜钱！”

人众哄然大叫：“你究竟要什么把戏呀？”有一个愣头青居然厚着脸皮说：“我买你得了！”随手丢下了一文钱……

少女：“你可知吾为啥标价这般贱么？买进家去，吾一不当丫鬟；二更不作小妾！……”

愣头青：“买进家做家主婆总可以吧！”

少女以手拍了一下愣头青的额角，说道：“你只生两只眼，这里若有第三只眼，吾就进你家做你的家主婆。”

人众禁不住哄然大笑……

少女朝一服饰华丽者说：“你不够格！”朝一年轻的普通壮汉说：“你医不起吾的老父亲！”朝一衣衫破旧的小青年说：“你要了吾，还得吾卖艺来养活你！”……忽然她瞥见了庵门口走来了况氏婆媳，赶忙挥手示意歇场，连声说：“买吾的主来了！买吾的主来了！”

况家婆媳见庵门口竟然如此热闹，又有点怪异，不觉停住脚步，东观西望……

少女擎起木牌给况夫人看，况夫人乍看，不解，但稍加思忖后就说：“吾家口不多，无须再添仆婢……祥嫂子，给她三十文钱吧！”

况祥妻掏出三十文给少女，少女麻利地收下，然而口中吐出的却不是道谢，而是：“三十文买下我们父女俩，成交了！老阿爸，收拾家伙，我们跟新主人走！”

况家四人竟只能异口同声地吐出一个“咦？”字来……

场间诸人，很多都在嘀咕：“从没有见过的新骗局！”“十五六岁的小娘子，难道是狐狸精变的？她有武功，是小青蛇变的！”……陆捕头看在眼里，赞赏地含笑摇摇头……

来到况内宅。

范小妹朝况家人说道："吾就是北桥船拳师范大龙的妹妹呀！"

况寰妻："范大龙，吾家大人和吾相公夸他是位德艺双馨的大师父呀！"

况夫人："你为何要耍一文钱卖身的小把戏呀？"

"两位夫人！况大人整治了那些个贪官恶吏，他们的帮派爪牙甘心认输吗？明里他们躲着避着，暗地里必会使出歹毒恶念，尤其伤害两位，去恐吓、牵掣、打击大人……吾受吾乡几百族人的托付，暗中佑护两位的！"

此时，况钟进来就餐，况夫人把范小妹的来龙去脉告知况钟，况钟不禁抚髯微笑，频频颔首，随即他招呼范小妹与其父一同入席就餐……

范瘸子连连辞谢："小人岂能与大人同桌吃饭！折杀小人，不可！不可！"

"范老哥，坐下，在官场你吾间应多少有所讲究！在家中，你吾一样平等相待……你们一家三口暗护着吾家，这是何等的情义啊！"

范瘸子："好！大人说到这个份上，那吾一家三口全听大人的了！"

况钟："听大龙告诉吾，你喂养牛马特别在行，而且还懂了点医兽之法，吾想让你到枣市街去当那个牛马养老院的正式院长，这是管全府七县一州的呀！愿意干吗？"

"不瞒大人说，自从大人办了这么一桩活菩萨心肠的大善事，吾一直日思夜想地能有朝一日进去出一份力气，现今大人看上吾了，吾就当这个牛马大王了！"说到这里，他竟然出位朝况钟伏身叩头："吾为这些可怜的生灵，谢恩啦！谢大恩啦！"

范小妹饭罢，走出内宅，来至侧门边，见陆捕头与一捕快说着话，她走近招呼陆捕头。

范小妹："按吾哥说的，你是陆捕头了。在这里？……"

陆捕头："这西边就是府衙食堂，除况大人一家自理膳食外，其余府官吏员逢值的都在食堂用餐，开支是府衙结账的。”

“况大人一家膳食是自理的？怪不道饭菜这般……这般节省！况大人月俸不高吧？……”

“你完全弄错了！况大人的年俸足可供养五十口人的大家庭！”陆捕头由衷钦佩，“清廉如况大人，实乃吾大明朝的洪福，吾苏州府的鸿运！”

范小妹：“坏家伙们明害大人不敢，暗中行刺无门，毒眼自会盯上这个吃食上头……”

陆捕头：“其实大人这份廉洁公私分明，从不沾府衙公厨的一米一豆，所有饮食全由老夫人、少奶奶亲购亲烧，实是最妥帖的自护呀！吾派个伙计日夜守着，决不让大厨房食品流进内宅的灶间，也是防患于万一！”

“吾哥、吾，还有你，一定力保况大人一家平安长寿！奸小有俩掐死他一双！”范小妹欣欣然有点手舞足蹈了。

（三）

时　间　白天。

场　景　沃通判宅；香云院。

人　物　成均；沃通判；香云院女尼数人；农丁数人；士兵若干。

便服的成均携两家丁来到沃通判宅。

成均径直往宅门内走去，沃宅家丁欲加阻拦，被成均家丁推向一边，沃宅家丁见苗头不对，飞快奔进去报告家主：“不好，不好，有个犟凶霸道之人，硬闯宅门！”

沃通判正坐于厅间喝闷茶，一闻此言，勃然摔杯而骂：“大胆狂徒……”话刚出口，即瞠目结舌，扑地跪叩，“不知成侍郎的大驾……卑职死罪！死罪！”

成均一把将沃某拉起："不知者不罪！不罪！"

一家丁拾掇碎茶杯，一家丁奉上两盏茶……

成均朝沃通判道："让下人们回避！"家丁们应声而退。

沃通判不免惶恐："大人辱临舍下，必有要紧、要紧之训示……"

成均以手召沃某移椅就近自己，然后说道："实话明说！事关本大人与你的前程……"沃某瞪大了眼，听成均往下道："先说你沃某的，你府衙现有四名通判，按资历品级四人中你最老，而顾得仁通判资历浅品级低，而今况锺任他为首席通判，由报到时的七品，提升为六品，因为他有惩贪治吏的业绩；新来的两通判，况锺最近让他们立了功劳，招还逃民三万六千六百七十户！而你呢？把你搁在太湖边，领着些半生不熟的士兵，迄今三四个月来，你有捉到过一名湖匪？到年底不要说平定湖匪，只怕降职才是你的份呢！"

沃某至此，脸色陡变，人半瘫于椅上……

"而本大人我也没长出什么好果子……"成均忧心忡忡，"况锺竟能招还流民二十万人啊……我这个脸上挂不住呀！！"

"大人！你说我们该怎么办？"沃某恶狠狠地做了个刎颈的手势，"干脆杀了他？！"

"不！不！不！杀朝廷命官是要满门抄斩的！况某本人千万动不得！要动动他的家眷……"

沃某："动他的家眷？伤能深吗？"

"要让他的妻子、儿媳或死或伤，他还有心思理事吗？不过，也不许明来，须得想个高明的法子，让他家破人亡，而神不知鬼不觉……"

"大人！你把好法子明示卑职，卑职舍下一身剐，也要把这个仇家拉下马！"

成均："你这句话说得对极了，把他拉下马，逼他离开这苏州的伤心地，到时候还不是本大人和你来收拾这个局面？"

沃某："大人你快把这个法子讲出来吧……"

"好法子，我现下没有！"成均双手一摊，道，"况锺之母正在江西老家有病，况锺老婆、儿媳逢初一、月半必去香云院上香祷告，你从香云院的尼姑身上动动脑子……好了，今日就商议至此，尼庵的事就托付你去办了！越快越好，本侍郎候你的佳音！”……

沃某便服携俩家丁来至香云院。

沃某在香云院门口，吩咐穿着民服的十来名士兵：“我与你们是不相识的，你们进去后尽可缠着姑子们吃吃豆腐，等我过来呵斥你们，你们走开一阵，我会和姑子们扯扯，她们会听我话的！”他掏出一把钱给士兵小头目，吩咐：“你们就上酒楼喝酒去！不许闹事啊！如若……嗯！姑子们会听我话的！”

士兵们：“只许吃吃豆腐，不许真的睡一睡呀？”

沃某：“混账！闯入尼庵，强奸姑子，就变成了一件案子，会引来况锺查办的！谁真奸就杀了谁！”

香云院是一间不大的尼庵，有老幼尼僧六七人，当日正在忙各人之事……士兵们一见女子，就如苍蝇见吃食，围着她们动手动脚，脏话如喷粪……

六十来岁的住持赶忙过来招呼：“各位施主，此乃佛门净地，务乞大家轻声……快！快请斋凳上小坐，吾等给列位上茶……”

有两个士兵，一个搂着住持的肩膀，一个抚着她的脸，轻薄道：“老师父修炼得不错呀！脸皮蛮嫩，一点儿不皱呀！”

住持既惊且羞，满脸挂泪，大小尼姑个个急哭了……

沃某适时赶来，大声呵斥：“朗朗乾坤，佛门净地，哪容得尔等这般无耻光棍？还不快滚！！”

众士兵好似一下被震住了，悻悻地退了出去……

大小尼姑随着师父向沃某深深合十鞠躬，住持虔诚地邀请沃某云房小坐……

沃某装作欣赏云房：“大师，好洁净的居处！哎，今天是初十还是十一呀？”

“是初十。”

“月半香火一准很旺吧！听说况知府的夫人、少奶奶都要来贵院上香……”

住持：“夫人续弦两年多一直未见生育……小庵的送子娘娘一直很是灵验的……少奶奶都已经有喜了！”

沃某闻得此言，心头一喜，歹计已出，他呷了一口茶连连赞说：“好茶！好茶！谢过了，告辞了！”

沃某离开不久，众尼僧又忙开了自己手头之事……孰知那帮青皮光棍又一窝蜂地拥了过来。此番他们不再只是捏捏脸皮摸摸头顶，而是直接掏摸胸脯，有的甚至把几个尼姑按到了斋桌上，拉扯她们的衣裤……

正当此间鬼哭神嚎、不堪入目之际，沃某竟又来到斋堂……他怒不可遏地拽起一名压在一尼身上的士兵狠掴其脸，狠踢其腿……众士兵似乎此番不再怕他了，竟围上来出手殴打他。他的一名家丁大声喊道：“瞎了你们的狗眼！他是知府大人的亲戚！”

众士兵一听，大怔，连忙逃窜散去……

此番众尼无不伏于地上哀哀大哭……

沃某搀扶起住持，进云房，住持见沃某脸上有伤，很是愧疚：“老爷，老爷，我院要为你立长生牌位，天天为你诵经祈福，以报恩于万一！”

“我呢，无须贵院为我立长生牌位，也无须为吾见天诵经祈福，只需给我帮一个忙……”沃某说。

住持：“老爷！你尽管吩咐，贫尼有求必应！”

沃某：“大师父！你可亲口应承，有求必应的！”

住持：“请老爷明告！”

“嗯，这样吧，我十四再来，一个人来，你放心吧，那伙坏蛋再也不敢来惊扰师父们了！在下告辞了！”

沃某来到府衙食堂，装作用餐样子。

“王厨子，我是新来的，今日来尝尝你的手艺，弄俩拿手菜上来……”

王厨师：“爷们！不逢宴会，平素只有一荤一素一汤，这三样你可随意点，再则也没有酒，怕耽误公事！”

“那就有啥吃啥吧！”

王厨子端上来菜饭，正待返身，却被沃某一把拉住，说道：“已经过了午时，不会再有人来用餐了吧……”

“老爷是最后一个。”

“我根本不是来吃你饭菜的！是问你要一样东西的……”沃某狡猾一笑。

“我、我、我有什么东、东西呀！”

沃某：“你无须害怕。我知道你常为赵忱通判、傅德经历干事——大坏事不敢，小坏事不断！他们奸骗民女，在饭菜里下的迷药，都是你备好的！”

“不！不！没有的事……没、没有的事！”王厨子脸都吓黄了。

“你再要抵赖，我就去告诉知府大人！你脖颈上有几个头颅？赵忱、傅德他们不把你供出来，就是留着你往后好再出把力气！现在就是你出力气的时候了！给我两包迷魂药来！”

“我已经没有了，不骗老爷的。”王厨子跪下求说，“自从他们被抓起来，我把迷药统统丢进了粪坑里……”

沃某：“给我立马配制！”

王厨子：“我、我不会配制……”

“看来你的脑壳是榆树疙瘩！”沃某气咻咻地说，“只好禀报知府大人了！”

“别！别！”王厨子抱住了沃某的腿，求道，“我也是从别人手里弄来的！……”

“你领我到他那里去！”

王厨子：“老爷，你索性杀了我吧！他一见生人，你想也别想！”

“他是个什么样的人？”

王厨子：“他是个僧人，他与赵通判、傅经历简直是桃园三结义……现今况知府当家，他怎敢不收手呀？我去哀求哀求他，兴许能弄来……”

沃某：“一定要给我弄来！”

“我拼、拼却这条命，一定给老爷你弄来！两天，就两天……”

“这是钱钞三十贯，折抵铜钱两贯，给我弄两包来！”沃某掏出三张钞票塞给了厨子。

第十七集

（一）

时　间　傍晚—入夜。

场　景　府衙食堂。

人　物　王厨子；两三个小伙计。

晚餐结束，王厨子领着小伙计收拾好碗筷。

王厨师给自己沏上了一壶茶，吩咐小伙计："你们回去吧！我呢，喝完这壶茶，也就回去了！别磨蹭，快走吧！明朝按时来！"他眼见小伙计们走得不见影儿了，自己背起了一个衣包，悄然走入黑暗里面……

（伴随着这个黑身影，响起了他的画外声）"我跟着那批贪官污吏，干下了不少伤天害理之事！而今可不能再恶上添恶，害子孙了！赶紧逃命要紧，对，去关外……嘿嘿！"

他脑海里浮现出沃某咬牙切齿的丑态，不禁笑出声来："哈哈，那个混账东西还预付我几吊钱的盘费……"一快活，还居然哼起了山东老家的小曲儿……

（二）

时　间　白天。

场　景　香云院。

人　物　香云院众尼；进香人众若干；范小妹；陆捕头；沃某。

月半乃香云院进香旺日。

范小妹找到陆捕头，说：“今日月半，夫人、少奶奶要去香云院进香，吾得先去庵间察察苗头，等会夫人、少奶奶出轿时，劳烦陆大哥暗中护送一下，吾在庵门口接手……”

范小妹一早就来至庵前，装着摆场子腔势……鉴貌辨色……

两个小尼姑来至庵口，不断地东张西望，神色有点紧张……范小妹看在眼里，正想找个搭讪的话头，小尼姑见一早就来了个女卖解，相互交换了一下眼色，以为是“况知府那个亲眷”派来保护庵堂，防止青皮光棍的，就上前招呼：“女侠，来得这么早，辛苦了！那位况知府的亲眷呢？是他派你来的吧！”

范小妹：“况知府的亲眷？亲眷？”

一小尼：“是呀！那个四十来岁，身板很魁梧的，听口音是北方客……”

“四十来岁，身板魁梧，北方客……”范小妹脑际闪过，况府中无此等人，此中定有大的蹊跷！

正于此时，沃某便衣来到庵门，两小尼一见，愉快地迎上，恩人长恩人短地，并顺嘴告知范小妹，此人就是况知府的亲眷，三天前是他力驱青皮光棍……范小妹赶紧收场子。

沃某并未在意范小妹，他一心在找王厨子……

范小妹迎住了况夫人与少奶奶的两乘小轿，吩咐轿夫暂停，她与轿后的陆捕头具体说了假亲眷的相貌，陆捕头立即断定：“是姓沃的通判！”陆捕头转问况夫人与沃某是否亲眷？况夫人连连摇头……

陆捕头、范小妹劝住两位夫人，不进庵，返还府衙……

（三）

时　间　白天。

场　景　府衙内宅。

人　物　况府八人；陆捕头；范小妹；顾得仁通判。

范小妹向况锺细述香云院庵门口的情状——

小尼姑错认她为沃某派来护院的；沃某两次出头驱逐青皮光棍，力救众尼免辱；众尼视他为大恩人，他欺骗众尼是况知府的亲眷……

“据吾的判认，这个姓沃的是想向两位夫人下毒手！你看他部署青皮地痞欺凌尼僧，再英雄救尼，目的是收买尼心，危害夫人！昨日吾去查大厨，厨间人报王厨子已经两天不见了，而最末一个见王厨子的府官就是沃某人！”陆捕头说。

顾得仁：“吾看过沃某的诰身，他近几个月才从北方调来，与赵忱贪赃团伙没啥牵连，吾、吾疑虑他，有可能被成均侍郎瞄上了……若果真如此，沃某仇恨况大人，其心肠、手段定然歹恶毒辣！”

况寰：“母亲！内堂供着一位观世音菩萨，我们可以每天进香祝祷，为祖母祈福。香云院，甚至其他寺庵尽量少去……尼姑中也有被钱熏黑心肠的！”

“小妹，你不要到香云院去打草惊蛇！”况锺又朝顾得仁、陆捕头吩咐，“多多留意沃某与成均侍郎的来往！”

（四）

时　间　白天。

场　景　府衙二堂。

人　物　况锺、况寰、况和；顾得仁通判；范大龙。

况锺正与况寰、顾得仁通判、粮吏吴阿贰、范大龙以及几名府衙官于二堂议事。

况锺：“明日霜降，阖府新谷开镰登场，紧接就是二百万石税粮的征纳……加之朝廷的‘白粮’要验收，要委专人护解，还有那十名贪官的解送，刑部已发来文移……看来这二十来天里，大家都得夜以继日地连轴转了……”（“白粮”，宣德时定制为五万八千石，中央各衙三品以上官、在京皇亲国戚及后宫高等级内侍食用。）

顾得仁：“大人，吾与吴粮吏已盘算过，今年的‘白粮’是表吾苏州府报皇上大减免、大改漕运的天恩，精选阳澄湖畔最佳新米呈皇上亲自审收。而押解贪官则请北桥拳船，这两件事合起来办：船上载阳澄湖白粮，押贪官，吾府衙只要派两名官员签送即可了！”

“好，这么办，省事省人又可靠。大龙，领吾去北桥见见你们族里人……吴粮吏，嗯——精选二百石最佳‘白粮’；周经历，圈选十只新漕船备用。”况钟逐一吩咐。

“大人！请听卑职的安排：两百万担税粮的征纳，事关吾朝廷的大局，大人暂不宜下县，宜驻府衙统筹全府。至于验收呈皇上的‘白粮’，请船拳师父出人押解贪官……还有……大人！请验看我们的设想……”顾得仁即时呈给况钟一纸。

况钟认真审看……不禁莞尔一笑：“这个节目好极了！就照你设想的办！有两条，你得向大龙族里说定：凡一切开支均由府衙承担；凡皇上赏赐一切全归船拳师徒！”

吴粮吏：“大人，吾等明白这特选二百石上佳‘白粮’是直接贡给圣上本族的，是苏州百姓的感恩粮，北上时请大人到齐门码头，亲自审验！”

“准定月底吾给大伙送行！”

（五）

时　间　白天。

场　景　通州张家湾码头；内廷一殿阁。

人　物　顾得仁通判、于推官、周经历；宣德帝；内侍数人。

顾通判站于码头边与于推官、周经历相语。

顾通判："请于推官押解十贪官于刑部；周经历就在此大仓缴纳'白粮'。'白粮'优先入仓，两位至迟五天可完事。我呢今日去内宫求见圣上递况大人的专章，呈二百石特佳'白粮'请皇上亲验，准五天后于崇文门外驿馆会晤！"

于推官、周经历："好嘞，五天后会晤！"

内廷一殿阁，宣德帝正在阅批奏章。

一内侍进阁跪禀："圣上，苏州知府况锺派人持专章求禀！"

宣德帝一听"苏州况锺"神色欣然，搁笔："快传宣！"

顾得仁随内侍紧趋至帝前，三拜如仪："微臣苏州府衙通判顾得仁祝圣上万寿无疆……"（稍隆重须三拜，特隆重者每拜须三叩。）

"平身！"

顾得仁从胸间掏出专章，双手奉于头顶："苏州知府况锺专章！"

宣德帝站起，自己接过专章，仔细地看着。（出况锺之声："……承皇天佑我大明，今秋新谷丰登，二百万石税粮正陆续解入附近卫所之漕仓，本年京师所需之五万八千石'白粮'，已随顾得仁等直解北通州张家湾大仓……"）

宣德帝："好！好！朕晓知况锺能干！"（继续出况锺声："苏民深感皇上恤民、爱民、养民之天恩，特精选最佳'白粮'二百石，令顾得仁直贡于圣上，祈圣上慧眼审验！"）

"这两百担'白粮'为何要朕单验亲收呀？有什么大讲究在呀？"

"求圣上于明日在宫内水码头，最好再请太后、皇后与妃嫔们一起目验……"顾得仁放低语音，"好名堂多唻！还有京师中人从未见过的好戏，请皇上赏观唻！"

"是吗？"宣德帝兴致起来了，"好！明日下午，朕让这名内侍上船领路！"

（六）

时　间　白天。

场　景　皇宫内一个水码头。

人　物　宣德帝，皇太后，皇后，数嫔妃，数小王子、小公主；数内侍；顾得仁通判；两只拳船、孩儿班、数成年拳师（含范大龙）。

两只拳船在内侍的引导下停泊于后苑小水码头边。

宣德帝与十几名后妃、小王子、小公主等已坐于水次了……

一孩儿班在范大龙的带领下齐刷刷地跪在船沿上，范大龙朗声祝祈："苏州府长洲县太平乡范家船拳小儿班恭祝皇上、皇太后、皇后多福多寿！"另一拳船数名壮年拳师抬起两大斛"白粮"，由顾通判领至皇帝跟前，其中一名老拳师报禀道："苏州府长洲县太平乡拳船小民范阿火代表合族农户一百八十户敬贡'白粮'二百石，愿皇族食此福寿米，龙体健安，多子添孙……"

顾通判挖了两小碗米，奉呈宣德帝与皇太后，两人一看一拨拉，脱口赞道："去年的'白粮'也远不如这个呀！"

宣德帝追问老拳师："你刚才称这个米为'福寿米'，有什么说法吗？"

老拳师："禀皇上，这个两百石特佳'白粮'，是吾太平乡两千多种田人，一粒一粒挑出来的呀！佳水佳土育佳粮，皇上的龙子龙孙多福多寿永绵长！"

"是况知府派你等这般干的么？"宣德帝脱口而出。

"不是！不是！是农民深感皇上大减免、大改漕运之天恩来表一份子民心意的！"

顾得仁："皇上！往年的'白粮'是几个县的好田派种的。而这两船两百石之'白粮'却是况大人亲赴阳澄湖太平乡选定一块近六十亩的圩田，精心管理而结出的！"（圩田，水网地带，成片的稻田都得筑较高的田埂，将它圈围起来，这一整片田就叫一圩田。）

宣德帝："那个阳澄湖就是产最好大蟹的湖吧，那个湖名有什么讲究？"

老拳师："正是正是！阳，充满阳光；澄，清澈见底，天下最美的湖，才出天下最美之物！这六十亩之圩田，土名就叫太平圩，其余沿湖之田，均不如它旱不干，涝不淹，太平之米数它最佳呀！"

皇太后兴趣盎然地："福寿米，好！太平米，真吉祥！"

老拳师："皇上呀！我们的乡名叫太平，可是往昔的日子，很不太平哇！前元时马踩人头人啃草！况大人来了，圣上撑他腰！苏州百姓才真正过到了太平日子！皇上呀可不能调走况大人！"

宣德帝动情地："老人家，朕衷诚感激苏州的百姓了……哎，朕顺便问一下，况知府何故选定这六十亩、这二百石之数呢？"

"皇上，况大人未来苏州之前，一直是在礼部管治礼仪事务，对宫中皇族的玉牒是心中了然的呀！他专门告诉吾，圣上的直系本族目今有三十九人，每一年一人四石计，合数一百五十六石，十石糯米酿醴酒，还有三十石供圣上特赏重臣之需者！"顾通判禀道。（玉牒，皇帝本族族谱。）

"有臣如况锺！真是朝廷之幸！更是朕躬之幸呀！"宣德帝朝皇太后说，"母后！得给他们赏一赏了……"

老拳师："皇上！恳请且慢赏赐，吾等小民还有薄礼要献，更有孩儿班的船艺表演，等一并完后再求皇上赏赐！"

"好呀！把薄礼拿上来，朕和母后倒也开开眼界。"

老拳师一挥手，助手们抬来了两只大竹筐：一只满是小儿土玩具——布老虎鞋、泥娃娃、竹编的蝈蝈、苇编的蜻蜓……小王子、小公主眼睛都发亮了。老拳师："皇上，能送给他们吗？"皇上还未来得及发话，小孩儿们一哄而上，拣挑得不亦乐乎。皇太后、皇后都是神采飞扬，欢乐少见。还有一只竹筐却是用块黄袱盖着……

皇后笑着指指筐问："这里边有什么好名堂呀！"

老拳师也笑着说："娘娘，这实在拿不出手，不过，心意却是不一般的！”

皇后以目询皇太后，得默许后，径直走至竹筐边，揭去包袱，露出一筐大石榴来……皇后道：“我皇宫里也有大石榴呀！心意？不一般的心意且说来听听！”

“敬禀娘娘，吾们太平乡有座送子娘娘庙，送子观音菩萨真的灵得很，里边有一棵长寿石榴树，每年结的果并不多，但颗颗又大又甜，请看它翻出的粒籽多饱满！全乡的新妇数十上百人，真没法时就抓阄呀。今年好了，况大人设置了善恶簿，谁家新妇做了大善事，她可以去求菩萨赐一颗，吃了就能怀上小宝宝……”老拳师越说越来劲，“石榴，石榴，小宝宝长得像石头一般结实，生下后永远留下了！”（新妇，苏州方言，指新娘子、新儿媳。）

皇后一数：“这是十颗大石榴，你是想献给列位娘娘的啰？”

“是呀！是呀！这一颗是献给皇后您的！”皇后手奉石榴，面色盈盈地闪过一丝羞意。

“这两颗是献给两位贵妃娘娘的！这两颗是献给两位妃嫔娘娘的！”在老拳师奉敬这四颗石榴时，两位小王子、两位小公主分别缠住自己的母亲，嚷嚷道：“母妃快给我生个小妹妹吧！”“母妃快给我生个小弟弟吧！”

霎时里一片欢乐，欢乐一片……宣德帝大悦：“传旨，今日免去君臣礼！只叙家人情！”……

老拳师把其余五颗石榴提至皇太后跟前，奉起一颗最大的献给了太后，太后稍一怔，随即假装发怒地：“怎么？我快六十的人了，还吃送子娘娘的石榴呀！……”

“不！不！”老拳师赶忙说清楚：“送子娘娘庙的石榴树是棵长寿树，至少已上百年了！献给皇太后吃这石榴，是祈福太后长命百岁呀！再说，您看这个石榴籽粒，颗颗明净透亮，愿太后的凤目更加明亮！”

“好！我吃，我吃！”皇太后从心底泛起欢喜。

老拳师又将余下的四颗石榴奉给皇帝，低语：“皇上欢喜谁就赐给谁!”宣德帝打算给他一亲昵拳头，老拳师早已一步跳开了。

老拳师来到拳船边，朗声高喊：“苏州府长洲县太平乡范家船拳小儿班为皇家表演!”

范大龙一身拳师装束，站于拳船艄，船尾由两名拳师摇着，船中间坪上有五男孩五女孩在有序地表演着单路拳，一男一女对练拳……接着是兵器：单刀、单枪，一男一女双锤对双锏、鸳鸯剑对双鞭……船至较宽河面，范大龙示意船在此游转……

老拳师启请皇帝、皇族人等来至一座不大不小的石桥堍，告诉道：“等会，船从这桥洞里穿过时两个孩子会蹦起，跃过桥面，再平稳地落在这边的船枰上!……”

皇帝、皇族人等好不振奋……有的瞪着大眼，嘴巴也忘了闭上……老拳师朝船艄的范大龙一招手，船拳应势径直朝桥洞穿来……众人还来不及看清，只见一男一女俩少儿已跃过桥面，嘭的一下落在了这边的船枰之上!猛然里赞叹声，欢呼声，击掌声，小王子、小公主的蹦跶声哄传散荡在石桥周围……

宣德帝问老拳师：“船间其他的孩儿都能这么高翻过桥吗?”

老拳师：“这十个孩儿个个都会!皇上，我们想表演一个只有一个孩子会的……”

宣德帝好不惊讶：“怎么?还有更，更……孩子有危险吗?”

老拳师高喊道：“吾在桥面上护着!”他走在桥面上，冲着范大龙招了招手：“过!”说时迟，那时快，船刚抵桥洞，一名男孩双脚从枰上蹦起，跃过桥面，双腿不是落于船枰上，而是骑马般地骑在了范大龙的双肩上，而且孩子的两手大张着，扯开一块黄布上书四个大红字：大明万岁。

人群霎时都惊呆了……宣德帝无比激动地走至河边，伸开了双手，高喊：“好孩子!好孩子!快让朕抱抱你!范大龙，把他好生掮住到朕这儿来!”

范大龙师徒俩就着河沿朝宣德帝叩头……

宣德帝在一片“大明万岁!皇上万岁!”声中，郑重地收过黄布条，掖入了自己怀里，而后抚着此儿的头：“你将来一定要成我大明的将军！”

范大龙赶忙叫孩子谢恩：“谢皇上，吾再等十年一定要当上大明的将军！”

“好！朕就候你十年！范大龙，你也非常了不起！想不想也当个将军呀？”

范大龙：“皇上！吾现在受全族托付，保护况大人，并且发过誓永世追随况大人！现今想求皇上赐吾个苏州府衙捕快副都头吧！”

“为何不要当个正都头？！”

范大龙：“已有了！叫陆大根，真好样的。我们是好兄弟！”

“怎么？你们范姓一族，竟出了如此多的老少爷们！押送贪官，好几十名解员也全是你范氏宗族之人！”

“皇上！要细说起来，故事可长了……”

“啊！有什么大故事呀？”宣德帝的兴趣犹如钱塘江的潮头了。

“提起这故事，真是、真是痛心疾首哪！……”老拳师目眶泛出了泪水。

“痛心疾首？”宣德帝不禁一惊。

“孩子们排列好了！今日吾要在圣上面前，为你们的祖宗亡人申冤诉屈了！”老拳师点着这十个少儿道，“除了一个是吾的孙子外，其余九个，是九个姓，他姓杨，他姓牛，他姓张，他姓吉，她姓王，她姓戚，她姓高，她姓汤，她、她姓岳，这个岳，这个岳，就是那个风波亭上被冤杀的岳飞大元帅呀！这些孩子，都是岳元帅帐下诸将领的后裔呀！”老拳师声泪俱下，无以自控……（祖宗亡人，古民俗词，今只存留于苏州话中。）

此际范大龙已叫两拳师抬来一口滚油锅，置于孩子们面前，范大龙给每个孩儿分发一块小长面团，孩子们将面团丢下滚油里，范大龙以竹筷翻动着面团……孩子们齐声狂吼：“油炸秦桧！油炸秦桧！”……（苏州民间迄今仍有呼“油条”为“油炸秦桧”“油炸桧”的，全国只有苏州还保留这一古民俗词。）

第十八集

（一）

时　间　白天。

场　景　皇宫内一水码头。

人　物　宣德帝、皇太后、皇后、若干妃嫔、两小王子、两小公主；若干内侍；顾得仁通判；两拳船及船拳师，范大龙与十孩儿班。

老拳师泪流满面地向皇帝、皇族诉述十孩儿的祖宗惨史。

“……岳飞大元帅被秦桧奸党害死后，岳元帅的部将不分水军陆军，一齐罢战，解甲归渔，在太湖、阳澄湖捕鱼为生，传承于史的名将如陆军的牛皋、张宪、王贵、吉青、高宠、施全，水军的杨再兴、戚方、汤怀，就是这批孩子的祖宗亡人呀！……”

范大龙指一指老拳师：“皇上！他是小人的亲伯父，吾们太平范家是大贤臣范仲淹的后裔，这些忠良之家崇敬范家，送他们的子孙世代到吾太平义庄来练武读书。现今吾管他们学武，吾伯父同时还教他们读书懂礼学为人之道！”

宣德帝面色凝重，语气肃穆地朗声说道：“苏州府是中华第一府！我大明的大粮仓、大财库！更是我大明英才之渊薮呀！……苏州的好百姓！太平的乡亲们！太湖渔家的子孙们！朕、朕躬要赏你们两方漆书……”他一招手，一内侍端一盘过来，盘内有两方黄缎，还有漆砚与笔，另一内侍赶忙端来一几，宣德帝于几间挥笔写：文武兼备太平船拳；世代忠良太湖渔家。

宣德帝扶起叩谢的老拳师(手持“文武兼备太平船拳”)、范大龙(手持“世代忠良太湖渔家”),对之说道:“对你们的赏赐,不是百两黄金、千两白银之事!朕将专派周忱去苏州会同况锺颁宣敕书!”

场面上是欢声雷动……一名内侍朝皇帝低声:“皇上,天已黄昏,要否赐宴?”

宣德帝稍一思忖,道:“在宫内用?回去时,天大黑不方便!去吩咐备十席大和酒席(四冷盆六热炒一汤)送驿馆,他们还有几十名押解乡亲呢!”

相互似家人般地辞谢……顾通判、老拳师、范大龙异口同声地:“恭盼皇上到太平吃蟹!到太湖尝鱼!”

……

(二)

时　间　(宣德六年,即1431年春初)白天。

场　景　府衙六房吏房。

人　物　况锺与府衙诸品级官(四通判、二推官、二经历、一知事)。

况锺着官服站于吏房口迎府衙诸官。

诸官按品级顺序入吏房,每人脸上呈疑惑状……

况锺延诸官入,随即卸下官帽,脱去官服,赫然露出一身孝服:“吾况锺而今已不再是知府,已是待罪的不肖子!家母去世,吾守制三年,现临走只恳求诸位两项。一、本着皇上恤民、佑民、爱民、养民圣意,今后税粮可减不可增!二、漕运运输改军运,听周巡抚规定安排。”随即作了一个长揖,“至恳了!至恳了!”(官员当得到长辈死讯,得即时自动解职,并不得于公堂上见客。)

众官纷道:“请大人节哀顺变!”

况锺拉住最后辞别的顾得仁通判,从怀间掏出一函予顾氏:“请得仁兄，今日下午就快驿赴南京见周巡抚，此函中吾已将最要事务禀报于他。自今后苏州府衙之事全仗得仁兄做主支撑了……”

“吾去南京来回至少四到五天……成均侍郎，他今天下午就会有动作……”顾得仁不无忧虑。

“但愿周巡抚能从速派一位贤能知府来啊！”

（三）

时　间　白天。
场　景　成均衙署。
人　物　沃通判、成均；两衙役。

沃通判兴高采烈地来至衙口。

沃某吩咐一役：“快去通禀成大人，就说苏州府姓沃的通判有要事上禀！”

成均一听沃某来到，不由得怒火中烧：“混账东西，足足两个多月不露面了，今日，他、他想来干什么？你叫他在门房里候着！”

沃某只得在门房里候着，左等不来，右等不来……连茶也不见一盏，好不焦躁！终于见到成均从大堂下得台阶，踱着方步来至衙首……沃某赶快叩首：“给大人道喜了！”

成均冷冷地：“本大人有喜事也轮不到你来报讯呀！”

“况锺之母刚死，今日下午他即离职奔丧！”沃某一腔欢喜腔调。

“是吗？！”成均心间也是一阵喜悦，道，“虽则延误了两个来月，现今总算天开眼，剩下来的局面就看本大人的了！府衙里你还能说上话么？”

沃通判连连摇头：“府衙上下几乎全听顾通判的……哎，成大人，干脆你去接手府衙如何？”

成均也连连摇头：“职有所司，本大人专职逃户、流民，岂可冒失霸占府衙！最妙之法，推荐一名新知府！”

沃某：“此乃釜底抽薪之法，固属大妙。只是推荐名单——征得周巡抚点头——报朝廷审批，至少得几个月……”

“我们上下两头一起做……”成均说道，“让那些原跟我们的圩长、里老重新管事……”

沃某：“我现在就去知会他们……”

成均：“现在正是育秧、插秧时节，到八月底的五个月中，一律不动，九月初新谷开镰时，从速管事，把征纳秋税，一把抓在手中！”

沃某：“大人高明！实在高明！”

（四）

时　间　白天。

场　景　巡抚衙署内堂；苏州成均衙署。

人　物　顾得仁通判、周忱；数衙役；成均、沃某；百姓若干。

顾得仁在巡抚内堂向周忱叩拜如仪，从怀间掏出况锺禀函呈上。

“顾通判坐！”周忱拆阅，一惊，不由得起立……内心盘算一番，朝顾得仁说：“你即时还苏州，在新知府到来之前，府衙诸事悉数由你掌控！过些天后，本官来府衙会见！”

周忱（便服）与随从在苏州城间一大路经过。

随从：“老爷！前面一大群百姓正在一衙署口请愿！”

“走！上前看看！”

两人走近一看，原来是抚民衙署，百姓们跪了一大片，纷然呼喊：“求见成大人！求见成大人！”

成均应声出，站于衙口：“何事求见本官？”

几名百姓张起一面横幅，齐声诵起上面的心声：“况太守，民父母

（跪伏的百姓复诵‘况太守，民父母’），众怀思，因去后（跪伏百姓复诵‘众怀思，因去后’），愿复来，养田叟！（跪伏百姓复诵‘愿复来，养田叟’）”

成均：“要本大人去叫况锺回来？”

“请大人依顺民情，给朝廷上奏章夺情起复况大人！”一名文士模样的人说道。

“吭——”成均大摇其头，说，“本大人可以给你们荐举一名更好的新知府来！”

“我们只要况大人！我们只要况大人！”百姓们不免啰嘈起来，内中竟然有人喊道：“你也远不如他！”……

“本大人竟不如他？！他四品，本大人三品……有胆量的你上来说说为何本大人官品比他大？”成均见无人接嘴了，丢下一句话，“你们有本事上江西去把姓况的拉回来呀！”一甩袖气吁吁地返身进署。

那名士子提高了嗓音朝百姓们说道：“看来那姓成的与况大人不是同心同德之人，我们必须赶紧联署，上章朝廷夺情起复况大人！……”

众百姓们轰然呼应：“吾联署！吾联署！吾联署！……”

士子：“众人信得过吾，吾来起草奏章，再与府衙顾通判协商……”

（五）

时　间　白天。

场　景　府衙二堂。

人　物　周忱巡抚、顾得仁通判；成均侍郎、沃通判；衙役数名。

周忱、顾得仁正在二堂会晤。

顾得仁通判：“禀大人，现时正值育秧、莳秧时光，吾府衙诸官都已分头派赴各县，吾则留府联络知会……更有千万百姓联署上章朝廷夺情起复况大人，这即是奏章本稿，请大人过目，各县也都在分头联署，再汇综，十天半月就可呈朝廷。”

“夺情起复本章，我就不看了，数天前我已在成均衙前亲自睹见。”周忱脸色严肃，说，“本巡抚也将专章恳请夺情起复况知府！”

顾通判起立，朝周巡抚深作长揖：“吾为苏州百姓致谢巡抚大人！”

一役站于二堂侧小门，朗声：“禀报！衙口有成均侍郎要府衙开正门迎接！”（按制，三品官非要紧公务，不得令苏州这样的大府大开正门。）

周忱：“他来得不慢呀！……”周忱有意欲暂避一避……

“照办！”顾通判关照衙役，“只说吾一人在府……”

顾得仁通判下二堂，穿大堂，至衙口，大开六扇衙门，对威风凛凛的成均拜禀道：“大人定有要紧公务，卑职迎候不周，恕罪！恕罪！”

“我没有什么要紧公务呀……”成均不免有一丝尴尬。

“把府门关上！”顾得仁明显有气。

成均身后竟随着沃某。三人上得堂来，顾通判竟自坐下，道：“成大人光临府衙有何训示？”

“况知府临走，不知对府衙事务有什么吩咐？”成均按捺了性子，和气地问。

“大人临走急促，未曾留下任何嘱托之事……”

成均：“顾通判你尽管放胆讲来……本侍郎现是苏州地面最大之官，一切由我给你做主就是！”

“……”顾通判只是奉着茶盏不作声。

“前几天数千百姓至本官衙门恳求本侍郎上章启用知府……”

顾通判：“听说百姓们要求大人上章夺情起复况知府！”

“你对此事如何看待？”

“吾苏州府是天下第一大府！此事关系重大……卑职一切听候朝廷安置。”顾通判明了成均的目的，自然不露口风。

“苏州府是如此重要，自然不能空候况知府两三年时光，你呢是府衙掌控之人，而本大人现时是责无旁贷，想与你联署上章，推举一位新知府……”（按当时丧制，为父守孝27个月，为母守孝20个月。）

“推举新知府？”顾得仁心想成均出手真快。

“是呀！我的老同年，现居浙江金华知府之职……”

顾得仁放高声：“衙役快续茶！”衙役提壶续水。

成均来了兴致：“只要本官领衔，有你联署，上章荐举新知府，准保能行！到时，本侍郎再推举你为苏州府五品同知，这岂不是利朝廷，利苏州，又利本官与你的大好事？对了，还有你沃通判也必须联署，届时本官再保升你为府衙首席通判！”

“成大人，好像我们苏州府衙并不属你职司所管！”顾通判再也按捺不住了，“成大人是专管流民逃户的……”

“你给我住嘴！”成均眼见顾得仁不吃自己的一套，干脆拍破脸皮耍横了，“苏州地面唯本侍郎为大，本大人说的话就得作数了！从即时起，沃通判，我们就接管府衙了！顾得仁！把府衙大印奉过来！”

沃某穷凶极恶地揪住顾通判领口厉声呵斥：“缴大印！”

“你若不缴，本官就以你抗上司之命，关入府狱！”随手竟拍去了顾通判的官帽，沃某恨极了那顶官帽，竟欲踩扁它……

周忱从帷幕间出，朝成均问：“你看看本官是几品？”

成均一下给怔懵了……沃某一见二品大官，赶紧跪伏地上连连叩头……

“苏州府的顶头上司是本巡抚！是本巡抚！！”周忱两眼直逼成均，“你成侍郎是朝廷专差来苏浙招抚流民的！多半年来，你招回了多少户呀？请你且把本职司做好，地方上的府县事务，有本官在，与你无关！”

成均只是俯着脑瓜一声不吭……

“姓沃的！快爬起来！把这官帽捡起，拂拭干净，双手奉还顾通判！成侍郎，官帽代表朝廷礼仪，你竟然把它践踏！光这一款就够你丢官的！去！向顾通判赔罪！”

成均脑瓜更低了，身子竟依然未动……

“苏州府乃我大明第一大府！你成某要把它搞乱，不要说三品官衔，就是项上的头颅准定得掉！”

“顾通判！你把沃某的官帽给卸下！你（成某），你（沃某），快走吧！”周忱冲着这两人高声道，“牢牢记住本巡抚之话！”

顾通判深深作揖：“幸亏大人援救！卑职定然尽心府衙之事！”

“依本官判断：今年八月底前五六个月里不会出什么大事，到霜降新谷登场，开征税粮很会激起一些人的贪欲，借机闹事……发现苗头，赶紧派专差来南京禀报！”

（六）

时　间　白天。

场　景　府衙大门外。

人　物　成均、沃某；随从两人。

成均与沃某出府衙门，下台阶。

沃某惶恐地盯住成均，说：“成大人，看来我的官帽已被周忱摘了去，我、我往后怎么去处？”

“嗯——我想一想……”成均沉吟了一会，道，“干脆你随我上浙江去，先从我衙署的房吏做起，几个月后本官提你为九品知事……”

“我放着六品通判不做……”

成均：“怎么，你要怨恨本官？”

“不是！不是！大人，我恨、恨透了姓况的！目今反正破罐子破摔了……”沃某怒目暴凸，“我、我此仇不报非君子！”

成均：“怎么报法？”

“弄到什么，给他揭发什么！真真假假给凑合个十条八条的……”

“赶快给他呈报朝廷，朝廷就会问责况锺，令他逐一举证自辩，之后就是派巡按前去查实，来来去去至少得半年以上，那时正好今秋税粮大开征之际，预先十天半月叫圩长、里老以收往年欠税名目上门收粮……几千名被况锺革退者闹个遍地开花……哈哈哈！注意，写揭举材料，千万不可签真姓名！”成均对此盘算得是何其的精准呵！

沃某：“端午节前，我把东西写成草稿，呈大人酌定。”

（七）

时　间　霜降节—第二天。

场　景　农村稻田一派金黄。

人　物　正在收获的农民若干；圩长一名；里老数名；城间无业者若干。

（宣德六年）霜降节，田野一片繁忙——开镰收割的；挑稻上场摊晒新谷的；牵牛拉驴踩踏脱粒的……

农民甲：“今年虽说是个平年，但总算没有遭大灾，又有况大人为我们大家减免，一碗饱饭还是有得吃的。”

农民乙：“真牵记况大人呀！今年开征秋税，就见不着况大人了……”

农民丙：“端午节前长洲县百姓就联署了三万七千六百来人挽留况大人赶快回来复职。”

农民丁：“全府七县，县县有百姓联署上章要大人回来复职的！”

几个农民：“再晒两个太阳，后天就可以缴纳秋粮哉！”

第二天农民们无不汗流浃背地忙着。

见一个老头，带着七八个城间无业者，肩搭叉袋迤迤然走进了晒谷场……

“那不是被况大人开革的王老头么？他来做啥？”农民们疑惑地

嘀咕……

姓王的抓起场院上晒的稻谷，细细地看了看，放高声道："丁阿土！丁阿土！……"

丁阿土："你叫吾？有啥事呀？"

王老头拍着手间的账册，说道："你宣德二年（1427）、三年（1428）、四年（1429）三年的欠秋税，每亩二百四十斤，三年七百二十斤，三十亩合计不计利息光本粮就二万一千六百斤！……"

丁阿土："况大人说过以往欠缴，是万不得已，自今后只缴本年的！再说你姓王的，已被况大人开革了……你现在是想来抢呀！！"

王老头喝令手下："赶快装！装多少是多少！"

收割的农民都围了过来，上前夺下叉袋，赶跑这些个混蛋……丁阿土逮住一个无业人，问："你是哪来的？"无业者："我是无籍之民，姓王的雇了我们，拿回去和他对半分。"

农民们一商量："赶快去府衙禀报顾通判！"

这一天晚间，三只船悄悄靠近一处大晒场，稻谷垛成堆，上面盖了稻草，以备第二天再摊开来晒。

船头上的一个老头（圩长）低声关照一船间三四个青皮："那边场院上有两个看场的，你们过去把他们按住了……我等公开征收不行，夜间抓就看谁眼尖手快了！"

三四个青皮悄悄往场院那边过去……圩长吩咐船间众人道："这块圩田有三十来亩，亩产五百斤谷，约有一千五六百斤，正够我们三船的！两个人一竹箩，大伙尽量轻声快装！……"不大会功夫，几十个稻谷堆已一荡平了……

远处朦胧的夜色里，也有一些人在偷窃已堆垛的稻谷……

翌晨，农田间被偷窃的稻谷，数量着实不少，这关涉着多少农人的生死呀！数不清的农人抱着悲愤奔向府衙……（镜头中的农人们仰天呼吁："况大人！快回来吧！！"）

（八）

时　间　（宣德六年冬）白天。

场　景　南直隶巡抚署。

人　物　钦差、周忱；衙役数人。

钦差与周忱晤议——

钦差说："我无圣旨要宣，只是皇上要下官向周巡抚转谕三事：一、自况锺春初离任守制，苏州府一府七县联署章接二连三，恳求夺情起复，朕准予起复，令其从速还任。二、成均转奏，苏州府民有人揭告况锺卖红曲二十余石，抬价每石六钱至二两，冒利三倍共四十五两；独活六百斤冒利共一两半；临走时收贿纱罗六匹、画二轴、花席三十条、米六石；常熟拍卖私盐船一只，况锺出面代同乡申请买下；又苏州织染局内侍来福送况锺青布轿一乘。经朝廷派巡按查实，除来福借其旧布轿有其事外，余外受贿得赃诸事连揭发人姓名都无法落实，全部都系捏造之罪名！令朕震惊，命成均暂退浙江理事。三、苏州府再免税粮八十万石；凡缴纳'白粮'之农户，其余徭役一概免除（朝廷将发专谕）。况锺正月底即可返苏州视事，你周忱须全力配合把苏州乱局快速治平，朝廷内如有大员作梗，立即禀奏于朕躬。"

"臣周忱牢记圣训，待况锺起复抵苏时，臣即去苏！"

苏州府县上下一片欢腾——"况大人夺情起复了！""况知府年关前要到苏州了！""那些开革的圩长、里老一个也不能轻饶！""快！快！快些把那些硬抢暗偷的青皮、地痞捆起来！决不可让这些坏胚逃跑了！"……

第十九集

（一）

时　间　（宣德六年腊月下旬）白天—夜晚。

场　景　阊门运河码头；聚丰酒楼。

人　物　各界耆老十余人；况锺；顾通判；府衙诸官；小快船及船夫；快马马夫；聚丰楼店主夫妇及小二倌。

耆老、府衙诸官站于码头，不住向运河那头眺望。

一匹快马飞奔至码头，向顾通判禀报："况大人的小快船快到了！况和站在船头上。"

众人迎候小快船来到码头……况和主动道："大人担忧……故而与少爷两人歇人勿歇船地赶来……"

顾通判试探地："大人是不是先回府衙？"

"赶快跟吾说说此间情状！"况锺有点急迫。

"大人！吾看现在到聚丰楼，一面吃个晚饭一面让大家向你禀报……"一老者提议。

"不要上酒楼，进府衙食堂省一点……"况锺习惯了节省。

顾通判说道："吾等都商议好了，一荤一素一汤，再添两只素菜，借个楼面便饭议事。"

"好！上聚丰楼！"众人和着况锺。

人众簇拥着况锺来至聚丰酒楼。

酒楼店主夫妇与店小二燃起爆竹……景状何等欢腾！百姓们围过来，欢呼、雀跃，堵满了一大截街道……况锺立于楼前连连拱手道谢……

街间一些老人踏歌相诵：

公政惠我，公恩息我。

父母畜我，长吾育我。

我饥谷我，我困苏我。

公去惙我，谁与活我？！（惙，疲乏之极。）

人众按品级与年岁分席坐定。

一名老乡绅，手奉茶杯起立说："清茶一杯，以表吾等之至焦至渴之渴望……千句并一句：大人能再返任，苏州府就一切好办了！"一饮为净。（按制，夺情起复，一般不出席宴饮，更不上酒。）

"……苏州府就一切好办了！"众人起立，奉茶一饮而尽。

"大人，府衙上幸亏周巡抚来得及时，顶退了成侍郎接收府衙大印的野心……"顾通判愤愤地，"他竟封官要吾等联署推举新知府……气焰之嚣张真难以表述。府衙是保全了，故府、县衙门还没乱套……"

两名通判："全府各县秋税征收却坏了事！"

顾通判："被大人开革掉的几千圩长、里老，在霜降新谷开镰后纷纷窜出来，说什么前几年欠的税粮统统要追缴……"

"皇上的旨意是统统豁免了的呀！去年征纳时府衙就传告至户的呐！"

"就是大人预先告知了，所以今年开征时绝大多数农户没有上当！于是这些坏货，明抢不行，就半夜雇外来新到无籍莠民去偷，偷到就分，许多农户损失很惨，不要说完粮，就是口粮也颗粒无存呀！"顾通判既气愤又痛心。

"我等已经造册，按每人每日一斤米发放……"几名府官同声说道。

况锺起身，思忖一下，下决断说：“那些开革的圩长、里老，敢于这么猖狂，背后必有支撑之人！这几千个坏货，他们都是有家有室、有房产田地之人。凡偷盗之粮统统归其赔偿！赔过钱粮，再治他们破坏秋税的大罪！陆捕头你先把府上的二十一名总圩长、六十几个总里长，给派人盯住了！”

陆捕头振奋地：“大人，十天前听说夺情起复了，吾已吩咐队上盯人了，再说那些无籍莠民，吾已关了几十个了！”

“明日就布告全府各县，处置退赔秋粮欠赋之事！”

“这里有周巡抚给大人的一封公函，请大人过目！”顾通判从棉袍间掏出公函呈于况锺。

况锺细细阅过，不禁欣然，朗声说道：“皇上再减免吾府税粮八十万石！凡缴‘白粮’农户，一律免除一切徭役！”大家齐声歌颂“圣上万岁万万岁”！

况锺道：“还有要周巡抚大人查看有无大臣参与搞乱苏州者！！”

人众雀跃不止，丛然赞说：“有此等明君实乃苏州之福！”“实乃大明之洪福！”……

（二）

时　间　**腊月廿六、廿七、廿八。**

场　景　**府衙大堂；县衙；恶圩长、里老十余名，莠民数人；衙役若干。**

人　物　**况锺、况寰、况和；顾通判与众府衙官；七县官；圩长、里老与莠民数十人；衙役若干；陆捕头、范大龙与捕快若干；吴粮吏。**

况锺与众府官、县官列位而坐，晤议——

“况锺守制、离职，又蒙父老抬爱，天恩夺情复任，前后十个月，沉渣泛起，宵小闹事，幸亏周巡抚及时刹住成侍郎接管府衙之图谋……然而府县之宵小，沉渣泛起，竟然趁秋税开征之机，雇佣无业游民，明抢暗偷，致使宣德六年之开征无法正常进行，尤其是众多农户甚至口粮颗粒不存，重又变成了逃户流民……”况锺有点说不下去了……

吴粮吏：“禀大人！户部就盼大人定个今年开征最终了结之章程，恕小人多言，全府遭开革之圩长、里老九千多名中洗心革面者不足百分之一，这两三个月来被宵小们挥霍者殆尽，一切要八九千名逐个折产赔偿，全府各县农户损失一算就明，除逐户按价赔偿外，其余田地房产乃至细软悉数变卖充公！吾这里长洲、吴县两县被偷抢农户之损失清册已经造就了！”

况锺厉声：“现今就剩这一法！破坏国家之大征纳，扰乱近百万农人之身家性命，实乃十恶不赦之死罪！原先府城总圩长七十名，总里老一百名之首批二十人，极恶的十名莠民，于明日处决，首级枭示于众！各县也仿此诛杀一批首恶者！”（枭示，死刑的一种，斩首后将首级挂于长木杆上示众。）

陆捕头：“遵命！大人，除恶务尽！除恶务尽！！”

况锺朝诸县官吩咐：“此次固然是祸事，但亦可根治一些祸根！请诸位还衙后，赶紧造农户之损失清册！凡往日之开革者，务必包赔到底！”

两三名县令：“据说当初开革时，未曾彻底退赔……”

有百姓禀直而言：“他们都受到成侍郎的庇护！”

“查实的首恶与民愤极大者，一定杀无赦！”况锺分外感叹，“这可是次血的教训！”

府衙西首示众木架的竹编席上，况寰正指挥衙役张贴告示，众多的百姓纷纷聚观，其中有的士子还念出告示上之文句——

本府查得去年开革总圩长查多财，原系府衙之宿役，投靠贪赃团伙，朋充害民，民愤甚大，今年春初乘知府守制离职之机，雇佣无籍之莠民、流氓，结伙明抢农户之稻谷，暗盗堆垛之晒粮，并与总里老蒋七倌里应外合，多地作案……致使今秋我苏州府之大征纳陷于混乱停滞，使朝廷最主要之秋税蒙受巨大损失……今准其将坐落于革荡圩之田产七十亩三分，坐落于黄土桥之房产两处：一处五落五进计五十九间，一处三落四进计三十四间，择于宣德七年正月初六—初十官价拍卖，特此知照。

宣德六年十二月廿六日

“唉——看看，下面他的田地房产……哎，这阙多旺，不就住在南濠街的么？吾看到他骨头里了，他南濠北濠都有厅堂大屋呀！……也是在正月初六到十五官价拍卖。喂！官价拍卖可以便宜几花呀？”（苏州方言，便宜多少为“便宜几花”。）

刚才读告示的士子，凑在身后说道：“至少比市价便宜四成呀！你不要不信，急等钱用，兑现钱讲究个快！”

竹编席上还继续贴着一张张告示……百姓们神色含喜，纷纷议论……

（三）

时　间　白天。

场　景　大街；府衙。

人　物　况锺、况寰、况和；陆捕头，捕快、狱卒数人；一商、一农；吴清（吴县九品主簿）；织染局大使（从九品）；一承包小商。

况锺与府衙诸官，陆捕头等于二堂小叙——

况锺：“今日是正月初五，请诸位来此茶话，一向诸位道个辛苦，二从明日初六起本官打算花大力处置历年山积之沉案……”

方推官很是不平：“我查看卷宗，有许多是实在荒唐，各县不论大小案子，统统往府上报，府衙也根本没人去梳理，积聚竟达两千多宗……大人！这可怎么治？”

况锺："一想到这些人犯，有多少是无辜之人呀，心中着实难受……你们看，吾一开话匣子就是说公事……况寰！去把你母亲带来的茶叶拿上来！"

况寰与况和合提着一大竹筐，内里装满了茶叶，给诸人分着，人手两斤，上粘红纸。

况锺："这是吾家岗间自己茶园子所产，取名江西大方，口味还不错，请诸位尝尝……"

众人纷纷立谢："年初五得好茶，开市大吉！开市大吉！"

大家在品过一阵江西大方茶后，顾通判说道："府衙除了两推官，吾等还有八人，七个人上七个县衙协同县令惩恶、拍产和退赔外，吴粮吏上各县察查，然后及时禀报大人！大人尽可注大力于处理陈案……"

……

一承包商来至一巷中叩染织局陈大使宅。

商人见有人应门，未等人开口，即递上一百文："吾有要紧事见陈大使，务请禀报！"

应门之仆看钱份上，道："你且候着！"……

陈大使听仆禀报，道："年初五，开市大吉，叫他进来！"

商人见面就跪叩："陈老爷，新年大吉大利！"

"你不是局子边的阿三倌吗？想托我办什么事呀？"

阿三倌递上一只锦盒，说："请陈大使过目！"

陈某解开锦盒，只见里面装着一只彩色的玛瑙壶，拿在手间左看右看，很是喜欢，说道："值个不少银子……你想？"

"向大使明言了吧！这是吾丈人家的传世物，想请大使代送给监局来福内官，请他做主让小人承包染织局的外发染织。"

"我有什么好处？"

阿三倌："承包五年，每年五百两，五年二千五百两。今年的，正月十六就付给你！”

“这件事可以答应你。但是承包外发织户不行，要包就包陆墓御窑场。”

阿三倌：“吾只懂染织的生意经，砖瓦经是不懂的呀！”

“只包御窑场。它的生意比染织局大很多唻：皇宫大金砖、官宦家大方砖，还有数不清的蟀蟋盆……乐意你就包，不乐意此事就当没说！”

阿三倌掐着手指盘算了一下，点头允承了：“陈大使得写个字条吧。”

陈某操起笔飞快地写出一条，只见其上写道：“兹委任许三倌为御窑场监督，全权经营各种窑货。自明日起，停售一切窑货十天，违反者即撤去一切职务！”

“这、这、这、这是为何呀？”阿三倌实在弄不明白……

“你无须弄明白，照办就是了！”

（初六）况锺带着况寰、况和顺大路迤迤而行，陆捕头携一捕快稍后护着。

路间，见一农民捡到一钱袋，张望一阵后站候于路边……况锺示意稍候……一会儿一商人走来，见此钱袋，伸手就取，背上钱袋转身就走，路上之人纷纷为拾金不昧之农人不平，指责商人无礼又吝啬……

商人竟朝众人道：“吾此钱袋中原有十二贯铜钱，他拾去后，已拿了吾两贯，故吾无须再表谢意了……”

农民一听可不愿意了：“你这个钱，吾可一分没有拿！你可不能说吾拿你两贯钱！”

双方争吵不休……

况锺都看在了眼里，走过来，商人、农民一见官员都上前诉说着自己之情况……况锺先问商人：“你钱袋中原是十二贯钱，现在只有十贯了，是不是？这两贯钱是农民拿的，是不是？”商人：“正是！”况锺又问农民："你捡到钱袋并未翻动，就直接还给了他，是不是？"农民答："正是！"况锺当众叫农民把自己的衣袋里、菜筐里的钱一齐掏倒于地上，逐一数着，约有一两百文的铜钱……况锺随即拿过十贯钱的钱袋对商人道："你的钱袋是十二贯，这里则是十贯，而这农民的身上也只有一两百文，何来两千文之数！你走吧，这钱不是你原丢失之钱，现归官府处置了！"商人此时才懊悔不及，贪小便宜吃了大亏。况锺转首对农民道："你为人老实本分，拣着他货物车上掉下来的钱袋，还在这里候着他还了他钱，到头竟还被他讹诈你揩了他的油！这十贯钱赏给你这老实本分之人了！"

人众霎时一片欢呼，看似难解之纠纷，三下五去二立马解了！

吴清（吴县九品主簿）神色焦急来至府狱。

况锺正在狱内察看狱政。只见囚犯们正在吃饭（一菜一汤），牢房内稻草褥上被子虽破旧，但放得还整齐；粪桶两侧都空出位子；多数人都是未决犯，有些人还有象棋和《百家姓》《千字文》《增广贤文》等书本；也有少数人犯愁容满脸甚或落泪……况锺问明了，自从这个典狱（从九品）去年到任以来，一直尽力行此心善之政，甚至拿出自己的俸禄买来旧棉被、棉袍，送予孤老无依之人……心中着实高兴。他招来这名典狱，当众宣布："这名好典狱，本官荐升他为八品副推官。"各牢房间竟涌出了欢呼之声……

吴清含着泪跪在了况锺跟前，况锺一怔，忙问："遇到了什么难事？"吴清："大人，你知道卑职从不求人，而今之事唯求大人助一臂之力了……"

况锺拉了吴清："来！来！且到典狱房中说……"两人坐定。

吴清道："大人！玄妙观东脚门的机神殿，前几天大雪中压坍了一间半的大殿，机神神像也受了点损伤，卑职大小年夜订好了各色工匠，初六正式修筑，现在碰到的最大难处就是买不到瓦……"

况锺："全国最大的御窑就在齐门外，你出足官价甚至先付上瓦价还有什么难的吗？"

"大人哪，修筑机神庙原是卑职职司，往时发生也不成为大事。今年可不得了了，染织局的皇家内侍把吾找去训示说，正月十五要演剧酬神，十六就要继续织龙袍，一天也耽误不得；吾初七、初八、初九奔走三天，大小窑跑了六七家，还只收到了一千张瓦！实际上至少要三万张大瓦……今日初十，还有四天半……无论如何求大人拉卑职一把！请染织局再宽限十天半月！"

"本官知晓你是个克勤克俭的主簿，有难处岂会不管？"况锺稍为思忖，说，"不必去求他们，吾有个主意，你呢摇上三只大船，备好六十贯铜钱，到月枫大市，向一万多家大铺号，从屋面上每号抽三张大瓦，每张付钱两文，县里派几十名皂隶分段现买，就说修机神殿急用，至多一天，三万大瓦不就齐全了！"（大瓦时价不过一文一张。）

吴清未等况大人说完，就深感这位贤大人实在神了——窘困自己的大难题到他手里解决得毫不费力气！有如此好上司，真是烧了高香啊！他赶紧叩头道谢。

况锺却在深一步想：皇宫织染局内官来福为啥插进一杠子？……

第二十集

(一)

时　间　白天。

场　景　府衙二堂。

人　物　况锺、况寰、况和；染织局内官来福与随从；衙役数名。

况锺正于二堂阅案卷，一衙役立于东侧小门禀："大人！染织局内官要见大人！"

况锺："说本府在大堂口迎候。"

来福走在甬道上，况锺迎上："是否宫内有什么旨意？"

来福："不是宫内旨意，只不过与宫内搭点界的。"

况锺："请二堂说话！"

两人坐定，况和上茶。

况锺："请明白见告。"

"况知府，请在查抄吴县主簿吴清家时，务必将其所藏的白居易手抄的《金刚经》代为留出，染织局愿出高价购下，你知道皇上是非常喜爱书画珍品的！"

"为何要抄吴清的家？！"况锺不由得暗吃一惊，"哪个衙门把他抓了？！"

来福："是常熟县衙！"

"是不是染织局看上了他家的白居易的手抄《金刚经》？……"

"不！不！"来福连连摇手，说，"是吴清跟他的远亲——常熟主簿郭南私通长江水盗犯的事！”

“好吧，等吾弄清了案由，真的要抄家时，吾会把此事放在心上的！”……

来福离去……

况锺吩咐况寰：“收拾一下，其他案件暂且搁一搁，先去常熟一趟！”

（二）

时　间　白天—夜晚。

场　景　常熟县城小茶馆；县衙大堂。

人　物　况锺、况寰；茶馆茶博士夫妻；刘正言（知县），衙役数人，茶客数人；范大龙。

况锺（微服）父子行进在常熟县城的大街间，范大龙远远地跟随。

背后开道过来一列县官的仪仗——县官刘正言正神气活现地坐于马上，鸣锣开道的皂隶两侧，还有两匹前导马，他俩各执一鞭挥向两旁的人们：“快躲开！躲慢吃鞭子！”

况锺问身旁一名文士样人：“县官今日有大公事？”士子不屑地摇摇头。

人群窃窃地嘀咕：“哪有什么公事！近几天他是见天如此……”“向老百姓抖威风……”“吓唬老百姓，叫老百姓嘴上上锁！”“这个瘟官真是五毒俱全呀！”……

况锺紧跑了好几步，来到刘正言马侧，刚开口：“刘县令……”就被前导马卒抽了一鞭子，况寰好不恼怒，拣起路边菜贩的一棵大萝卜掷向那恶卒：“瞎了你的狗眼！他是苏州府衙况大人！”恼怒之余，况寰并不忘给了菜贩一文钱。

刘正言猛地吃一大惊，赶忙从马上滚了下来，朝况锺深作长揖：

"况大人，卑职该死！况大人，卑职该死！把他（抽鞭者）捆起来！"

况锺摩了一下被抽痛的手臂，问刘正言："上哪去公干？"

"没、没、没什么公干，"刘正言嗫嗫地，"我、我这是出来巡道的……大人来常熟？"

"吾是至杨舍看个亲戚的，现在顺道到县城来走走……"

刘正言："大人！上我县衙，卑职为大人接风。"

"不了，吾就想找一处清静点的小茶馆喝一壶好茶，憩一憩……你愿意陪吾去喝一壶么？"

"好呀！好呀！不过，不过……"

"不过，这身官服不合适！你且把它脱了，叫你的手下统统回衙去。"况锺吩咐况寰："去到估衣铺里给刘县令买件旧棉袍来。"……

况寰将一领旧棉袍给了刘正言，说："你现在是一名客商！"

三个人穿过一条横街又踅至另一街间，见前面有座不大的茶馆就踅了进去。

刘正言手召茶博士："来三壶阳羡茶。"

况寰："我们父子共一壶即可。"

刘正言："怕我出不起一壶茶钱？"

况锺："阳羡名茶，各付各的吧。"

茶博士端茶盘上："阳羡两壶，茶中魁首。见天喝它，多福多寿！"他给三客人斟茶，又道："齿颊留香，叫我姐夫！"

刘正言一听，即时大怒："放屁！讨打！"正欲掷出手中之茶盅，被况锺一把扯住。

茶博士一看苗头不对，赶忙改过："齿颊留香，叫我添壶，叫我添壶！"博士妻子赶紧过来赔礼圆场："他平素跟茶客们说惯了玩笑话，请三位客官饶恕了他的胡言乱语！"

"看来你倒是个生性快活之人……"况锺不无调侃地说。

"快活之人？哪来什么快活啊？"博士摇着头。

况寰："最近有什么不快活的事吗？"

博士想了想，说道："唉，不说也罢！"

"如有愁苦，憋闷肚内，是会憋出病来的……"况锺正想引博士开启话匣子。

"你若憋出了病，老婆孩子就活受罪了！"况寰紧添了一把柴。

博士："如此说来还是讲了的好？……嗳，三位都是外州府的客商吧……"

况锺父子："我们是江西的贩瓷客人，听你说话有趣，解解闷，出门就忘！"

"好吧，时光快近黄昏了，店堂内也只有三位客官。"博士探头门首张了张，就坐到了三人桌边，"一年之前，来一新官，从此常熟，鸡犬不安，他勾结圩长，盘剥农民，坐商行贩，进出都捐，衙役来店喝茶，分文不给，还要我每日送他们开水两担……"

刘正言："你可不要诽谤县衙呀！"

"我说的都是真话！"

况寰："此官是谁呀？"

"爹娘是豺狼，生下他这个坏种来！他，他就是现任县官刘、刘没心肝！"

刘正言简直是蹦了起来："好、好你个混账东西！"

茶博士不禁疑虑起来："哎——我骂的是那姓刘的瘟官，又没骂你！你，你——"

况锺一把将刘正言捺住："老姜，他骂的是赃官，你又何必动起邪火来呢！"

刘正言只得悻悻坐下……

博士话匣子看来一时难以关上了："这个刘瘟官串通了苏州染织局的陈大使，正在使毒计要陷害我们常熟县衙最好的官郭南主簿……"

"哎——这事你是怎么晓得的呀？"茶博士的话引起了况家父子的注意。

（后面灶间传来了博士妻的厉声："快闭上嘴！快闭上嘴！"菜刀把砧板拍得山响……）

况寰凑近博士低语："告诉吾一两句……"

"是前天有几个茶客在这边讲的……"博士拉响了长凳，大声喊道，"打烊了！打烊了！"

"好吧，我们走吧！"况锺掏钱付了账。

刘正言也掏钱付了账，凑近博士说："你是小青蛙啄鸭子，自找灾祸！"

况寰也凑近了博士说："俗话说，再粗的蜈蚣，自有雄鸡来收拾！"

"两位快走吧！快走吧！"刘正言很不耐烦了，假装自我调侃："回去晚了，家主婆是要请我吃扫帚柄的！"

博士妻冲出来，手戳着丈夫额角："笑！笑你个魂！你该懂得一句老话：蚊子遭扇打，只为嘴伤人！臭嘴病再不改，老娘我也要请你吃扫帚柄！"

（三）

时　间　夜晚。

场　景　小茶馆；县衙大堂。

人　物　况锺、况寰；茶馆博士夫妻；刘正言、衙役若干。

茶博士夫妻馆门已打烊，夫妻俩吃过晚饭，正在灯下稍憩。

忽听有人紧叩馆门，博士启门一看，却是江西瓷商父子，忙问："客官难道是忘了什么东西？"

况家父子进了店，在一张桌子上坐定："我们想再在你店中喝一壶阳羡茶。"

"两位客官，小店早打烊了。再说我们这种小店是没有夜市的！要喝夜茶请到城中心，有家大茶坊……"

"不！我们就要在你这里喝！"况寰笑眯眯地道，"快去沏茶来！"

"两位客官不是来喝茶的！而是来听他这张臭嘴嚼蛆的！"博士妻真来气了，"客官请快走吧，我们要睡觉了，明朝还得起早烧水呢！"

"不！不！不听博士讲什么了。我们光在这里喝茶，坐点辰光就回客房。"况寰掏出了十文钱放在桌间。

博士："两位再多坐多长辰光？"

况锺："至多一个时辰。"

博士："起更后是禁夜的……"

况锺："请放心！到辰光一准离开这里。"

博士收起茶钱，退还了五文。况寰道："夜资加倍！"茶馆博士沏茶斟盅……

茶盅刚喝过一两口，就听得馆门砰砰响："开门！开门！"

"谁呀！这么没有规矩！我这里又不是药店……"

"浑蛋！再不开门，老子要踢门了！老子是县衙门的！"

博士夫妻一听着了慌，赶紧开了门……

衙役进门，一见还有两个喝茶人，细细审视了一阵，领头的一抖铁索，一下套在了茶博士颈间，吩咐手下："走吧！"

茶博士夫妻大慌神了，挣扎着叫喊："我们犯了什么法？我们犯了什么罪？"

"你犯什么罪？！你犯了'小青蛙啄鸭子，自找灾祸'！"衙役趁势踢了茶博士一脚。

况锺上前拉住领头衙役，说道："茶博士骂刘县令的话，都是吾出钱叫他说的……"

领头衙役一怔："好呀！你倒蛮仗义的么！既然自己送上门来，把他一并锁了！"

况寰赶紧拉住大哭的博士妻，向她低语了几句……此女先是目瞪口呆，紧接着神色释然了。

领头衙役把博士与况锺牵到了县衙大堂上，大堂灯烛耀然……

刘正言高居公案，好不得意，瞄着跪伏的茶博士，嘿嘿地冷笑："本县早对你个浑蛋说过'小青蛙啄鸭子，自找灾祸'！来呀！拖下去用大杖杖责四十……"

况锺："且慢！还有吾呢……"

"嗨！我当你是他老婆咪，你是谁呀？"

"你下来看看！"况锺用手招着刘正言。

"混账的东西，本大老爷下位来看你？！"

况锺不禁大怒了："本府公堂上从不骂人！今日看来，你刘正言不仅是个大坏蛋，还是个十足的笨蛋！"

刘正言一听此话，霎时似五雷轰顶……屁滚尿流地跪伏于况锺跟前，况锺管自走上公案椅间，问道："怎么？你竟胆大妄为诱捕吴县主簿吴清？！"刘正言不开口，况锺再问他，"郭南之事，你欲如何诬陷他？"刘正言竟然仍不开口……

况锺："吴清现在何处？"况锺下位走到伏地的刘正言前，一手托起他的下巴，厉声说："若再抗拒，立即押你入府衙大牢！"

刘正言结巴地："在、在县衙后、后苑小、小黑屋里……"

况锺摘去了刘的官帽，并示意况寰至堂口台阶处招来范大龙，吩咐他至后苑解救吴清……

吴清一瘸一拐地由范大龙搀扶着上得堂来……

况锺怒火喷薄："你！你刘正言竟然私自诱捕九品命官，而且还动起了私刑，显然背后有坏人支使！看来，你是犯了弥天大罪，还祸连家人子孙！……"

况寰："大人！吾到衙前的官河中，候只往苏州的官船，搭顺船连夜返苏州吧！"（明代有禁夜制度：主要水陆大路，只有官船、病人船、医生出诊船可以夜行。）

况锺："好的！大龙，把刘正言的官服剥了，等会一并把他带府衙去！"

（四）

时　间　白天。

场　景　一里弄中吴清之家。

人　物　况锺、况寰、况和；吴清及妻；范大龙。

况锺携况寰、况和与范大龙来至吴清简陋的家中，吴妻端送茶盅。

况锺问道吴清："伤科郎中之药成效不错吧？"

"多谢大人！服药三天下来，已无大碍了……只是，只是……"吴清略逞羞色。

"看你这简陋之家，日子一定不宽裕，医药费府衙包了！"

吴清要跪谢，况锺止住，说道："将你的事情从头细说说——"

"三天前一名常熟衙役来我家，通知我说我远亲常熟主簿郭南犯急病……我未加思量就随之来到常熟，一入县衙即被他们关进了小黑屋。第二天一整天，水无一口，米无一粒；第三天来一名小吏知会我，有长江水盗，招供我是他们藏赃的窝主……还未容我辩解，刘正言就进来了，二话没说先是一顿毒打，然后着力追问我白居易手抄的《金刚经》藏于何处！往时我曾听我父说及过此无价宝物，但它仅是我们崇敬之物，我父只是一名塾师，何能有此宝物？我刚作了此等说明，随之又是一顿毒打！晚上来了一名刑房书吏，端来了酒菜，劝我道：'只要献出此经，你一切之罪都可免掉……'我就对应道：'你们可以去我家抄家呀！'那书吏道：'去苏州抄家，一要知会吴县县令，二更得要申详况知府批核，太麻烦，你直接说出来我们去拿不就完了！"

"怪不道来福内官上府衙点名要此宝物！"况锺此际脑海里已经有了个六六七七了。

"大人，来福内官指名要此宝物？嗯——我明白了……"吴清此时就豁然了："来福在染织局有个贴心走卒局大使陈某，他一直想谋娶我的小妹，他甚至答应休已在室之妻再娶我小妹，我深恶此人品性恶劣、谄媚权贵，几次严加拒绝……故而逼我修机神殿；故而派小奸商承包御窑厂，阻碍我订大瓦……定是陈某歹毒报复，置我于死地！”

“这样吧，你后日辰时雇一乘小轿来吾府衙大堂，让你看一出好戏！”况锺步出吴家时，吩咐况寰：“明日早上让陆捕头带人去常熟县狱把长江水盗头目押来府衙，吾要亲审！”

第二十一集

（一）

时　间　白天。

场　景　府衙大堂。

人　物　况锺；刘正言；水盗头目，陆捕头；吴清；衙役若干。

（卯辰之际）况锺于大堂开审吴清遭陷害案——

“传刘正言上堂！”

况锺厉声地：“刘正言！你所犯之罪简直滔天！你的最后结局得由刑部定夺，但是本府秉直知会你：若能今时如实供明，本府将为你力言，罪止你一身，不牵连家人子弟！若今日仍然执迷不悟，甘心殉葬，则你身必受凌迟酷刑，而你的家人，成年男子得流放三千里服苦役，妇女则官卖为奴！家产悉数充公！”

刘正言结结巴巴地：“我、我、我愿实供！此事是苏州染织局陈大使来找的我，其计划、步骤全由彼构造好了的……”

况锺：“来福内官召见过你？”

“没有！没有！我只听陈某说如将白刺史的《金刚经》手迹弄到手交给陈某，陈某再献给来福内官，我就立上了这第一功，日后加官晋爵就有了大靠傍了！”

“郭南是你县衙的主簿，你又为何把他牵连进去？”况锺深问一步。

“陈大使说郭南是吴清的远亲，很有可能吴清将白刺史的《金刚经》寄存于他处，故为抄家时留下一手；再说在常熟县衙中，就他郭南老不跟我同心共意……”

况锺：“你到东边行刑间候着！”

刘正言转入东间。

此时范大龙至公案椅后向况锺低语：“染织局陈某已到。”况锺吩咐范大龙陪他（陈某）在大堂帷幕后坐听堂面之审请……

吴清步上大堂，况锺吩咐他穿起一套衙役服装，侧立于众衙役中……

陆捕头押水盗头目上堂，跪于跪石之上，为防意外，枷锁没给去除，陆捕头则立于水盗身后。

况锺发问：“看你的供词，你当水盗已有五六年了，抢劫了多少金银珍宝？”

“这个无法记清了。”

况锺：“你所劫财物中，可有特别珍贵之物？”

“有啊有啊！有一本书，叫、叫什么白大官的一本经书……”

况锺：“一个大官读的一本经书有什么特别珍贵的呀？”

水盗：“我抢来不懂的东西，在出手前总要请个读书人问问的呀！他们告诉我这本经了不得……”

况锺：“这本书藏在了你窝主家！”

水盗：“是呀！是呀！”

况锺：“你跟窝主很熟悉吧！”

水盗：“当然啰！他烧了灰我也能扒拉出他来！”

“很好！”况锺向堂两侧高喊：“衙役们都出来吧！分东西两侧站好了！”况锺指着水盗说：“你的窝主就在这两列的衙役之中，你把他给我拉出来！快！上前揪出来！！”

水盗：“这？这？……”

“如若胡乱点指，本府当堂砍去你的狗爪！”况锺又朝陆捕头道：“你押他逐个逐个地指认！”

（水盗逐个认看……他根本没有与吴清照过面，从哪去找出他呀？最后跪伏在跪石之上，低头不发一言……）

况锺：“你听好了！本府最后正告你一句：你在江上为水盗杀人越货，已是铁定的死罪，现今又受人唆使，扳诬好官为藏赃的窝主，更是罪加三等，必受割两千刀以上，限三整天才死的凌迟酷刑！如若现今你能如实招供，供出幕后指使者，本府则可从轻处你枭示之刑，只受一刀之苦！现且容你思量片刻。”堂面上刹那间静场……

“大人！我愿招供——主使人是苏州一名什么局的大使……”

况锺：“他跟你当面商定的？”

“是的！他说自己是命官，说话是算数的。于是三对头议定，一旦事成，他们就故意让我越狱逃跑……”

况锺：“在场的还有一个是谁？！”

“反正是个官。”

况锺：“哪个苏州的什么局大使，你还记得？！”

“这样的大事，怎么会忘？何况这也只在几天之前！”

“范大龙，让他走出来吧！”况锺朝帷幕间高喊。

水盗一见，即时指认：“对！就是他！”

况锺：“传刘正言！陈大使，你们俩还需要对质吗？！”

（两人俯伏于地，无言作答……）

况锺：“陆捕头！带着伙计，将他们三个，关押三处！”

（二）

时　间　白天。

场　景　染织局来福会客室。

人　物　况锺、况寰、范大龙；来福（染织局总监）、小内侍两人；局皂隶两名。

况锺便服至染织局。

局皂隶急步向来福禀报："苏州府台大人已在客室口等公公。"

"给我送宝物来了！"来福一听满心喜悦，忽而问皂隶，"怎么陈大使不先来禀报？"

"没见他人！"

"你下去吧！"

来福兴冲冲来至会客室口，朝况锺一长揖："大人难得光临小局，若预先派人知会，我定开正门迎接！请——小的们，快上水月茶！"

双方坐定，来福喜滋滋地饶上了话："我素知大人对古书、古画与古物见多识广，学识渊博，我最近得到了一件古物，欲烦请大人指教……小的们，到我卧处把那只金丝楠木匣奉来！"……

况锺知道，十个宫内宦侍九个半是草包外加轻骨头，本来是来跟他谈局大使陈某及吴清案之事，现在看他要自己鉴识古物，想先敷衍一下此事再讲，就顺手接过楠木匣，开盖一看，不由得一惊，拿上手细细审看——这只彩色的玛瑙壶乃是洪武年间抄沈万三家产的没收之物！于是就问来福："此物从何而来？"

"是本局陈大使送我的呀！"

"来福内官，"况锺指着玛瑙壶，"你知道它什么身份吗？"

来福摇摇头……

"它是洪武皇爷抄沈万三家时的一件宝物呀！至今吾府衙册卷室内还载录着它的大名呢！"

"谁吃了豹子胆敢偷盗变卖这样的抄家物品呀！"来福真是惊极了……

"来福内官，我们在礼部时打过一些交道，也算是个朋友。现且听吾的劝，赶快自己上缴！若一旦被人告发，脑瓜必掉无疑！"

"好！我听大人的话，现在就上缴府衙！"他随手写了一张上缴书，接着他高声喊了起来："小的们！去把那个陈混账给我喊来！"

况锺："别喊他了！本府昨日已将他押进了府狱！吴清冤案全是他

策划撺掇的……常熟县令刘正言被其利诱，受其驱使……吾已亲赴常熟，调查走访，并细审了扳诬之盗，案情已经清清楚楚的了！”

“况大人！况大人！我可没有设计陷害什么呀！”来福真快被吓瘫了……

况锺：“你固然没有存心设计谋物害人，然而那些坏货却是打着你的招牌去哄人唬人的……去年底，宫内的大太监袁琦因凌虐官吏、盘剥百姓而被凌迟处死！他的罪还没有吴清此案的恶劣啊……”

“况大人！况大人！你得救我呀……”来福怕得号啕大哭，伏地苦苦哀求。

“来福内官，快快起来！吾已查明你与此次设计害人案确无实际关涉。你一心想要的白居易手迹《金刚经》，只是为了向皇上表孝心而且你明言愿出高价收买，凭此，你就远离了杀身灾祸。”况锺很诚恳地劝告说，“只是今后一定要留心身边的小人，别轻易被他们欺骗呐！你放心吧，此案吾会如实禀报刑部的！”

（三）

时　间　白天。

场　景　况锺内宅客室；常熟郭南家。

人　物　范大龙；况锺；吴清；郭南。

况锺内宅客室中，范大龙正晤见况锺。

范大龙：“大人！在处决那三名水盗时，问他们可有留言？其余两名竟道：‘砍去个脑瓜碗大个疤！姓郭的逮了我等，弟兄们会找他算账报仇的！’”

“常熟恶官刘正言已解刑部处置，吾已保荐郭南升任县令。”况锺深沉地道：“恶草不除根，逢春必发生！长江水面广大，很难有十全之法对付啊！”

"大人！吾有个想法……"范大龙凑近况锺耳畔小语，而后道，"吾想去与郭南县令详细面议……"

况锺："这固然是一计，吾说你先与郭南好好议酌议酌，回头我们再说……"

吴清陪同范大龙来至郭南家。

吴清朝郭南说："大龙兄是苏州府衙的副捕头，况大人的便衣保镖。"

郭南："两位，我昨日才听顾得仁通判来常熟宣布我代县令之命，得悉吴清弟遭盗扳下大牢之事……"

"怎么？常熟县狱在你辖下，你竟然不知？！"范大龙甚感惊诧。

郭南："刘正言十天前就差遣我去江边几镇察看防汛，现在看来是专门隔断于我……"

"郭县令！三名水盗已于苏州正法，他们扬言要找你报仇……此事，你怎么看？"

"嗯——只能自己多加小心啰！"郭南带点涩意说。

吴清："你在明处，他们在暗处，你只有一双眼，还不一定能看清他们，而他们却有数十上百双眼盯紧了你！你只是自己防御，这不是解决根本之法！"

范大龙："根本解决之法，吾倒想出了一个……"

"好极！请大龙兄详细赐教。"郭南展开愁眉。

"吾呢，南北江湖走了十多年，小偷盗匪见得多多，按他们的江湖帮规，同门同帮才共亲共仇，异帮之间从不讲任何亲仇。最近被我们正法的这一伙，是江阴狼山水面之帮，取名就称'水狼帮'，一伙约有三十来个人，被杀的头头是老二，老大叫李不醉，是个嗜酒的家伙。吾想……（凑在郭耳畔细语）怎么样？"

"只让大龙兄你孤身一人身处险地……"郭南不免有点忧虑。

"吾呢，跑惯了江湖，自己的拳脚功夫也还过得去，无须担心。"

范大龙深有把握地道。

“我看这么办吧，最近我又在福山巡检处抓了两名‘水狼帮’的，请大龙兄委屈一下，装作小偷与他们关在一起，而后潜逃……不过这些水盗都是鬼精鬼精的。”

（四）

时　间　白天—夜晚。

场　景　常熟县狱。

人　物　范大龙；两水盗；狱卒两名。

狱卒开锁着两水盗的牢房，把范大龙“送”了进来。

两水盗见范某进牢既不戴枷也不带镣，而且衣着也较好，不免好奇，凑近了偷偷地问：“大哥，你是（作抢劫状、偷窃状……）？”

范大龙眼也未抬，呵斥说：“滚一边去！”说完朝牢门口喊：“给蔡大爷提壶水来！”果不然狱卒提来了一壶水和一只杯子……范大龙吩咐道：“再添两杯子。”果然又送来了两只杯子。范大龙先自斟自喝一杯，以手招两水盗：“过来！喝杯水。”

两水盗既感意外，又浮起了好奇心，又想凑近问……

范大龙：“只管喝水，别问东问西！”

入夜，范大龙于草褥上和衣而睡……

只闻得更鼓声声，忽而两水盗听得这位“蔡大爷”在说梦话：“老子燕子蔡，竟栽在一个店小二之手！过几天，看我怎么收拾你！……”

两水盗吃惊不小，相互暗语：“他竟是大名鼎鼎的燕子蔡呀！专在府城里偷盗贪官污吏财宝的侠客哪……”“拳脚了得，身轻如燕，哪个能逮住他？”“他不是说叫一个店小二坑了吗？”……

天亮了，狱卒主动送来洗脸水，而后是早点心：一碗肉汤面……看得两名水盗既瞠目结舌，又眼热羡慕……

范大龙对进牢收拾的狱卒吩咐："给这两个人一人一副大饼油炸桧，钱吾付。"

一会儿狱卒递进来两副点心。两水盗过来跪叩"蔡大爷"。（因为狱规规定囚饭每日两顿：两大碗厚粥。大饼油炸桧实是意想不到的高档点心……）他们三个一边喝着水一边胡侃乱聊起来——

范大龙："你们两个是水狼帮的吧！"

两水盗："蔡大爷自然眼准！"

范大龙："你俩所犯自是死罪！"

两水盗："蔡大爷，你的罪怕也不轻吧！"

"嘿嘿！不是跟你俩有缘，昨天晚上吾就出去了！"范大龙指一指小窗棂，伸出两指就拧断了一根。

水盗甲："蔡大爷，说跟我俩有缘是什么讲究呀……"

"吾要去投你们水狼帮！"

水盗乙："为啥？"

范大龙："吾要杀郭南报仇！你们家二大王不是叫郭南逮了，杀了吗！"

两水盗："是呀！是呀！你跟郭南结仇是……"

范大龙："别多问！见了你帮主吾自会细说的！"

两水盗："可是现今我等出不去呀！"

范大龙："你们两个各人家里都有什么人？"

两盗虽则不明白，但还是照题答了，水盗甲："父母早死，光杆一条。"水盗乙："还有一个老母亲。"

范大龙："跟你俩实说了吧！吾今晚就出去，由你们中一人领路，由于牢狱墙厚屋高，吾上墙飞屋时只能背上一个人，另一个呢就得耐心在这里待着，候大伙想法来救你，今晚随吾走的是你（水盗乙）！你（水盗甲）什么话也不许说！"

入夜，范大龙以一褂撕成粗布索，绑水盗乙于背，自己穿小窗棂而出，又拉出水盗乙，两人摸黑潜水出城，走至江边一芦苇荡间，水盗乙指着远处数大船影，道：“其最大者即帮主之船……”

第二十二集

（一）

时　间　白天。

场　景　江边汉河芦苇丛中水盗船。

人　物　范大龙；水盗乙；盗首李不醉；水盗若干。

水盗乙向芦苇丛发出了一声奇特的口哨，应声划过来一只小快艇，载着他与范大龙向大船划去。

水盗乙引范大龙上了大船，远远看见一群盗众中，有一个身材颇魁梧者持杯既喝且谈……水盗乙关照范大龙："他即是李老大，见面时要多作揖！"水盗乙先走到盗首身边："老大，小的回来了……"

盗首一怔："你不是叫郭南逮去了吗？怎么、怎么出来的？！"

"全靠他呀！蔡哥快来见过老大呀！"水盗乙殷勤地。

"你是谁呀？"盗首见来人立于前舱间，既不上前作礼也不答话，不由得生气了："砸你个没有规矩的东西！"应声一只酒杯砸向了范大龙的头颅。

范大龙伸手接住杯，随手就砸向了盗首："还你一杯！"盗首避让及时，杯子则砸到了他的座椅上。

盗首恼羞了，抽过护卫身上的腰刀，直扑向范大龙……水盗乙急忙劝止："老大！他即是苏州府城中大名鼎鼎的燕子蔡呀！"

盗首一怔："他是燕子蔡？"带着诧异收起刀，摆起了请坐的手势："请上座！"

两人坐定，盗首亲斟一杯酒奉上道："以酒代茶，请满饮后再说话！"

范大龙豪爽地喝干，随即从胸襟间掏出一瓶酒："十年的横泾三白酒献给老大权作见面之礼！"（明代南方的硬酒横泾三白名满中华，甚为难得的。）

盗首立时眉开眼笑，捧住瓶子爱不释手，忘情大赞："大礼！大礼！"

"若老大喜欢，吾苏州还有一瓶，日后献上。"范大龙投靠之策正是"开门红"哇。

"蔡兄来此，必有要紧之事，请明言！"

"吾要投靠你'水狼帮'！"

"你燕子蔡要投靠我们'水狼帮'？！"盗首与众盗感到分外诧异……

范大龙："吾自个也不相信会动出这个念头……说起来话就长一点嘞，吾父亲本是钱江帮的帮主，有次失手被郭南之父郭通判捉去斩了，当时连吾娘与吾弟一起被他杀了！吾一直远躲太湖边山里苦练拳棒，等吾出山时郭南之父已死，吾就发誓要杀郭南全家报仇……"

"这个，你蔡兄拣一个夜晚，一个燕子归窝，翻墙进他郭家，还不手起刀落……"

"没有这般容易！"范大龙摇了摇头，说，"最近郭南升为常熟县令，况锺为保他身家性命，特调派府衙陆捕头带队护佑他。姓陆的拳脚很了得，吾一个人无法可想，后来想到贵帮跟姓郭的也是生死冤家，就想入贵帮，共同设法来弄死他！"

"这？这……"李不醉竟然很犹豫起来……

"老大！放心！吾只是临时入帮的，一朝报了仇，吾就离帮，远走他处。"范大龙看出了盗首的心思，明白说明，"在帮内什么职司也不要！然而只要跟杀郭南有关之事，老大，你派吾装要饭的花子，吾也去干！"

“好！我们就这么定！”李不醉吩咐盗乙：“你到二楼找间好房给蔡兄住！”一转身他又指着不远处一只大船，道：“这船上掳有十几名女子，蔡兄，给你挑一个来？”

范大龙：“不！不！不报父母仇，决不近女色！”

盗首吩咐水盗乙：“你就做蔡兄的贴心跟随吧，好好地侍候！”

（二）

时　间　**白天。**

场　景　**盗船间。**

人　物　**范大龙、水盗乙；李不醉与若干水盗；知县女儿与数名被掳女。**

范大龙正在水盗乙的服侍下在舱厅里吃着饭……忽闻远处有盗众的喧哗声，这声音越来越近。

有一小盗快步进舱厅高声嚷嚷：“老大回来了！老大回来了！……”

随着这喊声，李不醉伙同一些盗众进了舱厅，他一屁股坐进一把靠椅，水盗乙赶忙捧上一把瓷茶壶。李不醉咕咚咕咚地喝了一气，对范大龙道：“蔡兄，我这趟买卖，你猜猜看，得了什么大彩头？”

范大龙：“劫到了一条大商船？不像！抢到了许多私盐？看你的高兴劲，也不太像！对了，很可能截到了一条上解省里的官银船——几万两雪花银？”

“不！不！大笔的官库银，我们是不碰的！——这是碰不得的！这好比耗子抢猫嘴里的食，自己找死！他们一声令下，调集几百水军，我们往何处逃？平时劫劫商货，截截私盐，官府只会当没看见……”

“来！蔡兄跟我去亲眼一看！”盗首喜滋滋地领头来到船头，只见那里停泊着一只不大不小的官驿船，他拉着范大龙跨了上去……舱内只有一名泪流满脸的少女，其旁夹侍着两名水盗……

范大龙:“老大!你劫了一只官船?那是个什么官?”

李不醉:“桌上有文书,你自己看!”

范大龙拿起文书,一看原是一份诰身:南京吏部调任一名他省他县姓沈的主簿升任海门县县令。忙问:“沈县令呢?”李不醉做了个刎脖子的手势。范又问:“他的家人呢?”李不醉又做了刎脖子手势。范再问:“驾船的驿卒呢?统统杀了?!”李点点头。

范大龙:“这位看来是沈小姐了,你杀掉了船上所有的活口,只留下她一个……”

“我们上得他这船,见船内只有十来个活口,值钱的东西少之又少……弟兄伙一怒之下,全给宰了。这个女小娘(苏州话,指女孩)长得标致,我就把她留了下来……这趟买卖,讲钱我们可是亏了,但她却是我心中的大彩头!”

正在范、李两人说话间,那名沈小姐猛地从夹侍小盗手中挣脱开去,飞奔向舱窗,上半身已经穿出窗外,却被范大龙一个箭步抓住了双脚……

盗首怒斥两名夹侍盗说:“她再出差错,你们两条小命赔上!”

“老大,我有话说,”范大龙拉过李不醉至舱角,低语道,“你把她交给吾,吾能叫她不再用人看守,而且日后说不定她还同意当你的压船夫人!”

“真的呀?你、你……”

“老大,你放宽心,吾早跟你说了,不报了父母的血海深仇,吾决不近女色!”

李不醉:“你的妙法是?”

“吾过去常跟贪赃官、大奸商打交道,他们那些女人、小姐吾见得多了,吾摸得清她们的脾性,说得出她们乐意听的话……你若不信,请现在看吾劝说沈小姐不再寻死觅活怎么样?”

李不醉好不欢喜,随范大龙来至沈小姐跟前,只听范大龙朝她说道:“沈小姐,吾现在只想对你说几句话,你听完后,再想死,无论你投江、上吊，我们保证随你心愿，决不拦你，怎么样？”范大龙见对方安静些了，就开讲起来：“你现在不可以死！你家现今只剩下你独个了，就拿清明节说，到时家家人家，家有小辈祭祀上供，坟间有亲人烧纸扫墓，你家呢，谁还能来尽这份孝心？又，往后再过三四个月，就是更要紧的中元节（农历七月半），家家小辈要给祖宗亡人点河灯，焚烧盂兰盆，为他们送灯火，备秋冬寒衣，若到时无小辈做这一切，你沈家的祖宗亡人，于黑夜中无灯火，到秋冬没有寒衣，平日里根本吃不到一碗羹饭，个个都变成了游魂野鬼，从此再也不得投胎转世……”（羹饭，即平素在神主前供的饭菜。无羹饭吃，即此户断子绝孙了。）

沈女此际已泪如雨下，几濒昏厥……

范大龙加重了语气，说：“你不但现时不可以寻死，你将来也不可以寻短见！你沈家的血脉要靠你来延续呀！”此时际，范大龙看到了沈女脸色里透出了一丝坚毅的神情，忙上前和水盗乙两个搀扶了她，断然吩咐道：“迁到吾楼间那卧室去将息。”他又转过身关照李不醉：“给吾在底楼另找一个住房！”

范大龙从二楼间下来，朝状似木鸡的盗群说道：“她现在已入睡了，无须派人看守，决不会寻死了！老大，吾几天后去趟杨舍镇，给她买几本做个好女人的书，一来让她解解闷，二来培训她，日后嫁个好男人，做个贤惠的家主婆！”

“蔡兄，我姓李的对你佩服，佩服，一百个佩服！”一转身，入自己卧间提出了两贯铜钱递给范大龙：“去杨舍买书用。”

……

水盗乙朝范大龙道：“大爷明日要去杨舍买书，我想跟随一块去……”

范大龙：“你不可去！为啥？杨舍是常熟的一个大镇，一旦明天有了什么险情，吾独个人脱身非常之容易，而你呢，只能是送死！”

(三)

时　间　白天。

场　景　杨舍镇间一书坊。

人　物　范大龙；书坊主；郭南。

范大龙走在杨舍镇间，踅入一家书坊。

范大龙装模作样地递一张纸条给书坊主："老板，怎么不见这书？"

老板："此是部大书，搁在楼上，请上去看看！看得中的话，可拆开来细细地查检，看看可有掉页、破损。我要照顾堂面，不陪你了，客官你尽可慢慢看。"

范大龙上得楼间，只见郭南已等候在此间，两人热情地礼见，坐定，饮茶。

郭南："都还顺当？"

范大龙："分外顺当，未有半点差错。吾现在的身份是大盗燕子蔡呀！今天就是以这身份来此买书的。"

"燕子蔡要买书？"郭南不解了。

"哎！说来真惨！他们前几天在江面上劫杀了赴海门当县令的一家：夫妇两个、四个仆婢外加六个驶驿船的驿卒，统统杀光，只留下了一名十七八岁的女儿，盗首居然想娶她为压船夫人！经吾尽力劝说，小姐不再寻死觅活，为对付无聊，想弄几本书让她排遣解闷。"

郭南："你看了那边的水面、地形，可有具体对付的法子？"

"江、河水面辽阔而又隐蔽，芦苇密布，淤泥深厚，欲聚多兵围捕根本无用；大船找不到准水道，小船只会吃亏……无法力擒，只可计取！他们拢总是三十个人……"

"计取？计取！用蒙汗药——用不上！大小船七八条，无法蒙迷……"郭南蹙紧眉头。

"最后一法——"此两人围着桌子思虑，忽而异口同声说，"用毒药！！"

"盗首毒死，似乎便宜了！而二十几个小匪全毒死，似乎过分些……"郭南语气不很坚决。

"全毒死，活该！那些小匪杀文弱清寒的沈县令一家时，他们何来半丝心肝肺?！而盗首呢，吾想法子不让他中毒，吾活捉他，一准凌迟了他！"范大龙心肠坚硬多了。

郭南："好，就这么办！用、用砒霜？只怕这三十个家伙，这个吃多，那个吃少，甚至不吃……留活下十个八个，不就给你添了麻烦……"

"给吾添麻烦倒不怕，只怕活下来的跳江逃跑了，他们都是好水性，吾只独个，难以全部追杀……大祸根还断不了呀！"

书坊主上来："两位！已是中午时分，吾请客吃时鲜'河豚'怎么样?"

范大龙一听眼目清亮，连声道："好！好！河豚好！"

书坊主应声下……

"让吾细细想想……"范大龙以手指敲了敲脑门，踱了两个来回，说，"郭县令，请你准备好两件事：第一件，煮十五只含河豚毒的鸡，煮好后每只一分两片，同时另煮两只不含毒的煮好后不劈开，是吾与盗首一人一只的；第二件是你再过四五天就出份告示说要到福山镇来勘察大案，吾借机就在立夏这一天看你告示，实际上是到此书店来拿毒鸡的……"

"好计！好计！以犒劳他们帮你杀我，让他们吃下毒鸡……"郭南又添了一句，"我再给你十两金子、三百两银子添作犒赏金，怎么样?"

范大龙："好！立夏这天早间，吾要在这里拿的啊！他们人一死，金银仍还常熟县库！"两人会意地笑开了……

（四）

时　间　白天—黄昏。

场　景　水盗船间。

人　物　范大龙；盗首李不醉；众水盗。

范大龙走进李不醉的船，先放下一只大竹篮，一个钱串袋，自斟自饮了一杯茶，之后开了口——

“老大，吾今日上午出去打探讯息，在福山镇探悉，明日立夏，郭南要到福山来‘放告’，吾必须趁机去做掉他！”（明代县官每月必抽出十天充当法院长，接受、听取原告诉状，这十天分三次进行，每次专门于衙门口列牌通知，曰“放告”。）

众盗接口纷呼：“做了他！做了他！”“给老二报仇！”“抓住这个好机会，助蔡大爷一臂之力！”

盗首李不醉：“此讯息确实吗？”

“昨日福山就递来讯悉，见到了立夏要放告的告示！”水盗丙、丁抢着证实。

“吾今日一早就是去福山眼见为实的！”范大龙凑近盗首耳畔低语，“老大！到你卧房说几句话……”提了钱串袋，跟盗首进了他的卧间。

范大龙把钱串袋交付于李不醉：“这里一锭十两的金元宝是给你的；另外三百两银子，由你做主按明日弟兄出力大小而赏派……”

“这金银你预先存于福山？”

“昨日上午挤空去了一大奸商的家里……等会就要吃晚饭了，请老大下令叫大家都到那只官驿船舱里，放四桌正好，你先给大伙去福山鼓鼓劲，而后吾再说几句求求情……”

“好吧！”

范大龙走出来，提起那只大竹篮，招呼一个老水盗：“老王头，带上你的助手，跟吾一起到前头船舱里铺桌面……”

三张大八仙桌可坐二十四人（八人一桌，每人一片鸡、两只酱鸭蛋，二十四人计十二只鸡、四十八只酱蛋），另一桌只坐盗首与范大龙，每人一只整鸡、两只酱蛋。

范大龙道：“有三个弟兄在那边船上看守十几个女人，等会替换他们过来吃，反正鸡和蛋都留够了……”

黄昏已到，餐桌两侧已点亮了好几支大蜡烛，大伙陆续坐定……

盗首开了腔：“明日立夏，我等要去福山找郭南算账！我这里准备下三百两银子，按出力大小，由我论功行赏！下边请蔡兄说几句。”

“老大，各位弟兄，大伙知道吾与郭南有血海深仇！明日临阵，吾只求弟兄们分头缠住他手下的捕快，估计顶多十五六个人，而那个捕快头有点拳脚功夫的，由吾来对付！请老大给吾砍断了郭南的脖颈！郭南一死，他的手下统统都会逃窜……吾只要郭南的头颅去浙江祭吾的爹娘！燕子蔡在这里给列位作揖谢恩了！”

李不醉：“你们的鸡、酱蛋都是蔡兄犒劳你们的，酒呢今儿个不喝了，因为明天下半夜开船怕睡过头误事！等会老王头会给大伙上鸡汤的。”

范大龙：“明日弄死了郭南，回来，吾们就喝它个通宵！”随手抓起了面前的鸡，啃了起来……“弟兄们！请动手吃鸡！”

众水盗个个狼形狗状地吃开了——抓的、撕的、啃的、嚼的……舱桌间迸出了咂嘴声、咀嚼声……忽而一个人倒下了，又一个倒下了……倒下得越来越多了，盗首起初惊诧……一转念间，回过神来，指着范大龙吼：“是你下了毒！”伸手就要抓家伙，范大龙伸出铁钳般双手扭转其手于背，顺势一个绊腿，把他撳压于地，随手又从自己的腰际摸出一把小刀，挑断了盗首的两条脚筋……此时际所有其余的盗众个个伸腿断了气！

范大龙逼尖了喉间向大座船二层处喊：“沈小姐！沈小姐！快到船

头来！快来！”黑夜里寂静得很，声音传进了沈女耳中，她循声来到了船头。

范大龙招呼她：“到这船上来……”

沈女应声跨进了驿船舱间，只见横七竖八躺满了盗尸，霎时里惊得魂魄出了窍！范大龙说道：“这里还有一个活的呢！”

沈女秉烛探看，活着的竟是最大的仇人！立时两眼充血，厉声责问范大龙：“你为什么还留着他？”

“快去找根麻绳来！听吾跟你讲……”

沈女拿来麻绳，范大龙将盗首反绑双手捆成了一只“大粽子”，而后朝沈女道：“让他跟手下一般地死，你不觉得太便宜他了吗？要把他在常熟县城当众凌迟才行！”

“英雄、好汉！你是？”沈女深怀敬意地问。

“苏州况锺大人手下府衙副捕头范大龙。”

沈女噗地跪下：“大恩人！我要给你立长生牌位，永世感恩！”

范大龙拉起她，把一把小刀递给她，吩咐道：“你给吾看好他！在那边妇女船上还有三名匪徒，吾现在就去解决掉！”说罢划了小艇靠上了囚禁妇女的船……

不一会儿，范大龙回到了驿船上，沈女说要到父母曾住过的小舱间，找几件父母遗下的衣物，将来要立个衣冠冢，以供祭祀……沈女泪盈盈地捧来了一些衣物……

“明日上午常熟县衙会有识路的船民引路到此处来处置这些的，那边船上的妇女吾也知会她们，明日县衙中人会发路费助她们回家乡的。”范大龙顺手收起了那条装满金银的钱串袋……

第二十三集

（一）

时　间　白天。

场　景　常熟县衙。

人　物　范大龙；沈女；郭南。

范大龙带沈女在县衙二堂会晤郭南——

互礼后。范大龙："'水狼帮'事总算了结，现剩有一事再相烦郭县令：'她即是赴任海门县沈知县之女，她尚欲做两事：亲眼看到盗首受凌迟极刑；为其父母立座衣冠冢。'"

沈女含泪跪恳："乞求郭县令赐民女大恩！乞求郭县令赐民女大恩！"

郭南："沈小姐请起。观杀亲仇人受刑，以告慰亡人，理本应当，适才本县已命刑房书吏撰章申详况知府，再上报南京刑部，按决不待时之律，至多一个月即能于我常熟施刑！建父母衣冠冢，以资祭奠，实属孝心，本县在虞山麓原有乡贤先烈公墓，令尊同为朝廷命官，可以厝立此墓。"

范大龙："她眼下之安身事……"

"这样吧，你暂且在驿馆住下。"郭南朝沈女说，"本县再配送你一名官婢，以供使唤，等观刑、建墓事告竣，届时再商酌你的长久安置事宜。"

沈女由衷感激，再次下跪谢恩。

（二）

时　间　**白天。**

场　景　**府衙二堂。**

人　物　**况锺父子；陆捕头、范大龙、吴粮吏、顾得仁通判、府衙诸官、七县官；数衙役。**

况锺、府衙官、县官、陆捕头、范大龙、吴粮吏于二堂会晤。

"众位坐！"况锺朝仍站着的陆捕头、范大龙、吴粮吏："三位虽说是小吏，但论出力论建功，就吾等这些命官未见得都强于你们，故三位也请坐！顾通判，你先说说——"

"遵况大人令，七县共计四批处决犯极恶大罪的总里长、总圩长一百二十名，凶恶歹徒七十名。遣送河工徒刑者八千六百人，城乡大祸根基本清除！只是，只是成侍郎至今未见朝廷处理之下文……"

况锺："成侍郎乃归朝廷所管，吾等就拭目以待吧！由此，吾想整个苏州府首先得从本官做起，于是吾就想了一法，提出来与诸位议酌议酌。"

众说："请大人见告！"

"我太祖洪武皇帝曾颁法令：许高年有德耆民绑拿不法官员直押京城按律刑处，凡一切官吏有敢出面阻挡者，全家族诛！本此，吾欲在府城建立五所监官公示亭，吾名之曰'申明亭'，城中间一座，城四边各一座，将府衙主要命官之善恶、政绩，由全城最具声望的数十名公直老人公议定评——官府诸人不许参与。其美誉丑论，分列于各该官员之名下，用漆书写于大木榜上，张挂于亭间，一年三百六十五天天天张挂，一年一评，一年一换，相仿于百姓家的善恶簿册。亭间设专人看守，如遭损毁必究惩处！今年底就开议张示，各县则可访此建一所。众位以为如何？"

众官们先觉愕然，遂即欣奋，继即大为钦佩，纷纷低语后，即见出声道："如此高妙之法，我等一百个赞成！一百个赞成！"

"感谢众位赞成！"况锺接着吩咐况寰："将几份革弊榜示，令府衙与各县抄录榜示城乡！"

况寰："此乃况知府亲手撰定者。"（逐份由小推大，伴以画外音……）

一、各处无籍顽民，专一游手好闲，不务生理，窥探人家贫富，日间交相赌博，夜间结集为盗，以为民害。自此榜示之后，敢有仍继前恶，定将本犯及开张赌场之人，拿问不贷！

二、客商典贩，以通民利。近年有等无籍之徒，四出迎接至家，公然匿税，各分货卖。经年累岁不还价值，除将现犯曹伯英拿问外，间有等人诈称府、县官乡里亲友恐吓者，一体究问！

三、今后各县在城、市、镇人烟辏集之处，设巡警铺座，每铺一百户，设铺长五名，立木牌开写所管人户姓名，其各家贫富人丁，有无为非作盗，每十日铺长赴官填写入簿籍。敢有不遵者事发到官，该铺长、里长、甲首，定拟与盗贼同罪！

四、有等浮荡子弟，全然不务生理……或则穷日极夜赌博，或则戏房妓室、淫酗撒懒，或则勾引恶少、恣行为非！种种不法，身犯国宪。其类原皆是俊秀子弟，多半出绅士之家！早年有失教训，不农不士，不工不商，一向纵容，漫无稽察，如此岂不大玷家门？今后绅士诸家应严加管束子弟！如犯，并将失教之父兄一并惩治！

况锺送走众人，回至内宅，况祥禀告：后门口有位戴孝的小女子一定要求见大人。

况锺思忖，可能此女有什么冤情，就吩咐领她见自己。相见后况锺即问："你有什么冤情？"

伏在地上的沈女，抬头应答："小女乃是赴海门的沈知县之女！……"

"啊！原来是你，你起来说话！听范捕头禀告你盗首凌迟之刑已目睹，父母衣冠冢亦已建成，现今还有何难处，须本府过问？”

“不敢再烦劳大人，小女只想报恩，恳乞大人玉成。”

况锺：“报恩？报谁人的恩？”

“范捕头！他为我沈家报了血海深仇，他是我的大恩人！”

况锺：“你想怎么报答？”

“我父母均是孤儿出身，至今我不知故里何处去找寻！由于父母只生我一人，他们一直想招赘一婿顶门，故我今年一十八岁，至今未曾婚配。现今我只身一人，又身无分文，只能以身作报，上他范门，或作其女婢，或作其小妾，悉听从范捕头之旨意是遵！这样我才可心安存身！我知道范捕头最听大人的话，此事务乞大人玉成！玉成！”双膝噗地跪到了地上，脸上之泪如串珠般滚落……

“快起！快起！”况锺犹豫了一小会，就吩咐况祥：“把范小妹喊过来。”范小妹应声来到，况锺对沈女道：“这是范捕头的亲妹，你今晚就与她同住，报恩之事，容吾想想……”

范小妹虽暂时未明就里，但她与沈女颇有眼缘，就高兴地牵了她手往自己住处走去……

况锺于二堂公案上书毕一文，即时欲安置沈女。

况锺吩咐况和：“叫范小妹来此！”

范小妹过来：“大人有何吩咐？”

“你与沈小姐已相处数日，她可曾与你谈起什么要紧之事？是关涉她自己的事……”

“她父母被害之事，立衣冠冢事，观盗首受凌迟之事，吾哥前些天已告知过吾，其他她倒一字未曾谈过，一直伴着吾帮助况和娘、况和嫂做各种杂事，只是有些事做得不见熟练……”

“你哥今年已经二十一了，怎么还不娶亲成家呀！”况锺忽调转话头。

“说起此事，吾真觉得他有点瞎闹！前几年不知在哪个码头上弄来本练功书，说要练什么金钟罩、铁布衫，等功练成了，就娶亲成家……”

“啊！原来这样！哎，中饭后你领着沈小姐到枣市街牛马养老院，去看望你阿爸，偷偷地跟你阿爸说她是个可怜的孤女，更是个贤孝的好女子，想给大龙作门亲，你就说这是吾的意思。”况锺顺着道，“自然吾还得跟大龙面谈……你跟你阿爸说时可得避开沈小姐呀！”

“好！好！吾乐意！吾乐意！”沈小妹手舞足蹈地说，“吾现在就走，领她到阿爸处去吃饭！”

况锺：“快一点回来，吾还有要紧话呢！”

午饭后，况锺于二堂与陆捕头、范大龙商酌有关水盗赃财的事——

陆捕头：“所有尸体都择沙滩间焚毁，扬灰江中；十几名被掠妇人，各给不等之钱，由驿站个个送返。没收的船只计大者三只，一只官驿船，大小划子十二只，现全撑来苏州，散钱数量着实不少。光私盐就有两万斤，大小金锭二百一十两，银锭五千四百七十两，钱九十贯，其余金银饰物大小有八十多件……五六年来他们劫掠了多少货财啊！”

况锺：“按理说，除私盐外，这许多财物，都应该逐一返还苦主……而今，此事已无法去做，只能由府衙妥善处置了……”

范大龙一下跪伏于地：“大人！小的告罪了，吾身边还有十两金子、三百两银子这笔吾盗来之赃……因为勾当下贱，无法向人明说，吾想、吾想，请大人转交常熟县衙罢！”

况锺：“很好！正好补偿常熟县衙灭水盗、助沈女等的支销。”

此际，一名衙役悄悄交给况和一张纸条，示意转呈况大人，况锺接条一看，原来是范小妹所写：“吾阿爸真心乐意接纳她……”

“吾想先将这些金银现钱作一处置：一分五份，一份拨付鳏寡清贫的养济院；一份拨付重疾及病亡的安济坊；一份拨付府学资助贫寒学子；又一份即专门设立一所为盗贼奸小戕害亲人的孤幼儿女之孤婴院；再一份拨付沈女作全家受害之偿。”

“大人，此乃功德无量之大善事呐！”顾通判说，“真巧，饮马桥还有一处未拍卖掉的大院在。"

"只是这位孤儿院长何处能够觅到?男界无论老少自然都不行!女界——其心地、脾性、见识、才能都得一等一者……"况寰有点忧虑。

"这倒也是呀!"陆捕头、范大龙、况和也有所同感了。

"吾想大人已觅好了人了!"顾通判带着笑意说。

况锺:"范大龙,到内宅去叫你妹与沈小姐到此间来。"

不一会范家兄妹与沈女来到,况锺命两女也入座……

况锺朝沈女问:"看看牛马养老苑如何啊!"

"大人呀!你真是菩萨化身呀!"沈女难有言语表述此刻之心情、感想。

"不光是吾,是苏州人的宅心仁厚啊!"况锺含笑道,"吾想派你也去干这种善事!你可乐意?"

沈女急急地:"我乐意!我乐意!可是吾不会侍弄牛马呀!当范大爷的助手也不能合格哪!"

况锺将原先拟写的孤婴院之文递给了沈女,说:"你当这院的院长!"

"遵命!知我者况青天也!"沈女离座连连跪叩,"我一定干好!一定干好!"

况锺扶起了沈女,说:"吾命大龙明天陪你去勘看饮马桥畔的那座大院落。"

范大龙:"大人,吾、吾……命范小妹陪去吧?"

"怎么?叫你陪伴沈小姐去察勘察勘设置孤婴院的房舍,顺便两人议酌议酌,你还不肯再出一把力气呀?"况锺又含着笑道:"沈小姐,你的那件事已'三分天下有其二'了!放宽心,还有一分,吾包你成功!"

霎时沈女飞红满颊,难抑心底的激动……范小妹不断瞥睨哥哥……只有范大龙被弄得"莫名其妙",不得已地嘿嘿陪着傻笑……

（三）

时　间　白天。

场　景　府衙内宅。

人　物　况锺一家（况夫人，况寰夫妇，况和、况祥两对夫妻）；范大龙、范小妹。

范大龙、范小妹兄妹肩挑两担西瓜进了内宅灶间。

正碰到了况锺在灶间洗身间的汗水。况锺道："消暑西瓜，吾会叫况祥去买的，谁叫你们去买呀？"

范大龙边卸瓜边道："这可不是买的，是送的……"

"这可更不行了！"况锺面孔板起来了。

"大人呀，吾村里人到城里来卖瓜，吾家就搭便船捎来了这两担瓜，是送给……"

况锺："不行！瓜可收下，钱吾是要照付的！"

"这两担瓜是吾家里送来给吾兄妹两个人的。"范大龙机灵地转了话锋。

"好你个范大龙，我们就吃你的吧。"况锺吩咐兄妹俩，"快洗洗，洗好后，你俩到客室来，吾有话要说……"

在客室，况锺先问范小妹："沈小姐今日在做什么？"

范小妹："她带丫鬟在饮马桥大院落里布置卧处。"

况锺转问范大龙："昨日你陪她去察勘那大院落，她可中意？"

"她太中意了！"

况锺："你金钟罩、铁布衫练得怎么样了？"

范大龙一愣而后道："大人、大人你怎么问这个？难道、难道大人要、要学功夫？"

"你还有几年能学成呀？"

"没有师父教，只是自己看着书，比画着练，成效很慢……"范大龙劲头不很大。

“吾看你练到八十岁也难练成功的！”范小妹嗔着哥哥。

“二十一了，现在娶亲已着实晚了，吾看你成个家吧。”况锺见范大龙低头不吭声，逼了一句，“干脆点说，想娶不想娶吧！”

范大龙嗫嚅地：“想娶，哪来合适的？”

“吾这里倒有个很合适的！”况锺说道：“小妹！你说说……”

“哥呀，吾前几天已领她见过阿爸，阿爸极其中意她！小妹吾已跟她同处一室好些天了，心里真的喜欢她，将来我们姑嫂间一定能合得来。”

“说的是沈小姐吧！她乃是县令之女，祖上官宦出身。而吾呢，只是个低下的吏员，配不上的！配不上的！”范大龙居然很自卑。

“怎么？你竟也小看衙吏。本官早先也只是个县衙小吏，只要这小吏赤胆报效朝廷，用心爱恤百姓，将来就会提升……”

“大人，吾说错话了，说错话了！”

“说起沈小姐，她的身世倒跟我况家有点相似：祖上都曾是官宦之家，之后也都遭遇过灭门大祸，我家只剩下了时年六岁的我父亲，她家只剩下了她一人。看她的孝心，看她的贤惠，吾很爱怜她……告诉你吧，她已亲口求吾，要以身报恩，无论是作你妾作你婢，她将终身跟定你了！”

“这、这、这……”范大龙真的有点手足失措了。

况锺：“大龙呀，你与沈小姐在灭‘水狼帮’之时，不是已结成了患难之交了？现今再更上一层楼，合结成个家，岂不是件顺理成章的大好事么！”

范小妹靠近其兄，以撒娇般口吻：“哥呀哥呀，你若跟吾错失了这样一位好嫂子，吾可要跟你过不去、过不去，一百个过不去！”

“看来只好听你们的摆布了！”范大龙低声咕囔。

况锺：“老规矩——婚姻大事由父母之命、媒妁之言，媒妁是吾；父母呢，男方有范阿爸，女方呢吾也想好了，请常熟郭县令认沈小姐为外甥女。待得秋天，拣个黄道吉日，成就大礼！”

于是乎，况府内宅间一片欢声笑语……况祥夫妇抱来了两只大西瓜，剖成了若干片，大家正吃得高兴之时，忽见顾得仁通判疾步过来……

况锺：“顾通判快来吃瓜！”

顾得仁：“大人！宫里有敕书来，两个小内侍正在大堂上候着……”

况锺赶紧放下瓜片，舀水入脸盆，洗漱一下应顾通判话，道：“去大堂接敕！”

（四）

时　间　白天。

场　景　府衙大堂。

人　物　况锺、况寰、况和；顾通判；宫中俩小内侍；衙役两名。

况锺来到大堂上。

两小内侍将敕书安放公案上，随即向况锺乞求：“求大人鼎力相助！求大人鼎力相助！”

况锺：“况和，侍候焚香接敕！”况和拿来香炉、檀香与火石。

况锺敲石、点香、插入炉中，对俩内侍说：“请先宣敕！”

内侍甲展敕宣敕：“敕苏州知府况锺，比者令内官安儿、吉祥采取促织，今他所进数少，又多有细小不堪的，现敕他至苏州要一千个，敕到尔可用心协同他干办，不要误了！”（画面出敕文文字）

况锺跪听毕，接敕；细看……朝两个内侍说：“皇上亲书此敕，微臣一定尽心尽力干好！”

第二十四集

（一）

时　间　白天。

场　景　府衙内宅。

人　物　况锺、况寰、况和；顾通判；宫中俩小内侍；衙役两名。

况锺在大堂上接敕书，细看……

况锺朝两个内侍道："皇上亲书此敕，微臣一定尽力干好！"

内侍吉祥叩求："原我俩所进之虫，皇上说不堪，宫内人等也纷纷嫌鄙……"

"我们真的好害怕！皇上一怒，我们小命必定不保！"内侍安儿脸已煞白，浑身筛糠，跪抱着况锺大腿道："此次有大人出面，一定能办得皇上满意，皇上满意了，大人再多赐美言，我俩小命就可保全！"

况锺拉起两个，说："后天早饭后，吾派船来驿馆接你们……让你们见识见识一等一的促织。"

况锺回到内宅，况家人以及范小妹、沈小姐与范大龙诸人，急切地想知道圣敕……

况寰："父亲，圣上有何旨意？"

"圣上命吾进一千个好促织。"况锺淡然答。

"什么呀，促织？我们没有听错吧？！"况祥、况和父子诧异地叫了。

"促织，是不是蛐蛐啊？要一千个？"沈女很不解，"一个好皇上，怎么会出此怪念头？……"

“吾往时闯江湖时，见北京、南京和山东无论官民贫富都爱玩斗促织。”范大龙半开玩笑地，“才女小姐，这方面你的见识可就不怎么样了……”

况锺：“大龙，你今天去一趟枫桥，到市梢西面郑粮长家，见他，吩咐他说皇上命吾去他那儿看他斗促织，明天准备一天，后天上午，偕宫中内侍一起去看！”

范大龙：“好唻。”

况锺点点范大龙、沈女，道：“后天你俩陪去，大龙当保镖，沈小姐长见识。”

况锺携范大龙、沈女、况和与两个内侍坐船朝枫桥郑粮长家驶去。

“斗促织是民间习俗，已有上千年的历史。到唐代，内宫里不仅帝后妃嫔人人养玩，观斗取乐，而且还于夏秋季节排演蟋蟀剧。自此以后，代代传承，官民老幼，人人喜爱的一种玩乐时尚……”况锺斜倚船窗边说得很来劲。

“咱们京师每年六七月间，家家皆以玩促织为美事，不论男女老少都引斗以为乐……”安儿凑上了一嘴。

“咱宫内永乐皇爷时，就分养相斗为乐，到今儿个圣上更好这一口！要进一千个，是圣上要将之分予各宫妃嫔，各小主、王子，各有品级的内官，轮流约斗、观斗……圣上时不时地亲自引草开牙促斗，罢斗时输家、赢家都要向圣上缴纳判裁之费……”吉祥自也熬不住嘴巴了。

安儿：“此时际，皇上真是开心之至，合宫内是一片欢乐……”

“所以这不是玩物丧志的不良举动，恰是皇上调节理政疲劳与烦恼的有益举动啊！”况锺真的体贴宣德皇帝。

此时，船已驶过了枫桥镇，镇远郊是农田、草梗与散落的农舍……其间千百促织远近纷鸣……更见那男女老少手拿捕具，钻进钻出，窜高拱低地进行捕捉……

（以下的镜头与画外音同步并出）

（镜头：一中年捕虫者）	（画外音）
手拿铜丝罩	铜丝做成，捕虫人或至草丛，或至断墙残屋，或至砖瓦土石堆垒处，听觅得虫穴，而后轻翻，见虫，即以此罩罩虫，可严防手指触伤虫体。
手拿过笼	细竹条编成如漏斗，大口与铜丝罩圆口相接，笼口可略大于罩口，以利过渡（以引草入铜丝眼轻驱虫入笼）。
手拿竹筒	通常小竹截一节做成，一头留节作底，一头开口，筒身面开一长细之缝隙，以备返家后以引草驱虫入蟋蟀盆中。虫入竹笼后即以笼小口对接竹筒之开口，以引草驱虫入竹筒，随即以竹木或布塞堵住小口即可。

（字幕）辨虫知识

（镜头）	（画外音）
蟋蟀盆中出一虫（电脑技术）	虫之相——（够格者）头像蜻蜓头，钳像蜈蚣钳，嘴像狮子嘴，腿像蚱蜢腿。
	虫之色——白不如黑，黑不如赤，赤不如黄，黄不如青，各色均有清、浊两类。清者善斗而力久，浊者虽能斗而不能持久。
	特优虫——红钳赤爪虫中魁，奇形怪状者虫之帅、之将。

（字幕）如何养虫？

（镜头）	（画外音）
作饲虫状	饲食有鳗肉、稻虫、水蜘蛛、栗肉、小米饭（逐现食物）。
浴（健虫）	榨小青虫汁调以糖以浴，随即以净白水涤之。

（字幕）	（画外音）
医：积食	捉水畔之红虫喂之。
牙损	姜茶水点牙以治。
体咬伤	童便调蚯蚓粪治伤处。
斗后	喂以小青虾。
斗后劳损	以自然铜浸水点牙与躯。
（镜头）	（画外音）
虫斗后一虫翘然长鸣……	它宣告自己大胜了。

（二）

时　间　白天。

场　景　镇郊田野一大宅院。

人　物　况锺、况和；范大龙、沈小姐；内侍吉祥、安儿；郑粮长与家人；玩虫人若干。

况锺船已抵郑粮长宅河埠头，郑粮长迎候，诸人顺序上岸——由河埠屋跨过巷间，进郑宅。

况锺向两个内侍介绍郑粮长："苏州地面一等一的好粮长，平素不仅不刮削农户，缴纳时还常常赔补……"

郑粮长躬身："大人过誉了！过誉了！"

"他还是苏州地面一等一的斗虫大名家！"

两内侍向郑粮长拱手："不胜敬仰！不胜敬仰！"

大家已来到客厅。郑粮长吩咐家人："快奉茶……"

况锺忙制止："在船上已喝足了，还是快领我们去看你的宝贝虫吧！"

郑粮长："恭敬不如从命，请随吾来——"

况锺他们随郑粮长来到一间长形屋内，环屋设置有长条桌，桌上排满了各样促织盆，每盆上均标有此虫的名号。

郑粮长指一盆名“大枣核”者，讲道：“形似大枣核，头尖，后躯尖，虫中五虎上将！”继指一盆名“盌盎牙”者讲道：“两牙一红一白，虫中之五虎上将！”又继指一盆名“额子”者讲道：“看它额间有如珠的一粒白点，亦为虫中之五虎上将！”随后又顺指两盆，一名“日月眼”，其眼一黑一白，一名“玉尾”，其双尾须呈玉白色，两虫亦都为五虎上将！……此屋间计有三百盆，中有岳家军、杨家将、梁山一百单八将……

大家随他来到一间敞屋，只见散摆着若干方桌，每桌均有几个人围聚着正在斗虫……

郑粮长指讲道：“这些都是一般的玩虫者，虫都是各人自家的，赌的是三五文一碗的枫镇大肉面……你们看百姓们玩得多开心呀！”

又见此屋的正中央有一木垒的小高台，台端置有一大方桌，桌旁只站有两人正在预备开斗……而木台四边围满了许多的观众，但是他们都无法看到头顶上斗虫的实际场景……

郑粮长向况锺、两内侍指讲道：“这才是真正的斗虫，高等的斗虫，所斗的虫，身价都与吾五虎将相仿，次一点的虫，虫主是不敢拿上台斗的……”

吉祥、安儿插嘴：“谁来评定虫的等级呀？”

郑粮长指指高桌上的两个人，他俩不是相斗的虫主，而是评判斗虫之资格及最后输赢之评判师。虫斗时虫主也只能在下面静候着……

“听说虫是要用戥子称重量的！”吉祥、安儿又插嘴。

郑粮长：“评判师看一眼就能衡定两虫是否同一个等级，不同者是不能斗的；可以相斗者，两虫主全权委托两评判师，让他俩在台上斗，最后判定哪虫胜出。两家的输赢，常以价值不菲的书画、骏马、画船赌偿。吾就是一名评判师，评判师是不取分文酬劳的！”

况锺：“现在高台上为何停下了？”

郑粮长："有的虫善斗又力久，评判师就会将之临时分开，歇息一会再继续斗，现在就是休歇之时。"

"郑粮长，皇上此次要况大人进一千只好促织，这副担子无论如何恳请你鼎力相挑了……"两内侍很会说话。

况锺："郑粮长，皇上命他俩带来了三千两银子，论个付价！"

郑粮长略作思考，提高喉咙向全屋的人喊道："停斗！停斗！大家都静了，听吾说个事。从明日起三天内都去捉虫，吾出高价买虫，吾与那两位评判师，按个论价，只要够格，最低给三百文，高的给一贯，如有吾那个梁山好汉、五虎上将之虫给你银子或二两、三两，甚至五两，一概当场付钱！"

郑粮长话音刚落，屋内就哄然、哗然……杂议最多、声音最响的乃是："一只虫值一贯钱，那可是三石白米呀！""三百文也是一石米呀！""吾一个月的工钱也只有四百文哪！""五两银子一只虫，真是吓煞人的价呀，吾一家五口半年开销也不到五两银子！""这种虫，千虫不出一，哪里有那么高的额角头捉得着哇？！""走啰！走啰！赶紧去捉啰！"……

众人随郑粮长至客厅，就座，喝茶。

"三天里能收到一千只吗？"吉祥难掩疑惧情绪，安儿紧追一句："都不能差于一百单八将吧？！"

郑粮长："价出得这么高，明天就会传至四乡八村，千把只准能够数……都要像吾的一百单八将，那，吾可不能保证。"

吉祥、安儿急吼吼地同声说："郑粮长！你那个三百盆全卖给我们吧！"

"不卖！不卖！吾的虫是不换钱的！"郑粮长连连摇手，"五虎上将至少值五两银子一只，而'岳元帅''李元霸'十两一只也不止的！"

况锺感叹地道："今天到得这郑宅，真是大长了见识，这玩虫不单有大乐趣，还有不浅的学问哩！"

郑粮长："我们苏州在产好虫、会养虫、善斗虫上在全国可数是第一的！"

吉祥、安儿脱口道："所以皇上要命况大人进一千好虫。"

况锺："因之促织盆都出在我们苏州。"

"旁的地方，哪怕它北京、山东临清都造不出来！你们别看这小小一只盆，从选泥到盆出窑要经历工序一百〇八道呢！"【108道工序是历史真实，今陆慕（原为"陆墓"，20世纪90年代改名"陆慕"）御窑厂已复原其工序，按样造出促织盆。】

"啊！"大家都惊呼了。

"大人！吾请你看看吾的一只好盆，里边养着一只'岳元帅''李元霸'都没法比的'虫里大王'，它是'红钳赤爪又重牙'，万中难见一。"郑粮长献宝心重地耳语况锺，道："吾是用一匹西域名马刚换来的！"

郑粮长朝大家道："诸位小坐片刻，吾请况大人到书房去去就来……"

况锺、郑粮长于书房小座对话——

况锺指着书桌上的促织盆，道："果然是头稀世奇虫，竟然生出四只大牙！你那匹西域马……"

"从西域马商手里二百两银子买来的。"

"郑粮长！你这头'虫里大王'，吾不可夺你的爱！但吾想求你个情，把那三百盆好虫卖给了吾吧，虫好，才能让皇上满意、开心，皇上开心就可增寿添福。"况锺说得十分恳切。

"好！看大人的金面，三百盆好虫卖了！"

"本官谢啦。"况锺拱了拱手，说，"那些虫连盆一起，给你一千五百两，另外收购的到时候再结账……"

"那笔银子？"

况锺："不是户部库银开支，是皇上私家收入之钱。"

郑粮长："如此说来，这一千五百两吾拿得就心安点了。"

“吾现在稍稍担心的是，还有七百多点好虫，好虫只怕难凑到呀！”

郑粮长慢慢地站起身，蹙眉沉吟了一小会，毅然对况锺道：“大人！满三天，好虫凑不到一千之数，吾把这只虫大王献给皇上了！”

“献给皇上？”况锺不由自主地也站起了身，“真的肯献给皇上？！”

“不能让皇上不开心！”

“郑贤兄，郑贤兄，吾在这里谢过了，谢过了。”况锺作了个长揖一躬到地。

况锺、郑粮长回至客厅。

况锺欣欣然地朝大家说：“郑粮长答应把五虎上将那屋三百盆好虫卖给我们了。”

“有了这三百盆好虫垫底，皇上不至于再发怒了。”吉祥与安儿相视笑着说。

况锺朝吉祥、安儿吩咐：“三天后你们带着银子和范捕头一块儿来这郑宅，吉祥伴郑粮长验收促织、付钱，安儿收货装船，郑粮长会代吾请几名好手随船护虫进京的。”

郑粮长热情地：“大人，时已正午，就在舍间便饭吧！”

况锺：“不叨扰了，一小会吾等就可到枫桥镇，去吃枫镇大肉面了，就此告辞了。”

郑粮长：“吾陪几位一块去吃大肉面。”

（三）

时　间　三天后的白天。

场　景　府衙二堂。

人　物　况锺父子、况和；范大龙。

况锺正在看案卷，范大龙面带忧虑地快步进堂。

况锺瞥见范大龙，就问："虫船事务都好啦？"

"也好，也不好……"范大龙眼泪在眼眶里打转。

况锺："此话怎讲？"

"吉祥、安儿带着九百九十七只好虫与五名护虫人，已押船北上进京了……"

"怎么？不是还缺三只吗，他们竟然走了？！"况锺放下案卷立起了身子。

"他们说到山东再出几两银子，补三只好虫就能向皇上交账了。"

"郑粮长没有说什么呀？"况锺见到范大龙竟然面挂泪珠，惊问，"出了什么事了？"

"大人哪！郑粮长与他的一妻一妾突然都死啦！"范大龙自控不住，热泪簌簌地掉！

"啊？啊！"况锺惊呆了，"什么人害的？莫不是吉祥、安儿下了什么毒手？"

第二十五集

（一）

时　间　黄昏。

场　景　府衙二堂；郑粮长宅。

人　物　况锺、范大龙；郑粮长与一妻一妾、郑宅家人、丫鬟数人。

况锺听范大龙禀告郑粮长夫妻三人突然死了，惊呆了。

况锺：“莫不是吉祥、安儿下了什么毒手？”

范大龙连连摇头，况和递上了手巾让大龙擦了擦脸，大龙道：“事情是如此的——”

郑粮长内宅。

正当郑粮长领况锺到书房看那只红钳赤爪重牙的虫大王时，粮长小妾正巧路过，听到了“那只虫大王是以值二百两银价的名马换来的”那几句话，就三步并作两步地来到郑妻的卧房，凑近郑妻耳畔，告诉她刚听到的话……

郑妻：“他那些‘杨家将’‘梁山好汉’‘岳元帅’你我都看过，就是‘李元霸’和五虎上将也不过十来两一只，这只值二百两的虫大王，老爷可从来没跟你我提起过呀……”

郑妾：“大娘娘，我们应该开开眼界见识见识！”

郑妻：“老爷藏了它不让你我知晓，也一定不会让我们看的……”

郑妾：“今天正是征验好虫的最后时刻，老爷正大忙着！我们正巧捉个空进书房偷偷看一看……大娘娘，快去呀，机会难得，看一眼，我们就出来！……”

郑妻：“我家这座大宅院去年造时也就八百两价呀！这只小虫倒竟也这般金贵，是该去见识见识的，走——去书房。”

两个女人进得书房，小妾一指桌上那只精致的促织盆：“虫大王就在里边！”

郑妻凑近盆边，伸手欲开盖，但犹豫起来，咕哝道：“我、我、我不敢开，万一跳出来怎么办？！”

郑妾返身把书房里关严了，急吼吼地道：“我来开！”就伸手一翻盖……那虫猛地被亮光一激，本能地一跳，蹦出了盆外，随即一窜，窜在了书柜之下……小妾大惊，大慌……嗷嗷地乱叫……

郑妻一见也不禁大惊，或许由于年纪稍大点，比小妾镇定一些，她呵斥道：“乱叫啥！赶快把书搬至桌上……”搬好书，两人轻移书柜，却没有虫，但却见柜下的地板角落有一个小洞……郑妻急至房门口，喊：“管家过来！”管家应声来到，郑妻吩咐他找两名家人带了撬棒过来……又关照他们把地板逐块小心撬起……地板已悉数撬起……仍未见到虫大王，经仔细搜索原来它已钻进了墙角的一条砖缝里，郑妻喊：“赶快端盆水来！”随即又吩咐三仆先把书桌、书柜及地板拿至门外，门内只剩这两个女人。

郑妻把水泼进砖隙，虫大王果然窜了出来，两女人不由得心喜，由于自小亦玩过促织，懂得捉逃虫要轻挪步，站稳身，无罩时双手合作笼。此时只见虫大王一跳跳到了小妾的脚面上，同时正抖去躯体上的水汁，郑妻赶紧蹲下身躯，眼疾手快地双手作捧，拢住了它！两人霎时里心花怒放……孰知性子急的郑妾猛然一伛上身要看手笼里的虫大王，与正在抬起身的郑妻猛然撞压，将郑妻压在地上，她的捧着虫的手笼就此被压瘪，郑妻侧着身，轻松手，一看：虫的头已被压扁，两条大腿已经掉落……死了！完了！两个女人吓呆了……郑妻踉踉跄跄地走进自己的卧房，一根细帛把自己挂在梁间……郑妾先是坐在地上饮泣了一阵，之后起身走到郑妻房间，一见梁间的大娘娘，自己也就找了根细帛吊在了大娘娘的旁边……

此时天已近黄昏。

内侍安儿已将所征收之虫都安置在船上，就候吉祥那端了……吉祥朝郑粮长说："缴卖的人再也没有了，现还欠三头怎么解决？"

郑粮长看了看再也没有卖虫人了，就对吉祥说道："吾还有一只虫大王，它远高于五虎上将，吾补给你了！它市值二百两银子呀！"

吉祥："一只虫值二百两？你是不是借此敲咱们一笔啊！"

郑粮长："那是吾的心头至宝，吾根本不卖的！是吾看在况大人的面上孝敬给皇上的，让这好皇上开心，吾不问你要一文钱！你且在这儿等候，吾去取来！"

郑粮长走至书房，见其景状，惊极！怒极！喊来管家，一顿拳脚后才知是自己的妻妾闯下大祸！他满怀盛怒，冲到妻子卧房……人顿时昏厥过去，管家忙过来弄醒他，郑粮长吩咐他去拿把腰刀来……（郑粮长的画外音：吾怎么还有脸见况大人？！对皇上的孝心变成了欺君的谎言！）猛地抽出了腰刀抹断了自己的喉咙！

吉祥等候得好不耐烦，又见郑家仆婢一片哭声，盘问之下，感到不安、尴尬……悄悄抽身登船溜了号。

（二）

时　间　夜晚。

场　景　郑粮长宅。

人　物　况锺、况寰、况和；范大龙；郑宅主管与男仆女婢数名。

况锺三人急偕范大龙乘小快船去郑宅。

况锺船泊郑宅河埠头，上岸，况和紧叩已闭的宅门，一仆应声开了门，况锺步上客厅，只见主管在同仆婢们说话……一烛如豆，分外凄凉。

主管迎上来，见是况知府，噗地一下跪叩连连，泣不成声……

况锺把主管拉起，说："你跟他们先把话说完，吾再跟你说话。"

主管扯起褂角，擦干了眼泪，继续话头："……郑老爷对吾等都好，现今横祸临门，宅里已无主人，吾恳请大家伴吾协心殓葬三位亡人……时光至多做完'断七'，那时吾再给你们发一些钱，你等可以另觅新主……"

况锺凑过来，众仆婢欲行跪叩礼。况锺止住，问管家："三位亡人，现在何处？"管家答："已将他们安放在大娘娘的床上……"况锺命管家点上两支大蜡烛……在较亮的烛光下，况锺朝大家说："本府命况和协助管家来办好三位亡人的丧事。棺材要上等的；请八个法师来做几天法事。你等也不须另投新主。管家，吾与你老爷很知心呀，你家小娘娘不是生有一双小儿女么？他们人呢？"

管家："回禀大人，前几天他们外祖来送促织盆，回陆墓时他们跟着去玩了。"

况锺："他们俩不就是你等的新主人了？你等好好跟随管家，侍候好新主人！"

众仆婢："吾等遵大人命！"

况锺："管家！把这厅堂空出来，搁好三块大门板，再把三个亡人搁置好！吾要先为郑粮长陪夜！"

管家领着男仆移走厅上桌椅，抬来三副好门板，搁好，之后带着仆婢至大娘娘卧房为三亡人抹身、穿换服饰，之后抬至厅间门板上，放好，三亡人头侧各点一盏小油盏……况锺的座椅就在郑粮长尸体一侧，其余诸人就围坐在三亡人尸的两侧……况锺默默地流着泪，在一下又一下的更梆声里陪坐到东方泛出了鱼肚色……

天色大明，管家领仆婢在三亡人头端，扯挂起一块大黑幕，况锺亲笔在一块圆状的白布上写上了一个"奠"字，一婢以白线将之缝在了大黑幕的正中。

况锺："管家，你马上乘小快船去陆墓把小主人接来，先别吓着他俩；况和，你去枫桥镇上挑三具上等棺木，郑粮长的那具要楠木的，到庙里请八个法师来做法事；大龙，关照下人们不得开启大门，等小主人来后，正午再开门，进行吊唁……"

临近中午，管家领俩小孩（六七岁）跪伏于父母一侧，号啕声声，抢天呼地，痛断肝肠。

大门开启……

各色人众闻讯纷纷进来，突见况知府立于孝帐前，很为惊诧……啰嘈声音顿时停息，不自主地排列成行……

况锺："寰儿过来，将你写好的府衙公告，读与大众听听——"

况寰朗声："家门不幸，突遭大变故，郑公与妻妾横死下世！幸留有一双儿女，继承香烟。本府兹公告大众，无论其本系族亲与服内外戚眷，不得动其产业，也不得擅称代理，其宅一应经营、管理、收获、开支，在郑子成家立业之前，悉由其管家管理打点，本府将派员监督。同时警告奸人宵小，如敢设局哄骗、勒索，甚至偷窃抢掠者，必擒杀示众！苏州知府况锺专颁。"

况锺："大众人等，谅必都已听明，听明了就好！况寰，将它贴在郑宅大门上！"

况寰："是！"走向门，贴上。管家偕俩孩子向况锺叩首谢恩。

况锺转向孝帐，高声地："郑公！是吾害了你！吾对不起你呀！"紧接着双膝跪下，卸下冠，叩下头，道："况某向你谢罪了！谢罪了！"抬起头来已热泪成串了。

况锺这几句话，尤其这一跪一叩首，大出人众意外，人众无一人不惊骇，无一人不感动……

（三）

时　间　数月后的一天（白天）。

场　景　郑宅；枫桥镇上。

人　物　况锺、况寰、况和；范大龙；郑宅管家、两个小主及西席；镇间一年轻店主、其妻、妻父母；坊正；镇民若干

（便服）况锺偕随从来到郑宅。

管家正在厅间算着账，忽见况大人来到，赶忙起立、跪迎……

况锺："郑粮长丧事已'断七'，一应支销都结算清了吧……"

管家："一应开支花去近三百两，悉数是吊唁的丧贶，老爷卖促织的一千五百两还未动过，专留着给两个小主读书、成家、立业用的。"

况锺："两个小主他们人呢？"

管家："对了，禀大人，吾已为他俩请了位西席，现在正在书房里讲读哩。"

"走，看看去！"

一行人来至书房边，况锺悄悄从小窗隙间，见先生领着学生全神贯注地读《论语》，侧过脸低声道："别打扰他们了，还是去前厅坐坐。"

况锺："管家，告诉你个喜信。前些日子吾已把郑粮长鼎力帮助府衙，尤其公忠爱君的事迹，专章奏报皇上。皇上很受感动，谕令吏部赏赐郑粮长九品之衔。你记住，落葬时他那块墓碑由吾来写。"

"吾代老主人、小主人谢皇上天恩！谢大人关爱！"管家朝北叩首又朝况锺叩首。

况锺："好了，我们走了。今日是吾休沐之日，想随意走走……"

管家陪送至大门南的河埠头，忽然道："恕小人多嘴，大人不妨去镇上察看一件奇案……"况锺："有奇案？！舟子去枫桥镇！"

况锺等来到镇上。

（字幕）此镇为当时全国第一大镇，根本原因是漕运，整个京师从皇帝到贫民乃至贱人所食之粮年均四百万石，还有周边戍守的数十万军队之食粮，年均一百多万石，加上整个北方所需之粮食合达两千万石，全部从苏州装运北上，故枫桥镇自然成了全国最大的米市……各种工商铺子上万家，总合人口至少在二十余万……

况锺数人开始时打听不确切：案子当事人、案发地点、具体案情，找不到说得明白的人。后来找一名又一名的坊正询问，终于得悉当事人已到吴县县衙打官司去了……（闹市区居民划为坊，坊之长称“坊正”。）

况锺等来至吴县县衙，正见大堂上在审案，他们就进入旁听人群丛中。

主审的推官吴清（由九品主簿升为理法的八品推官），问下跪的原告（一名青年）：“吕阿发！你缘何要休妻？她犯了‘七出’哪一条？是无子？是淫泆？是不事舅姑？是口舌？是盗窃？是妒忌？有恶疾？”

吕阿发：“大老爷，她都未犯！”

“那么必是你有了姘妇！你好大的胆子。拖下去先杖责二十！”

下跪的一名青年女子高声：“大老爷，他、他是个规矩的男人！吾、吾是他的家主婆。”

“你是他的家主婆？！”吴清不禁站了起来，道：“他要休了你，你还护着他！你可知他为何休你么？”

吕妻：“吾问他，他就是不明说！”

吴清：“吕阿发，你今日到得公堂，就必须明说一切，快说吧！如若有理，我准你休她！”

吕阿发迟疑了一会，道：“还是不说的好！”

这下可惹怒了吴清：“好你个吕阿发！还有你吕史氏！你们夫妻俩竟然蔑视王法，戏耍公法堂！凭此，就可以关你们俩十年八年的！”

“大老爷！吾说，吾就说。”吕阿发叩了三个响头，“求大老爷开恩，先叫吕史氏到隔屋去，她离开后吾就说……”

“可以。”吴清点了点头，示意一皂隶押吕史氏去隔屋。

“大老爷，可怜呀！小民母亲十九岁就守了寡，一人含辛茹苦将吾扶养成人，又为吾成家立业，想不到今日竟被她亲手娶进门的媳妇，卖到了外地当了‘填房’……”吕阿发泪流满面了。

“什么呀？什么啊！”吴清惊骇之至，“天下竟有如此蛇蝎心肠的歹毒女子！……你、你，凭什么如此判定她呀？”

“吾、吾已经在外地见到了被卖为人妻的母亲！她亲口告诉吾是吾家主婆亲自在卖身券上签下的名！”

“这么一条披着人皮的狼，你母亲和你当初都瞎了眼了！……”吴清气恼得脱口骂道。

“大老爷呀，吾到现在还不信吕史氏是蛇蝎心肠的女人，我们从小是邻居，吾岳丈是名私塾先生，教女是有方的，我们成亲还未满半年，她平素对婆婆很有儿媳本分，母亲也对她喜爱如女儿……”

“你先止口，吾来当面问你妻子！”吴清向隔屋喊：“押吕史氏上堂！”

吴清：“吕史氏，按朝廷王法，子孙对父母、祖父母，儿媳对公婆进行辱骂、殴打，是要受斩刑的，如若因之致长辈死亡，则凶手小辈是要被凌迟处死的！吕史氏，凌迟之刑你懂不懂？”

吕史氏：“大人，民女懂的，就是千刀万剐了！”

吴清：“你、你吕史氏所犯之罪就得受凌迟之刑的！”

“什么？天哪！！”吕史氏一下子被吓昏了过去。

一皂隶忙过来，以水泼醒了她。

吴清：“吕史氏！你婆婆十九岁守寡，二十年来贞节烈名享誉坊里，你把她卖作人妻，破坏了她的贞烈，实犯死罪！你婆婆含辛茹苦养育独子成人，你把她卖至远方，令她与唯一亲子永世不得见面，践踏了神人共敬的孝道，又犯死罪！你犯罪情节竟是如此的丧心病狂，不凌迟，实不足以平公愤！”

“吾、吾、吾决然没、没有卖婆婆——”吕史氏又昏死了过去……

况锺走出人丛，上得堂面，止住了又欲泼水的皂隶，吴清赶忙下位揖见了况锺，况锺吩咐道：“快叫一名会推拿的狱婆来！再抬张长桌来！”

狱婆过来抱起吕史氏置于长桌上，解开了她的上衣，伸手按摩起她的胸口……一会，狱婆禀说人气结已舒，可以问话了。

况锺坐到了案后椅子上吩咐吴清去拿杯热茶来。吴清持茶给了吕史氏，并对她说道：“上座的是青天况大人，他要问你话，你一切照实说，他定能还你事实真相！”

吕史氏一下子从桌间翻至堂面跪石上声嘶力竭地喊：“况青天救命！况青天救命……”

况锺令一皂隶：“搬个椅子给她坐！”又朝吕史氏道：“你慢慢说来！就着事情，挨顺序细细地说，记牢，一定要细细地说。”

第二十六集

（一）

时　间　白天。

场　景　吴县县衙。

人　物　吴清与县衙男女衙役数人；吕阿发夫妻；况锺、况寰、况和、范大龙；吕阿发母、农民、船主、船夫；群众若干。

大堂上况锺令一皂隶："搬个椅子她坐！"又朝吕史氏道："你慢慢说来！就着事情，挨顺序细细地说，记牢，一定要细细地说。"

吕史氏："好，吾细细说来……"（以下出画面表述）

一位农民上得吕家柜前朝吕母道："大阿嫂，吾是西山消夏湾的，上城来采办点东西，隔村有人托吾带口信：你家大姐得了急症，人快不行了，叫你赶快去见见面，赶快去啊！"

吕母心急慌忙地上得卧室，取了几件衣裳，提了一些钱，结成一个小包袱，来至柜前，吩咐儿媳："快去船码头，寻只去西山的便船。吾再到隔壁买包茶食带去。"

吕史氏急步走出店堂，顺大街往东走……走不多远，有两个船夫样人走了过来……

吕史氏问："两位大阿哥，吾要寻只去西山岛的便船……"

船夫甲："来得正好，吾伲船正要回西山去……"

"两位就在此等吾，吾一小会就过来搭你们便船，船钱照老规矩。”吕史氏回得店堂引领婆母，见了船夫，跟随着走近了一只船。

吕母朝儿媳道：“吾大概得待个十天半个月的，你自家要当心，阿发回来，你转告他一声。”随即跨进了船舱。

船夫乙：“大阿嫂，路引开了吗？路上要查四五次哩！”（行人出远门上路均须开有办事证明才行，此证明即“路引”。）

“啊哟！婆婆，你请大家等一等，吾到坊正处去开来！”吕史氏急答。

“吾伲船马上就要走哉！你去开好路引寻别只船吧！”船夫甲、乙一齐说。

婆媳两个急得六神无主，吕母只得再跨上岸……

舱内此时探出一个五十多岁的男子，朝婆媳俩说道：“等等！我倒有个小办法，可以帮你忙。我是岛上一家商铺的账房，昨日来枫桥结账，我家店主有个阿姐嫁在枫桥，她想搭这便船回岛去望望弟家，我呢昨下午替她办了路引，谁知今朝她伤风了，不能去了……吾看这张路引上面的路由、地点、年岁、坊正全好借用的，只是姓氏，这上面叫张王氏，大阿嫂你记牢，有关卡查问，你就说叫张王氏好了。”

“好极！巧极！”婆媳俩真是喜出望外，吕史氏连连向此人万福致谢。

“账房”：“顺水人情，也是好事一桩嘛！不过小阿嫂，你还要在这路引上头签上你的姓名，万一路上有点小噜苏，要你出面了结的……”

吕史氏：“会有啥个噜苏？”

“比如关卡上查出是冒名顶替的，扣下了你婆婆，总要你或者你家主公出面去领人，不过不大会查穿帮的，这只是以防万一而已。”“账房”的道理并不错，说：“若同意就在这坊正的姓名后面签，你如果不会写字，我代你签，你再盖个手印。”

“吾会写字。”吕史氏拿起“账房”递给她的墨笔，在“账房”手按边处坊正姓名后面签上了自己的姓氏。

船飞快地开去……舱间，“账房”对吕母道：“这张路引，我代你拿着，关卡盘问时我好出面帮你说话。”吕母忙不迭道谢：“先生你真是个专做好事的大善人！”

县衙大堂。

吕史氏：“吾一直当婆母还在西山岛上咪！”

况锺：“吕阿发！现在轮到你禀明相关的一应情状了……”

吕阿发：“吾现在就如实禀告，吾家在枫桥镇开了一小山货铺，七月底边吾去湖州长兴山里进点枣子，顺便再预定点冬笋。来到一处小镇住了几天，最后一天吾起早去面馆吃早点心，坐在临河窗位上……”（以下画面表述）

吕阿发吃完面，起身时不经意一瞥，突然河对面石埠上一名洗衣妇人，使之一惊：“跟吾母长得竟如此相像。”他双脚不自主地向她走去，近身细看，脱口叫道：“母亲！你怎么会在这里？”

妇人果然是吕母，她一见到亲儿子的面，双泪夺眶而出，她向四周围瞄了几眼，就拉儿子走进了岸间的一丛竹林中，抽噎着说：“吾被人拐卖到此间……”

吕阿发急迫地问：“什么样的人买下了你？”

“他姓祝名银，是个挑唆人家打官司的恶讼师。专门赚作业钱，连带还放‘阴子钱’，为人极其阴毒，出这个竹林往东几间大屋就是他的家……”（阴子钱，即高利贷。）

“走！带吾去见他，吾要告他个拐卖良家妇女之罪！”吕阿发大怒。

“儿子呀，你千万别轻易惹他！他不仅是这小集镇上的一霸，乡老、里长也惧他三分！就是管关卡的什么巡检，也跟他称兄道弟的，再说现在就是去了，他也不会跟你见面的，他每天晚上喝老酒，第二天睡一上午到吃中饭时才起来……”

“母亲你一定受了他很多的欺侮……”吕阿发替母亲擦拭脸面，问，“你初到此处，该向里长，甚至巡检司说明是被姓祝的拐卖来的呀！”

“怎会不说明呀！可是那个姓祝的拿出了一张吾自愿卖身嫁人作妻妾的字券……人家看过，就没有人再信吾的了！”吕母伤痛的泪又掉落下来。

吕阿发：“这种字券应该有亲人之同意才作数的，而吾人在长兴呀！”

吕母：“上面不但有坊正的具名，还有吾那赛过亲女，你那家主婆的亲手签具哪！”

“这个如此歹毒的小女人！容后跟她算账！”吕阿发安慰说，“吾到长兴县衙去告状！母亲，你再忍耐个几天，丝毫也不去惹毛那姓祝的！”

“如若长兴县老爷也依他手上的那份东西断案，我们怎么办呢？”吕母忧心地。

“是呀是呀！”吕阿发双眉紧蹙，双手各握着一枝长竹不胜颤抖……

母子俩各自思索了一会，差不多同时说道：“到府衙况锺大人处告诉！对，求况大人出面！”（告，是控告。诉，是控诉。）

吴县县衙大堂。

堂面听众中有人喊了一句：“你今日为何不直接到府衙去告状，而来吴县县衙？”

吕阿发侧首回答：“按律法规定，越级告状是要先挨四十杖责的。再有，吾在县衙县老爷问吾，吾就是不说，县老爷最终是会把吾案上缴府衙审的！”

人众纷语：“这个小老板算盘着实精咪！”

况锺向吴清低语：“此案的案由、案情最主要者已有所捋清，把祝‘账房’抓来，审他为何挑中吕阿发母？又如何构成一个局套住她？整个案子就告结了！”

吴清低语回应：“我吴清没法发文长兴县衙抓姓祝的……”

“这个抓人的事，本府来办。抓来后，仍由你来审，记住，审他如何构成的局！看起来还会有坏货给钓出来！到时，吾叫况寰来助你一臂之力。这吕阿发本府今日带还府衙，吕史氏你暂且安置她几天，要好生待她。”

吴清：“遵大人命！”

（二）

时　间　白天。

场　景　府衙二堂。

人　物　况锺、况祥；陆捕头、捕快若干；吕阿发、吕母；祝银与家丁。

时当寅卯之际，况锺于二堂案上振笔疾书，又吩咐：“况祥，到大堂候陆捕头，应卯即传他来二堂——”

陆捕头来至二堂，况锺书函已写好，对他说道：“吕阿发、吕史氏之案情，谅你已有所知悉，现差遣你去长兴他住所把他抓来，吕阿发给你带路，回苏把吕阿发母亲一起救来！”

陆捕头：“大人，祝银乃当地土豪，去时是明抓他以儆效尤呢？还是暗捕他以求速效？”

况锺：“凭你这个老公事，你到得长兴就见机行事好了！”他随即把写就的信函交给捕头，说：“这是给湖州府衙的公函，按规矩应该通知他们抓祝之事，并顺便请他们知会一下长兴县衙。”

陆捕头接过公函，问道：“吕阿发人在哪里？”

“就在前头签押房。”

陆捕头：“大人！吾做主去办了！”

陆捕头率两只捕快船（每船十名捕快，五人一班四桨一掌舵）黄昏前到达了湖州。

“吾去府衙递公函，你等去驿馆，吾很快即来驿馆，今晚在此歇息一宿。”陆捕头特别吩咐其间两名捕快：“别去逛街上酒馆！”

时在辰巳之际，两只快船已来到祝银住的小镇外河面——（以下画面表述）

陆捕头与两名壮硕捕快，换上便服，挟一副简便担架，随吕阿发沿河边入镇市……

吕阿发远远望见自己母亲正在以前那个河埠头洗衣裳，就走近招呼她，叫她领引进祝宅。进得宅门，看门老仆对名义上的主母不呈什么敬意，可对随她进来的三个人却拦住盘问……

吕母朝他道：“老爷昨夜又呕又泻，今朝一早请人到长兴城请来了好郎中，他派下边助手来抬去长兴诊治……”她就对两担架者吩咐：“在这里候着，吾领这位陆郎中先去看看……”吕母领陆捕头上得楼，开了暗闩，踏进房间，直到床前，祝银还在呼呼鼾睡……

陆捕头从胸襟里掏出一只小瓶，倒一些粉末入茶盏，以水一拌，将之倾入祝银口中，告诉吕母这即是蒙汗药，紧接着问她那份卖身字券在哪里？

吕母指指一只箱子：“他锁在里头，钥匙常挂在衣带上。”

陆捕头翻了翻祝银的衣带，一时并未翻到钥匙，就转身搬过箱子，手一扭扭断铜锁，开箱盖，翻出一小匣，匣里面就藏着这份东西，还有若干高利贷的账单。陆捕头随手就把匣子给了吕母，她随手拿来一小包袱包了，提在自己手里。陆捕头来到楼梯口喊道：“上来抬人！”

祝银无所动静地被抬了下来……

吕母暗闩了房门，随担架一起来到大门边，朝看门老仆和另一名家丁说：“吾陪老爷到长兴郎中府去，至多不超过五天就回来，若不放心，你俩中随便哪个跟吾一道去好了！”

两个奴仆相觑着摇摇头，齐说：“祝老爷早早康安！”

陆捕头一行人快步走在河岸上……出了镇梢，来至捕快船上，八支桨飞快地舞动着，似两支箭沿着水面驶向东北方的苏州……

（三）

时　间　近午—黄昏。

场　景　万年桥堍一酒楼；吴县县衙。

人　物　陆捕头、众捕快；吕阿发、吕母、祝银；酒楼人员；群众若干。

次日近午时分，船抵万年桥（苏州繁盛商业区之一水陆码头，临近府衙、吴县衙），两船于桥下泊停。

陆捕头对众人说道："这几日伙计们真辛苦了，在驿站里过夜吃得也很马虎，肚子里的油水一定刮落不少，现在这顿中饭，先小补补，走！上万年酒楼去吃鱼肉双浇面……"

吕阿发抢说："面钱，算吾请客！不过姓祝的恶贼，不能给他吃！他活该饿死！"

陆捕头："吾呢有出差钱的。祝银自然不能犒赏吃鱼肉双浇！就让他吃碗阳春面吧！"（阳春面：即没有任何浇头的光面。）

"老子阳春面勿吃的！也要吃双浇面。我铜钱有的是，你姓陆的垫一垫，过后我双倍还你！"祝银大爷脾气真合了谱——江山好改禀性难移哇！

众人上岸，走进了万年酒楼，分桌而座，小二询问后一声吆喝："鱼肉双浇——二十三碗来哉！外加阳春一碗！"陆捕头用麻绳五花绑了祝银，空出了他的双手让他吃面……吃客中有不少都认得陆捕头，陆续跟他打招呼。他与犯人一起吃，大伙见多了，也不足为奇了！大伙吃好，起身下楼……

陆捕头付完面钱，缓住了吕阿发母子，朝他俩说："等会吾等去县衙，你们俩就在县衙近旁找家旅店住下，吕阿发！明日上午你抽身回枫桥店里看看，安置妥帖点，下午偕你母亲一起来衙候着！另外，你母亲不要回枫桥，以免打草惊蛇！明白不明白？"

"明白了！明白了！"吕阿发连声应答。

大家又下得船，驶过水关来到了县衙。

陆捕头牵着祝银，朝众捕快道："伙计们，大家都去澡堂好好泡泡，松泛松泛，晚饭都到县衙饭堂来吃，吾关照胡厨子，弄个两荤两素四小碟，'绍兴女儿红'吾请客，可以甏底朝天！"伙计们一阵欢呼，纷纷离去。吕阿发母子也去左近住旅店。陆捕头押了祝银走进县监狱……

（四）

时　间　（次日）白天。

场　景　吴县县衙大堂。

人　物　吴清；况寰；祝银；吕阿发夫妻、吕母；衙役若干（含记录书手）。

吴清就大堂公案座，况寰于案端侧立。

况寰跟吴清低语："祝银原是名恶讼师，必须一上来就不能让他狡辩扯皮！"

"对！必要时寰兄也可发话！"吴清一拍惊堂木，"提案犯祝银！"

两皂隶在"武——威——"声中押手戴梏的祝银上来……一隶用力踢其腿弯，双膝重重地压跪于跪石之上，疼得祝银啊啊叫……此时从幕间走来吕阿发母，就旁跪下。

吴清："你再乱叫，可就要治你个喧哗公堂，杖责二十大板！"

祝银一下识相起来："小民知罪！小民知罪！"

吴清："你可知道你缘何今日身戴刑具来此公堂受王法审判？"

祝银："被小民现任的妻子告了！"

"她真是你的妻子？"

祝银："是呀！她是我的正式妻室，我有字券为凭！"

况寰："好，你把字券上的文字念来一听！拢总也只有几句，再说你原本做讼师，记性特好……念吧！"

祝银应口而念："今有吕王氏，现年三十九岁，只因与儿子、儿媳相处不睦，心情烦闷，为求解脱，自愿嫁与他方人为妻。"

况寰："家人同意吗？何人具签？"

"自然同意！具签人，乃儿媳吕史氏。"

况寰："她儿子为什么不签具？"

"当时他人外出，只有儿媳一人在场……"

况寰："媒人是谁？"

"是、是、是孙媒婆。"

"啊！是她？就是住在吾家隔壁的她？！"吕母吃惊不住喊出了声。

吴清："捕快，去把孙媒婆抓来问审！祝银，事情已是何等的明白，字券是你写的，儿媳具签只知是张路引，她人现在隔间，一会就与你当堂对质。祝银！本官问你，按儿媳偷卖婆婆，偷卖一个守节达二十年的寡妇，串同坏人蹂躏这寡妇的贞操，再加上她们亲母子永世不能相见！这儿媳按律该受何种刑罚？"

"该受凌迟之刑！"

吴清："很对！你睁大双眼来看，吾现在就把这名儿媳妇提上堂来，按律判其应得之刑……提吕史氏上堂！"

吕史氏从幕间出，跪于其婆婆身旁……

况寰从案上打开那字券匣，取出字券，问祝银："此字券可是你亲笔所写？"

祝银："是。"

况寰把券翻到背面，只见上面写付孙媒婆钱三十贯，问祝银："卖主为吕史氏，你为何不付给她钱？"

"她没开口要……"

吕史氏急迫发声："吾根本没有卖婆婆，只是给婆婆路引上签了个名！"

捕快牵来孙媒婆："禀推官老爷，孙媒婆抓到……"

吴清："将她跪于吕史氏旁边！祝银，你是知晓的，大明律法有'反坐之法'：诬陷他人，使其应受何种刑罚，经查察不实，则此种刑罚反施于诬告人之身！祝银，你今日就应受此反坐之刑：凌迟你三天，剐你两千三百刀；家产全部没收；家人男的斩首，女的充为官婢！”

祝银全身筛糠，厥倒地上，一隶以水将他泼醒……

吴清：“祝银，你若从实招供，本官可以申详知府况大人，予你法外施恩，斩首你一人，祸不连及家人，并再酌留少许家财，供其活命！你愿意如实招供，还是要受凌迟极刑，本官容你当堂思量片刻！”

祝银膝行至公案前，连连叩头道：“吾从实招供！从实招供！”（以下画面表述）

第二十七集

（一）

时　间　白天。

场　景　枫桥镇孙媒婆家、吕阿发家、泊船码头；县衙大堂。

人　物　祝银、孙媒婆、吕史氏及婆婆；码头一船二船夫；码头嘈杂人众数名；吴清、况寰、衙役数名；观审群众若干。

祝银招供——

祝银晤面孙媒婆，喝口茶后祝银说："孙大嫂你是这大镇上首屈一指的大月老，我是慕名而来请你为我觅一位称心的填房，若能成功，酬劳绝不止十八只蹄髈！"（俗语有"媒人费为十八只蹄髈"。）

孙媒婆："祝大官人，何等妇人，才称你心？请一一说与我听。"

"一、年纪三十至四十之间；二、被休的不要，最好是真守节的寡妇；三、没有'拖油瓶'的牵累。"

"大官人你的心思设想得真高！"孙媒婆脑子飞快地转动，道，"你只要出得起钱，十六七的黄花大姑娘有的是，可是，可是，这样的寡妇一时叫我上哪去寻？哎，请问大官人尊宅在何地呀？"

"我，浙江山区，离此间少说也有五六百里！"

孙媒婆："那人家怎么愿意去呢？"

"这就看你的本事了，若然能成就此事，我给你的酬劳不是十八只蹄髈而是一百八十只蹄髈，可够你一家几年的开销了！怎么样？啊？"

孙媒婆："好，你明日来，我给你回话！"

第二日，孙媒婆家。

孙媒婆朝祝银道："我寻思一夜，合你这心思的，镇上城里一时难觅其人，我近旁倒有一个，谁？隔壁山货店的吕阿发娘呀！可人家不会改嫁的呀！"

"她呀，我中意！我进出这枫桥镇，也上她店铺买过东西，跟她照过几次面，她的生相、体态我着实喜欢……如若我想不穿，只贪图十六七的黄花大姑娘，保不定日后给我戴顶绿帽子，所以我宁可要真守节的寡妇，而且我还听吕阿发娘亲口讲过，她是穷出身，过日子省吃俭用成习性哉！实话实说，弄这样一个填房，实在实惠，合算！现在准定就要她了！怎么？你不想要一百八十只蹄髈了？"

"那，好吧！只能用计策做个局，把她套到手啰。"孙媒婆思忖了一下，咬了咬牙说，紧接着凑在祝银耳畔，嘀咕一番……

祝银："那么，我去准备船，找个西山村里人代传个假口讯，还有那份假路引。"

（紧接再现如下无声之画面）

西山村民捎口讯给吕母；

吕母慌忙取衣，买茶食作上门礼；

吕史氏觅西山回程便船，遇两船夫；吕史氏导婆婆至船，上船又出船……

祝银于舱内装热心人，助婆媳解困难，出字券（以手掩券）命吕史氏签具。吕母入舱。祝收券于襟，吕母谢恩。

船至祝家，吕母惊骇，呼救，遭祝毒打。祝向吕母挑明说（出声）："这里在浙江山区，离枫桥数百里，我有婚书字券，谁也不会来过问！你识相点，好好跟我过上个五六七八年，我就与你一起回枫桥见你儿子、儿媳，到时还可能见到你的孙子！……"

（画面返回吴县衙大堂审判场面）

吴清令记录书手:“让祝银签具!”祝银签具……吴清说道:“我将此案所有口供申详交于知府况大人,并提请予你祝银法外施仁,降一等判处结案!”

(二)

时　间　白天(时当宣德八年间)。

场　景　尚书生家;阳山莲花寺及邻家。

人　物　况锺、况祥、范大龙;尚书生;牛氏与婆母;莲花寺主持、分寺僧海宁。

况锺便服观衔风后返回府衙内宅,进入一里巷。

况锺偕况祥、范大龙走近府衙后门,在一小宅前停步,朝两人道:“这家邻居是名穷书生,吾跟他很熟,进他家看看去。”轻叩宅门……

应声。门启。是一个面容苍白、衣衫褴褛的中年瘦男子,他一见况锺赶忙跪叩:“大人驾临……”

“俗礼免了。”况锺拉起他,“进屋坐了说话。”

三人进得屋里,不禁怔然……除了靠墙有一张小板凳外,竟然空无一物……

“尚生呀,你可真是名副其实的家徒四壁哪!”况锺着实吃惊,“上次吾还看见有一张小方桌和两条长凳来,难道这三小件又吃到肚皮去啦?”

“一条破长凳换了两斤米。”尚书生嗫嚅地说,“实在无奈,吾就用小方桌、一条好一点的长凳在弄堂北口摆了个代写书信的摊头……”

况锺:“能寻食了,好!”

“大人,不好。”尚书生连连摇头,“每天的辰光都用光,长此以往,吾根本无时光读书,练习应试文章,今秋的乡试、明春的会试就变成‘捏’鼻头做梦——休(嗅)想了!吾这一生一世泡汤哉!”

“尚生呀，你这样不行，不从根本上解决，你只能是白白浪费人生，你看你乡试已经考了六次，三六十八年白白丢掉了。吾曾看过你一些文章，无论立意、论述、遣词用语都很不差，而且还写得一手好字，只是用典、引文方面常有差误，还有几次因体质不好竟不能终场！”

“大人，那吾……吾、吾毫无法子应对呀！”尚书生双目已盈满泪珠。

“这样办吧，吾明日派一名差役持吾一封介绍函，带你到阳山莲花寺去寄食读书，一天两顿你不用再费心费力地奔波，集中心思多读书、多写恤民佑民的有用文章，书包翻身就大有希望了！”（明代较富之寺都有养供贫寒士子的社会义务。）

“大人！你是尚生的再生父亲！”尚书生膜拜地上。

况锺临出门时朝尚书生吩咐：“明天上午不再出摊了，在家等候就是了。”

（三）

时　间　翌日白天。

场　景　阳山西莲花寺与下属闻香庵。

人　物　尚书生；差役；莲花寺住持；闻香庵海宁和尚。

差役带尚书生见当家老和尚。

差役：“小的是府衙差役。奉况大人钧旨。领尚书生寄读尊寺，并奉上大人亲笔信一函！”

老和尚接阅书信。差役辞出。老和尚审视尚书生，只见他一肩搭了个小衣袱，一手提了只文具竹篮。尚书生见老和尚看自己了，就卸袱，放篮叩拜礼见。

“请坐吧。”老和尚抚着信函说，“况大人很看重你呀。膳食自有本寺供养，另外况大人特为你请求老衲赐你一些应时的衣裳，与好一点的被褥，老衲自然不会吝啬的！尚书生，望你将来报效国家，为百姓谋福，替况大人争光！”

尚书生向老和尚行了回拜礼，道：“莲花寺与老和尚的恩情，小可永志不忘！”

“尚书生，老衲现需明告与你，本寺所备八间寄读文士卧房，已派住满了，现就派你去到三里外的闻香庵住读，那是所种花卖香的小庵，供的是花神，庵内僧人只有四人，主僧海宁率少年徒弟两名，还有一名职司做饭的香伙，小庵所在只是一处四家小村，四户村民全是为小庵种花卖香服侍的，那儿多花少人、蔬食可口，真是个寄食读书的上好去处。”

尚书生：“一切听从老和尚法旨。”

（四）

时　间　白天—夜晚。

场　景　四家村边的闻香庵，庵紧邻的村民家。

人　物　尚书生；（闻香庵主）海宁和尚；村民婆婆、媳妇。

尚书生来到闻香庵。

他跨进门，见一名少年僧人，就问：“小和尚，吾要见海宁法师。”

小和尚：“他在后园，你到大殿后西北角有个边门，进去就是。”

尚书生顺着指点，来到后园，只见满目植满了诸种花卉，有直接栽植的，有大缸栽的，更有众多小盆栽的……此时正值七八月间，白兰花、茉莉花香气四溢，真是漫道小园真香国，金风催蕊人薰醉……海宁和尚正在侍弄着。尚书生走近去。

“拜见海宁法师。”尚书生作了个长揖，随即奉上一函，“莲花寺大和尚给你的。”

海宁打量了一下尚书生，随即拆阅信函，看了一遍又再看第二遍，之后说道："欢迎先生！请随我来。"两人来至灶间隔壁一屋，里面有床有桌椅，显然是间接待临时住客的小卧室。

海宁："先生就住此处吧。每天除了香伙做两顿饭时，有点声响外，其余时光均很安静的。还有小庵饭吃两顿，今日晚顿刚吃过，先生明日用饭，到时小徒会来请的。"

"多谢法师照应。"尚书生送走海宁，随手抹净桌子，把带来的书籍与文具放列桌上，接着就展卷读起书来……

时已黄昏，一名小和尚提来茶壶茶盏，朝尚书生道："壶中只有白水，茶叶是要先生自己买的。"他随即吹醒了另一只手中的火捻子，给点上了油灯，然后转身离开。尚书生斟水喝了两盏，就就着油灯读书……约莫阅到戌时，油已尽了，也只好睡了……刚躺下去不久，隐隐约约听得隔墙的缝隙里透过来两个妇人的哭诉之声，他侧起耳朵，专注听闻，哭声真切只是诉说的话语难以辨明……过了一阵子，哭诉声停息了，他自己亦就慢慢地入睡了……

第二天，尚书生吃过早顿后，就出得庵门溜达来到自己住室的隔壁处，原来是一户村民家，他装作不经意地经过，侧头望进去，只见一名年近三十的村妇正于堂屋的织席机上织草席……尚书生摆定主意，想今日晚上再听听，是否还会有妇人的哭诉之声，若再有，他就要进一步弄个"究竟"。太阳在他的读书声中匆匆下山了……黄昏渐深，尚书生已无心再看书，就躺上床，斜倚身子，侧耳专注地听闻……果然，哭诉声又隐约地传进了耳朵。只是两耳再怎么专注，就是辨不清她们所诉的话语……

翌日，早饭后尚书生再次来到夜哭的村民家。

尚书生问正在织席的村妇："吾是闻香庵的寄读穷书生，所住房间只同你家隔一堵墙，连续两夜听到你的哭声，很像家有大苦事……"

"先生，惊扰你哉！实在对不住啊！今朝夜里，吾搭婆婆两人再也不哭哉……"

尚书生："你家准定有大难事！阿能告诉吾，吾或许能帮点小忙……"

村妇认真地看了看尚书生，见他衣着寒酸，不禁摇了摇头，淡淡地说："多谢先生关心。"

"不错，吾是个穷书生，可吾是知府况大人特地指派到闻香庵来寄读的，必要时吾会禀告况大人来帮助的！"

此时，忽听里间一个老妇人的发话："新妇呀！吾听见那位先生在提况大人？你阿能请这位先生进来……"（苏州呼儿媳为"新妇"，古籍上明载。）

村妇只得离开织机，领尚书生进到里间……尚书生只见里间躺卧着一个病得不轻的老妇……

老妇勉强欠了欠身："先生，你绳凳上坐！新妇，你到外面去织席，吾来讲给先生听。"

（以下出画面与声音）

老妇人关照临出门的儿子："海宁师父差遣你到宜兴窑上去采办一船缸盆瓦器，一路上要当心，这种瓦器都是容易碰碎的……早去早回！"

儿子："姆娒，儿子记牢哉，吾至多半月二十天就一准回来！不过八月半节来不及哉，今朝已八月初十哉。"

九月上旬，婆媳俩日日到门外张望……随后新妇又去庵里探问，庵里人也是焦急盼望……

（字幕）一年、两年、三年、四年，采运缸盆青年村民如断线之鸢，一去不还，杳无音讯……

婆婆愁急生了病，加之收入微薄，短吃乏饮，转成了本力差、诸症丛集的重病……新妇被逼无奈，采取了下下之策……

在庵门侧边，新妇求一位高利贷商人："王员外，可否借吾十贯钱？要给婆母治重病！"

商人道："钱可以借，你拿什么还？"

新妇："丈夫可能就回来，一回就还钱，利息一分钱不少。"

商人："这个不牢靠！如若你丈夫早已死在外边了呢！"

新妇："吾家还有三四间房屋抵押给你！"

商人："这种破房子，我不要！倘若、倘若你把自己押给我，我倒要的！"

新妇既惊且羞，眼泪也快从眼眶里溢出，俯着首思忖了好一会，怯怯地问："怎么个抵押法？"

商人："我先借给你十贯钱，一年为期，到时本利还十六贯，少一文钱都不行。若到时仍还不出，那我再出你四贯钱，合二十贯，买断你这个人！随我到府中做妾做婢，随我心意！不过，你可放心，我决不会把你再转卖给他人……快做决定，我还有事要办！"

新妇："容吾好好想想！明日再给你回音。"

商人："明日正午，我在此间听你回音。"

第二日正午，商人偕仆携钱与写就的抵押字券，晤见了新妇，她流着泪在字券上按下了手印，接过钱，号啕着疾步返家门……

（镜头返至尚书生坐于老妇床前听老妇讲完夜哭原委，之后——）

老妇向尚书生说道："新妇真是个大孝女，这几个月来，就靠了她的卖身钱，吾才就了医吃了药，身体有了点起色。至于钱，她还一直骗吾是向娘家亲眷凑借的！直到大前天晚上，她才向吾言明，这笔'阴子钱'还有七八天就到期了。吾婆媳就如斧斩刀割地被血淋淋活拆了！吾与她哪得不痛哭连连？！你刚才提况大人……况大人他、他能救吾婆媳？"

"阿嬷，阿嬷你暂且放心，吉人自有天相的！老天、老天应该是开着眼的！还有四天到期，吾、吾隔两天再来……"尚书生匆匆辞别返回到住所……

尚生返至住所，正逢小和尚叫他去吃饭，吃饭时脑中闪现话语：

"况大人为吾'扶危济贫',助吾脱离困境!今日邻居婆媳有大困境,吾岂可视而不见,不去'扶危济贫'?!"饭罢,他就出庵东去,来到十余里外的浒墅关——这是大运河上极重要的水陆关隘,镇区不很大,但却繁荣得很:凡南来北往的商货水陆运输都得于此缴纳税金,故浒墅关镇上诸店丛集,富户比比……

尚书生入一大商铺,面见店主:"许老板,你在府衙旁的老宅院,不是还想往西扩建一幢小楼……"

店主:"我昔时曾有意想购下尚先生的住屋,当时被你一口回绝!怎么?今日跟我面提此事,是想——"

"想卖与你!"

许店主:"好呀!价钱照旧,十八贯。"

"许老板,再添一点吧!要知道,吾不急是不会卖祖产的,唯一的祖产哪!"

"所急何事?"

尚书生:"救两个妇人的命!"

"她俩是你的亲眷?是你的故人?"

"都不是!只为'扶危济贫'。"尚书生一脸的肃穆。

"好!我知道你的为人。我再给你添价两贯。"

"谢谢!谢谢!"尚书生深深作揖,说:"吾即回城去拿房契,明日上午,吾再到这里来,当面缴契立字券,再当面领钱!"

许老板:"准定如此办理!"

尚书生恋恋不舍地环视着自己的故居……

他突然朝屋子东南的墙角跪下叩了个头,说道:"屋神老爷,按理说,这是吾尚家祖传的唯一产业,只怪吾这小子没有出息,不但不能翻新添造,反而要连契卖掉……实在是一无他法可想,只为救两妇人的性命,谅屋神老爷也会饶恕小子的!"又叩了一个响头。

尚书生来到浒墅关许老板店里,店主已准备好钱,写就字券候着,尚生按了手印交了屋契，对许店主道：“这些钱，吾拿不动，请你派个忠诚可靠的店伙，帮吾背到闻香庵……”

许店主喊过来一名壮年店伙吩咐：“把这二十贯钱，帮他背到闻香庵去！”

尚书生领了店伙来至闻香庵侧村民家边上，他对店伙说道：“求兄台一件小事，等会有妇人问你话，你就装哑巴好了！”店伙点了点头。

尚书生脸露笑容，一步跨进村妇堂屋，连声喊：“吉人天相！吉人天相！”并且不停步地走进内室，朝卧床的老妇喊：“天老爷开眼！天老爷开眼！”

俩妇人瞪着双目看着尚书生……尚书生忙不迭地从胸襟里掏出一封信函，对老妇人说：“这是你儿子托别人带来的便信……”

俩妇人一听，精神头振奋……老妇迫不及待地说：“先生！快念吾听听！”

尚书生展纸念道：“母亲、吾妻，五年前吾去宜兴买缸盆，不料在太湖里翻了船，自己幸亏被一只渔船救了，但是却生起了病，幸得一座好心寺庙收留了吾，养好了病，又碰到一位商人雇用了吾，吾跟他江北、安徽、山东做生意，当下手。几年来一直很忙，未能还家一趟，不过几年里吾倒积了五六十贯铜钱，现在先托一位到浒墅关买货的熟人，带上二十贯钱孝敬母亲。再过几个月，吾一定还家见亲人。”

老妇一听，着实高兴，一定要面见那位带钱的便人。新妇马上劝住婆婆：“姆娒，吾去！”她心中很见疑惑，但至门口收到了二十贯钱，疑惑又去了一半，本想盘问几句来人，但见他是个哑巴，也就只得作罢……

第二十八集

（一）

时　间　白天。

场　景　村妇家。

人　物　尚书生；村妇；王员外。

尚书生吃过晚饭，就来到村妇家。

尚生对还在织席的村妇说道："今日是还'阴子钱'的期限日，吾怕你吃姓王的亏，所以想来帮衬帮衬你……"

"尚先生真的多谢你！"村妇停息了织机，"吾真的在发愁，等会姓王的要再出点啥花头，吾真的对付不了呀！"她侧耳倾听了一下内室，谈话并未惊动婆婆，她稍觉宽心了些。

"你看这样可好？"尚书生凑近村妇耳畔低语了几句，道，"他出啥花头，吾来对付他！"（出花头，即耍鬼点子之意。）

村妇："好的，看上去他要来哉！"

王员外应声而入，径直朝村妇说："牛小玉，你准备好了？"

"准备好了！"

"是还钱还是人跟我走？我的船就在村外等候你呢！"

村妇牛小玉走至长供桌边，揭去了桌上一堆物上的盖布，露出了一大堆的钱，说道："连本带利，就这一堆。"

王员外先是一愣，转而来至钱处，伸出手摸了摸，掂了掂还数了数，说道："铜钱都是真货，不过钱数缺得太多了！现在我不想收钱，倒想收人！”

牛小玉：“到底缺多少？”

“你桌上的钱只有十四贯，按当今行情，倍一倍，借十贯还二十贯！”

“你拿出借据来，吾请这位私塾先生看看，你当初到底是怎么写的！”

“这上头写的是年息六分，”王另外一手托着借据，一面狡诈地说，“这是去年八月三十日立据时的行情，今年涨到十分息了！你还得出，借据拿去；还不出，人跟我走！”说完，借据置于桌间钱旁，过来伸双手拉扯牛小玉，连声道：“船已候在村外了！船已候在村外了！”

尚书生乘机快步至长供桌，伸手拿过借据，放进了胸襟里。

王员外见此，一突兀，就吼问：“你是谁？”

“吾是牛小玉的表哥！今日专门来同你算账还钱的！”

“你还竟然要跟我算账？！这笔账由我一口说了算！”

尚书生：“姓王的！你今日要识相，就拿这十四贯离开！”

“不识相又怎么样？”

“你是个吃死人不吐骨头的吸血鬼！既勒索天价的利息，更妄图欺骗、霸占良家妇女！吾将专门把你王五信的大恶行，禀报于况锺况大人！”

“别拿况大人来吓唬人！他认得你是个老几呀！”

“吾是况大人的隔壁邻居，常与况大人一起抒写诗词、切磋文章！吾名尚学贤！”

王五信骇住了，忖度了好一会，黯然地包起了长供桌上的十四贯钱，提于手快步离去，但还向尚书生要另外的两贯钱，尚生回答：“今年的年息是四分！”王五信悻悻然出门离去……

（二）

时　间　白天（下午）—黄昏。

场　景　尚书生居室；海宁居室。

人　物　牛小玉；尚书生；海宁僧。

牛小玉进庵来晤尚学贤。

她提着食篮，进得庵门，上大殿，遇见海宁，问：“法师，吾要见尚先生……”

海宁脑子飞快一转，道：“我领你去。”

“不敢劳烦法师，请指点吾他的住室。”

海宁热心地：“跟我走吧！”

两人来到尚书生住室外，海宁指了指虚掩着的房门：“这间就是。”他见牛小玉推门进屋，自己却闪到了屋室一侧窗边干起了听壁脚的勾当。（听壁脚，苏州方言，即偷听人家隐私。）

牛小玉走到桌前，朝专注于诵读经籍的尚书生，拜将下去：“难妇牛小玉前来叩谢恩公救吾婆媳性命之恩！”

“啊！啊！”尚书生先是一愣，赶快搀起，“嫂嫂，礼重过头了！断断不可称吾恩公呀！”

此际，一名小和尚叫尚书生去吃饭。尚书生道：“吾等会再去……”

牛小玉劝道：“先生，去晚了，多添人家麻烦不好！你把饭拿来在这里吃，正巧吾给你烧了点肴菜，你一边吃，一边听吾说点事情……”

尚书生想了一想：“好！吾去拿饭。”随即步出室门……

牛小玉趁空环顾了一下尚书生的居室：一床一薄被；一大方桌，上置有摊开的书卷与笔墨砚文具，桌旁有一架简陋书架，整齐地码放着一些书籍，在脸盆架旁的地上一只脚盆里，泡着几件刚替换的衣裤，牛小玉麻利地把这几件衣裤拧干，团起，准备带回去代洗……

尚书生端来一碗饭、一盆菜，放于桌间，朝牛小玉说："嫂嫂请说事情！"

牛小玉："先生，饭菜要凉的，请用吧，这里吾烧了点肴菜，一碗大鲢鱼、五个咸鸭蛋，够吃两天的，往后隔一日吾就替你烧一点送过来！"

"今日的，吾就收下了，以后万万不可送了！"尚书生仍未动筷子，"你花铜钱去买荤腥送吾吃，吾怎能安心地吞进喉咙去？你呀，原是个大穷人呀！"

"吾实在也无好办法来报答恩公救命之恩情，送点荤腥只是想略表一点点心意……"

"叫你别叫恩公了，吾只是替你跑跑腿、出把力……实在受不起这样一个至尊的称呼啊！"

"先生，你请用饭哪！"牛小玉忍不住就敞开说了，"吾知道这二十贯钱不是吾丈夫请人代带的，丈夫他，四五年前就过世了，哪会有什么钱和信呀！这都是先生你看吾婆媳可怜，而想出办法来帮的呀！先生你也不是宽裕人，这笔大款子一定使你伤筋动骨……你怎么不是吾婆媳两人的大恩公呀？"

"你怎么知道你丈夫四五年前就已经不在了？"

"吾丈夫船翻的第二年，吾专门拜托娘家的堂兄去宜兴打听过，有渔船亲眼看见缸盆船翻沉，丈夫当场虽被救起，但却急愁成疾，死在了一家小旅店里！为了护住婆婆，至今也不敢将此噩耗告知她！……"牛小玉转过口风说道，"先生的那封假信，倒是吾婆母的一颗安心丸！她听了，心情好多了，胃口也有起色了……吾的这些蛋是自家养的鸡鸭生的，鱼呢，是吾等四家合养一个大池，分的，先生你放开胆吃好了……"

尚书生伸筷夹鱼，碎蛋挖蛋，一边吃一边频频点头："味道真好！味道真好！"

"滋补先生的身体，吾心里很是开心！吾告辞哉，这几件衣裳吾带回去，后日就送来！"

此时躲闪在室侧窗边的海宁僧，面露嫉妒恶意，加之目睹尚学贤陪送牛小玉返家，真是妒恨得咬开了牙！

时已起更，海宁躺卧床间。

只因心中烦恼，他连灯也未点，伴着远处一声声的更梆声，竟飘出了他内心的这些自白话："我今年已三十七八了，八九千个夜晚，空衾独眠，这滋味实在难挨，要是起初不当这个倒霉和尚，现在岂不夜夜抱着女人困觉，此种滋味是何等的美妙！再不然提早个三十年，在洪武皇爷年间当和尚，个个可以讨老婆，生小孩，也可以和尼姑结对来往……现今真是缚手缚脚。想不到，牛小玉成了个孤孀，年纪轻轻，模样标标致致，生活又很贫寒，而我手头却很宽裕，她、她真是块嘴边的肥肉，弄到我碗里岂不让吾吃得有滋有味？尚书生要想拿这块小牛肉叼得去，不允许！断断不允许！我、我得想个计策，把尚书生连根拔了去！连根拔了去！……"（孤孀，当时的社会通用语，即寡妇。）

此时际，天空早堆满了浓厚的雨云，猛然间一个着地雷劈在了庵旁一棵老树上，在闪光里，海宁的脸孔如地狱间恶鬼的模样！！

翌日，早顿时，尚书生从灶间拿了饭，返还住室用膳……

海宁僧随脚跟了进来。

尚书生："法师有啥事见教？"

"尚先生，你尽管用膳！我有事相烦……"

"请法师吩咐。"

海宁："我深为尚书生帮助前屋婆媳的义举所感动……这事牛小玉只字未跟小僧提及，乃是一位要好朋友告知我的，这要好朋友就是前几天帮你背铜钱的那位店伙计。"

"扶危济贫，应该做的！不足挂齿呀！"

"尚书生身为寺庙寄读寒士，尚且做此等大善事，小僧乃佛门之人，岂可退缩落后？我这里有一小盒专治伤心之药，以防牛小玉婆婆病变为失心疯绝症，此小盒连服三天的量，每天早晚各一顿，六顿以后小僧包老婆婆能下地如常走动了……另外我再奉赠两贯钱与她俩。”

“法师真是菩萨心肠！此等善举，无须叫小生代转，法师尽可自己当面赠予！”

“不妥！不妥！一则牛小玉而今已是年轻孤孀，二则她丈夫因我差遣而致身亡，小僧常怀一分愧疚之心……恳乞先生务必代为转达！小僧在这里谢过了！”

尚书生：“好吧，那吾就代劳了。”随手开下盒盖，“此药……”

“此药乃小僧悉心研制而成，它最补受伤之心。”海宁拿过尚书生碗间的一只瓷匙，就盒间挖了半匙药粉，送入了自己口中，并倒了半茶盏白水，洗下瓷匙，呷干了盏中之水，“尚先生，拜托了！”

尚学贤兴冲冲地来至牛小玉家。

他冲着正在织席的牛小玉朗声道：“小玉嫂，吾给你们送好东西来了，见你婆婆一起讲，好吧？”

牛小玉挪过绳凳，请尚书生坐，随即扶婆母倚躺在床间。

“海宁法师发善心，赠你们两贯钱，”尚书生把两贯钱交给了牛小玉，拿着药盒子朝老妇说，“这是法师自己悉心研制的治心药，人心口一直伤痛是种重毛病，这药是专门补心强心的，这一盒分服三天，连服一个月，阿嬷！你就能照常织席哉！海宁还说这三十日的药，他全包送了。”

牛小玉凑近盒细看：“这是啥个粉？”

“吾倒未曾问他，不过他当我面吃了一瓷匙，吾看可以放心吃。”尚书生信心满满。

“佛门是常施药的，佛门的药是最保险的，有菩萨保佑的。”老妇心情很好，连声道，“吾吃，吾吃，现在就吃！”

牛小玉倒水，挖药，助婆母服下……

尚书生：“阿嬷，啥个味道？”

老妇："有点像炒麦粉！一点也勿苦！"

牛小玉拿来洗净晒干的衣裤，与一提菜篮递给尚学贤，尚书生连声道谢。

老妇："先生，你一个人住在庵里读书，时光蛮紧的，身边又没有家眷服侍，让小玉出点力气，也应该的，你千万勿要过意不去！"

第三天，牛小玉带了一摞衣裤、一大盖碗肴菜来到尚学贤居室。

牛小玉放好菜碗，指指一摞衣裤说："尚先生，你没有啥替换衣裤，这里有两件短褂、一件上衣、两条内裤、两条外裤，全是吾家那个人的，他身胚跟你差不多的，这点衣服放在屋里等于是废品，凑合着穿穿，还是可以的，先生你千万勿要嫌鄙啊！"

尚书生不知怎么的，竟然流下了两串热泪——

（画外音）他活了三十九岁，从十二岁起就父母双亡成了个孤儿，从那时起迄现在的二十多年间，从未受过女人的温柔关怀，而眼前这位二十多岁的小孤孀，给他的体贴与情谊，令他心底泛起了悲悯、孤凄、温暖之杂陈滋味，他真想一把把她抱起，放开喉咙号啕痛哭几个时辰！……

屋侧窗户旁，还是那张丑恶的、嫉妒的脸——海宁贼秃竟然亦步亦趋地盯着牛小玉与尚学贤晤见的梢！

翌晨，牛小玉神色惊慌地疾趋进尚书生居室。

牛小玉："尚书生，吾婆婆情状很不好，请你……"

"走！吾跟你去看看！"

牛小玉来至婆婆床头，抄手半扶婆婆，向尚书生说道："这个治心药，第一天服用两顿还不差，粥饭照常吃，夜间睡得更着实；第二天早上，吾用大喉咙才喊醒了她，她对吾说这药不错，心口不痛哉，手骱脚骱里也全活络哉，第二日早上服药还自己吃粥，晚上时她人只是困，药也是吾喂服的；第三日她人睡得死死的，两顿药都是吾硬喂的，粥饭则一点未吃，到了夜间吾就有点担忧了，已是两日两夜未有大小解了！今朝起来，吾看她人就大不对劲了：完全昏死了……再怎么喊她，已无半点回应……这，怎么办？怎么办呀？！”

尚书生凑近老妇，伸出一指，在她鼻端测候她的鼻息……几乎没有了！他吩咐牛小玉：“摸摸她的胸口阿有热气？”

牛小玉伸手摸了摸，点点头……

尚学贤：“你家东邻不是专门摇小船替海宁送花卉盆景的么，快去求他来帮忙，摇船送阿嬷到莲花寺镇上请老郎中看看！”……

邻居摇小船至镇上，尚书生背负老妇进一郎中宅。

一老郎中对躺于矮竹榻上的老妇人望、闻、切、问……他自言自语：“奇了怪了！脉息已无，体肤倒不变凉，看她神情与熟睡并无二致，可是随你敲摇也不见醒！就是中了蒙汗药之深毒，也不过昏厥一两个时辰……我、我、我只能断她服食了昏痹之药致使全身昏痹……”他对牛小玉、尚书生说：“我行医五十多年，这种病，平生第一遭碰到，委实吃不透！不过全身昏痹是错不了的……两位如若同意，我可以用加量的清醒药来试解一下，可是我不敢打包醒的担保！”

“老先生是吾苏州地面治麻痹症的大名医！一切就拜托了！”尚学贤恳切地说。

老郎中调药，灌药，老妇却不会吞噬，所灌的也都流在口腔之外，老郎中最终摇头道：“无救了！真的无救了！不能吞噬，饿个七八天也必定死了！回家去吧！回去吧！”

牛小玉禁不住号啕哭泣……

“老先生辛苦了！”尚学贤奉上了两百铜钱。

老郎中收下了三十文：“我就收你们个清醒药钱吧。”

尚学贤把老妇背进牛小玉家，安置于原床上。

他对牛小玉说道：“阿嬷今天饮食不进是第三天！我们就等她个

七八天，保不定老天开眼，她能醒过来……小嫂嫂，你不要过分害怕！吾、吾日夜在你家陪着你！”

牛小玉频频颔首，不断地拭泪……

海宁僧叵测地来至牛小玉东邻家。

海宁问摇船送老妇去看老郎中的村民：“牛小玉婆婆的病看得如何呀？”

村民：“是绝症，无救了，不过人还未死绝……”

海宁：“现在那老太……”

村民：“放在屋里，等死绝了，听说至多等四五天吧……”

“剩牛小玉独自一个人……真个可怜煞人呀！”

村民：“尚先生真热心！日夜陪着！”

海宁走出村民家，脸露淫邪凶恶神色：“姓尚的就让你再快活四五夜吧！”

海宁回至自己的云房，提起笔写开了一纸揭告的诉状：

（字幕）小僧闻香庵住持海宁，谨为恶男女通奸，谋害碍眼婆母的大逆案事。“敝庵职司供奉花神，属下有专司运输种植花卉的缸盆户，户主赵小乙五年前去宜兴运缸盆，不幸翻船溺毙于太湖，遗孀牛小玉与婆母织草席度生；一月前莲花寺派来寄读寒士尚学贤，年届四十鳏独一身，性好渔色，不久即与思春之孤孀牛小玉勾搭成奸，只因嫌老妇人碍眼，尚学贤就觅来怪药哄骗老妇人吞服，数日后老妇人即毙命，杀婆婆之举，牛小玉似未共谋，然现今这鳏男寡女竟双进双出俨以夫妻自居。小僧一则出于义愤，二则管治有责，谨出面原告如上！谨乞青天大老爷惩处奸夫淫妇，以彰天理！”

牛小玉家。

尚书生委婉地对牛小玉说道：“今天已是第八天了，我们给你婆婆入殓吧！……”

牛小玉抚着婆婆泣不成声……

“那，吾去买棺木了，拣中等两贯上下的买，可好？”

尚学贤领着抬棺的店伙刚进门，一条铁索套在了他的脖颈上，又见另两名皂隶牵着牛小玉向门口走……

尚学贤大声喊：“吾两人犯什么王法呀？”

皂隶：“我等奉令锁人！要问到了县衙大堂问县太老爷去！”

尚学贤不得已地哀求皂隶们：“诸位公差！老太太的尸体还搁在床间，让我们俩把她入殓入棺后，再跟你们走……”

牛小玉：“公差大爷！你们阴功积德，让吾婆婆入棺吧！钉好棺盖吾就跟你走！”

众皂隶互觑，一小头儿模样者点了下头；在棺材店伙的帮助下，尚学贤、牛小玉亲手抬扶老妇入棺，填石灰包，钉盖……牛小玉锁上了门，不胜惨痛地与尚学贤一起踉跄离开……

第二十九集

(一)

时　间　白天。

场　景　长洲县衙大堂。

人　物　长洲知县徐县令；尚学贤、牛小玉；衙役数名、记录书手一名。

徐县令大堂审尚、牛之案。

徐县令令衙役："先提尚学贤！"尚书生上堂见知县作了个长揖，直立候查问……(按明制，凡秀才、举人，上公堂见官不跪，更不受刑，必专文报学政、府官革去功名，则与平民犯人一般了。)

徐县令："喔！你有功名在身，是秀才吧？本县知会你，有人告发你，与孀妇牛小玉通奸，毒杀其婆母。我先问你，你本籍是长洲还是吴县？"

尚书生："大老爷，小可祖居府衙东邻，本籍吴县，是知府况大人怜吾贫寒，上个月才荐吾至闻香庵来寄读。通奸杀人……"

徐县令截住尚书生话头："本县要先见府衙的学政，你且下去，将关于通奸杀人之事，翔实写来！到时再提问你。"随即喝道："提牛小玉！"

牛小玉被一名女衙役押至堂上，跪于跪石上……

徐县令："牛小玉！今有人告发你，与书生尚学贤勾搭成奸，尚学贤为扫除碍眼之人，觅来毒药药死了你婆母，你得将实情如实供明，免得动刑遭受皮肉之苦！”

牛小玉在家刚被皂隶套上铁索时，真被震蒙了！在解赴县衙途中，她把杂乱的思绪理了个六六七七，回县官的第一句话就想到了：“通奸是有人诬陷，药死婆母，此事倒真！”

徐县令一听，倒有点意外，也引起了注意：“你就细细供来！”

牛小玉：“禀大老爷，事情得由根源上说起：吾家是闻香庵的属户，丈夫专职为庵住持海宁购买运输他艺花需用之缸盆瓦器，不幸五年前在太湖翻船染病亡故，婆婆也念儿心切，患上了心痛之症，民妇万分无奈，借贷了‘阴子钱’，在生离关头，遇上了大恩公尚学贤——”（下面出无声画面）

尚书生从相邻隔墙的缝隙里听到了婆媳俩痛断肝肠的哭泣……

尚书生走至十余里外的浒墅关镇，把祖居房契给许老板，换来二十贯钱，由许老板手下一店伙掮背到牛小玉家，尚书生脸堆笑容地对老妇念书信，牛小玉收二十贯钱……

尚书生帮着牛小玉对付高利贷商人逼债……

海宁僧拿出一包药、两贯钱请尚书生代转给婆媳……

婆母连服三天六顿药；第四天晨间牛小玉惊慌求尚书生；

牛、尚两人叫船送老妇至莲花寺镇间，尚书生背老妇入老郎中医舍；

老郎中望、闻、切、问……以手示意：绝症……；

尚生与摇船村民，抬老妇于家中床上……尚学贤陪着牛小玉……

牛小玉：“禀大老爷！尚先生与吾婆媳从不相识，只是出于恻隐而扶危济贫，他是品德高尚的义士，是吾婆媳的救命恩人！我们之间清清白白，日月可鉴！治心之药有毒无疑，此药确是尚先生给吾，而由吾亲手喂于婆婆，致其亡故，尚先生与民女确有不慎之罪！可是此药乃是海宁僧所供！大老爷应提海宁僧细细追问！此事还得尚先生与他当面对质！”

徐县令：“海宁和尚与你婆婆有什么芥蒂？”

“吾四家村四户都是海宁僧的属下，多少年来从未拂逆过他一次！再说我们这些妇人也从不跟他有什么交道……他用这恶药害人究出何因，民妇百思不解！”

“原告就是海宁和尚！须得仔细推敲……”徐县令捻着须自言自语。

“啊？！”牛小玉闻听，禁不住失声大叫！

（二）

时　间　白天。

场　景　府衙。

人　物　徐县令；府衙于推官；况锺、况寰、况和；衙役数名。

徐县令便服至府衙刑房晤于推官。

徐县令朝于推官作揖，说：“于兄台，小弟到职长洲才一月有余，诸方面都还生疏，昨日接手一件大案，案情很见奇特，小弟难以解开，今特来求教，务乞赐鼎力之助……”随手奉上卷宗……

“求教两字不敢当！”于推官从卷宗里依次取出三份字书，徐县令依次说明：“此乃原告诉状；此乃男被告供词；此乃女被告供词。”

于推官：“这原告的控词颇似出于讼师之手，力置男被告于必死之境，而对女被告则网开一面……这案由、案情、证物须细加推敲，细加梳理……”

“令人难以辩解的是致老妇死的药物，原告不单承认为其所赠，他还当面自己服食以证并不有毒……”徐县令一脸的疑惑，突然问道，“况大人在不在府衙里？”

“他正去大成殿与学官们商议孔夫子圣诞典礼事务。此案你我必须候大人回衙，当面禀报与他！”

“审理此案，本乃我之职责，现再推给况大人，我、我难以颜对呀！”徐县令惶恐起来。

“你可知晓，这男被告凶手尚学贤是谁吗？是况大人素常看重的一位寒士呀，他去闻香庵寄读乃况大人所荐呐……”

“啊？！如此一来，此案岂不更见难辨，更显麻烦啦？”徐县令脑际翻江倒海了。

正在此际，忽然听得大堂那头有衙役高喊：“大人回衙啦！大人回衙啦！”……于推官、徐县令两人出得房，站到了大堂通二堂的甬道边，候况锺经过……

于、徐二人朝况锺深作一揖，合道：“大人！卑职有要事奉禀！”

况锺：“二堂说话！”

诸人坐定，况和分送上茶盏，况寰在脸盆里绞了一把手巾递给父亲拭脸……

于推官奉上卷宗，禀说：“此乃前日发生在长洲县阳山西的一桩奇特凶案！徐县令因才到职，人地生疏，特来府衙与卑职酌议探究。凶手身份极见棘手……”

“依法判处就是呃！”况锺取出卷宗几份字书，逐一认真予以审看……猛然间高声：“他会杀人？断断不对！断断不对！”他又重复地细看了一阵，问徐县令：“男女犯人，你是一堂齐审的，还是先后分别审者？”

徐县令：“回大人！男犯令其于狱中自书；女犯则由卑职亲问！……”

况锺：“两人可有串供之机？”

“抓捕时全出两人意外，抓捕后就押县分别审问，无任何串供之嫌！”

况锺：“如此看来，男女俩犯所供之情状多所吻合，可证是依事情之本况而述，比较可信……但是尚学贤之卖屋、送钱婆媳，与应付王五信‘阴子钱’债务三项，徐县令，你且派人去逐一核实，从速录于案档之中！下午，吾去长洲县衙，看一看牛小玉的状况……”

（三）

时　间　白天。

场　景　长洲县衙大堂。

人　物　徐县令、况锺、数衙役、记录吏；牛小玉；海宁僧。

县衙大堂。

大屏背面，况锺轻拍着卷宗：“牛小玉的供词，说得合乎情理，然而有几句话说得出乎常理，显得大胆！徐县令你如何理解？”

“出乎常理，突兀大胆，这，或是表明此女心中无鬼，按实况讲实话；也可能是此女，在男女风月方面久经历练，乃一老练荡妇！”

“你吾此时犹如郎中，对牛小玉进行望、闻、切、问。望，即观其行走间之神态，察其顾盼间之神色，正者与邪者是一目了然的；闻，有否浓脂重粉？切，深抠其说辞间的隙漏、编造；问，出其不意，于不经意处显露其本来面目！”况锺教导手下真是非常有方，“好了，你就上堂提她吧！必要时，吾会令衙役递字条给你的！”

徐县令出大屏，上座，发令：“提牛小玉上堂！”

牛小玉心里已经有了底：一、吾行得正，站得直，无愧于鬼神；二、尚先生为况大人看重之人，且又为他亲荐入闻香庵寄读者，大人岂会不过问此案，有况大人过问，此案必能水落而石出！所以步子安稳，神情庄重，顾盼自然……

徐县令看着牛小玉的举止神情，已初步认定此女断非淫荡之辈，乃说道：“从你的供词可见你非那无知无识的村妇！而今竟沦落至如此地步，是否是你或祖上做了什么恶业所致？”

牛小玉：“民女目今受此大苦难，乃出民女命运不好，也更是被歹毒恶人陷害所致！民女出身原不是农家，生父本是太湖一岛间一介寒士，只因命运不济，一直穷困潦倒……有年寒冬，想投奔一家远亲，不料在湖中航船上，上来两个湖匪，抢劫乘客的财物，到临走还要掳吾的生母，此时忽然有一缸盆船路过，驶此船的一位壮汉仗义救助，他击杀了一名湖匪，自己也被另一湖匪砍伤……吾父母就搭其缸盆船送他回到了闻香庵侧的四家村，此壮汉即是吾日后的公公——吾父母见公公伤重，为报他救命大恩，就将吾许配给他儿子赵小乙为妻，吾八岁就当了他家的童养媳，十八岁上圆房，迄今已有六年……民女虽则出身低下，但自幼就耳濡目染圣贤之遗训，深懂妇道之规矩……”

徐县令：“听刚才所言，你的命运确实乖舛！你现今已是守寡之身，然而年纪仍轻，吾欲问你，你下半世作何打算？”

“禀大老爷！吾现在最急迫之想，乃是祈求大老爷早日查出诬陷吾与尚先生，毒杀吾婆母的真凶！一旦真凶伏法，深仇得报！民女再盘算下半生不迟！”

此际一衙役递与徐县令一字条，展开则见：可再提问尚学贤，并向其示明所核实之三项案。

徐县令：“提尚学贤！”

尚学贤上堂来，因秀才功名未经学官解除，故仍免跪而站立……

徐县令：“尚学贤，你所供说出于扶危济贫而卖掉祖屋，得钱二十贯，赠予困苦的牛小玉，并助她免遭债主之欺凌，本县已派公差向浒关镇许老板、他手下背钱的店伙，以及‘阴子钱’债主王五信等当面核实，所言均是确实，可见你德行颇厚，本县表示赞许！”

尚学贤：“多谢大老爷英明！”深揖几及于地。

“你们两人自此就热络来往，是与不是？”徐县令此问着实厉害。

“回大老爷话，此事此情确真。不过，不过，牛小玉是出于报恩，而小可则出于怜悯。”

“你尚书生年已三十有九，孤鳏一身，她牛小玉年岁尚轻，已然成寡六年，难道你们之间就不曾生出过男欢女爱之情？”

在大屏背后坐着的况锺不由得低声感叹：“徐县令此话何其厉害

呀！尚学贤，看你能答出什么话来！”

“回大老爷！小可生就的也是有血有肉的躯体，也无法禁住自己生男欢女爱的情思，可是出于小可无能，书包迄今未能翻身，而且又家徒四壁，连自身尚难养活，焉敢奢想什么拥娇妻育麟儿的美梦！至于嫖娼妓、偷寡妇、通荡妇等下贱勾当，乃是神人共愤的畜生行为，正人君子断不为者！故吾一心一意勤学苦读，冀盼早日立业而后再去娶妻成家。”尚学贤这一番实情话，说得大屏后的况锺连连颔首……

徐县令受了感动，立起身，大声道：“说得好！说得好！退堂！”

（四）

时　间　白天。

场　景　长洲县衙二堂；莲花寺；云岩禅寺方丈室。

人　物　况锺、况寰；徐县令、于推官；老和尚、小僧人。

况锺、徐县令、于推官在二堂会商尚学贤、牛小玉案，况寰侍立父侧。

况锺朝对徐县令、于推官发话：“尚生、牛女在此案中，所涉案由及戴负之罪名，两位会如何认定？”

徐县令：“卑职认定尚生德行高尚善良，决无谋杀恶行；牛女也非荡妇之辈，不会无耻地勾引尚生。”

于推官：“男的直认治心之药由自己亲手给予婆媳，女的自认药物由自己亲喂入婆母口中，凭此戴罪至深的两点，直认不讳，表明两人心不虚，说实话。害命凶手应别有他人！”

况锺：“况寰，你说一说！”

况寰：“两位前辈，父亲在细看了海宁僧的控状，与尚书生、牛女的供词，判定此药物为第一要紧物证，即命我去莲花寺旁尤老郎中处查核询问，老妇人确患心、胃诸脏腑昏痹之症，命由此绝！但他并不知晓此药物由何料制成！此药物源出海宁之手。府县应着力从海宁身上追查！”

“况世兄所言极是！”徐县令、于推官同声称是。

“今日已晚，明日吾去莲花寺与方丈晤一面，兴许能探究个六六七七来！”况锺站起了身，吩咐徐县令：“派人注意海宁僧的动静！”

徐县令：“是否先把他关起来？”

于推官：“不可！人家是出于道义，出头当原告，先关他既说不过去，也打草惊蛇呐！”

况锺哈哈一笑：“你们三个凑起来，真上了老谱了——”

“三个臭皮匠，胜过个诸葛亮！”徐县令、于推官、况寰相视而笑。

况锺偕子、仆与范大龙坐快船来到莲花寺。

况锺问询一小僧：“吾要拜谒方丈老和尚……”

小僧见便服的况锺气派不一般，当是一位有钱的檀越，就殷勤地领至方丈室门口。

况锺一步跨进，老和尚一见是况锺赶忙迓迎，上茶，坐定，老和尚开口道：“老朋友！今日前来，是否欲表歉意呀？”

况锺讶异地：“吾有何歉意须表呀？”

“尚书生，不是兄台你推荐于本寺的吗？他如今犯下了此等大恶，兄台你难道不觉得有所歉意么？！”

“老和尚！吾明白告诉你，尚书生在闻香庵里，不但未犯下什么大恶，相反却行有不少的大善！……”

老和尚大为骇异说道：“他是为人陷害的？”他见况锺有力地点了几下头，脱口道：“莫非你怀疑乃海宁所为？”

“作此判断，为时尚早。吾今日只是想请你说一说海宁僧的来历及其为人的品性……”

“他呀，人很聪敏，由于有一手艺花本领，尤其还会炼得花露、香精，故一来我就把闻香小庵交给他，迄今已有十好几个年头，把闻香庵的花卉弄得颇为兴盛，为本寺添了不少的进项，也博得了不少檀越的赞许！”

“看来他已经成为你大名鼎鼎莲花寺的一个名僧了！”

“怎么能称名僧呢！说穿了，他只是剃了发的一名匠僧……”

“老和尚，且说说他的好坏品性……”

“这、这、这我可说不上来，交给他的闻香小庵，只辖有四户村民、两个小和尚、一个香伙，这十来个人，从无人到本寺来控说他的不好……只是我觉得他的心思不在学经念佛上，只在弄花赚钱上。”

况锺：“海宁僧侍弄花卉的本事这可是了不起的技能呀！熬花露炼香精，全苏州府，乃至南直隶省，只有虎丘云岩禅寺的和尚，独家具备。他们一寺二十八房，每房也只管熬一种花露，炼一种香精，而且各房独绝，房不传房……”

老和尚忙着接话：“对了！当初海宁就是从虎丘寺里出来的！”

况锺：“好了！吾猜得出来！过些天我再来宝寺拜访老和尚！”出得寺院，走上快舟，吩咐船役：“上虎丘山！”

况锺一行来至虎丘云岩禅寺。

当家老和尚接待况锺入方丈室，老和尚亲手泡沏“天下第一茶”的虎丘茶：“兄台好口福！”

况锺：“你吾老友情谊重嘛！今日前来有要事求助……”

“尽管吩咐！”

“阳山莲花寺有一海宁僧，会熬炼花露香精之绝技，他必是云岩禅寺出去者，特来求询老友，请告知吾他的一些状况！”

“看来他犯下了事呀！”老和尚转身踅入一室，之后又出来，道：“我查明了，他原在十七房，我把十七房老住持叫来，你细问他。”

不一会一小沙弥喊来一年大僧人，入得方丈室，老方丈对他道：“沙澄！这位是知府况大人，他要知晓当初海宁僧的侍弄花艺以及为人的状况，请你翔实说说！”

沙澄僧：“我从早始说起吧，那是十六七年前吧，他云游来本寺，方丈把他派置我房，他人甚聪敏，跟着我一两年里，就把我房熬炼专治心痛、专补心血的木香花露、白荷花露的技能学得精熟……”

“沙澄法师，你可知晓何种花露或香精能使人麻痹乃至昏厥？”况锺专注关键药物。

“我寺所炼香精均为有益无害之芬芳气，所熬花露均为有益身体之良药品，凡损害人身心之品一概不许熬炼！说到具有麻痹功能之花卉么，应该是没有的。不过，不过某种花的根却是有此毒性的！”

况锺：“吾明了了，请再说说海宁后来是怎么离开虎丘的！”

“他呀，呸！他一来二去地跟山下一僻弄的尼庵里的一个淫尼勾搭成奸，惹恼了乡邻居民，把他捆送来寺里，是方丈大和尚开革了他，是我亲自将他逐出三十里之外的！”

况锺：“谢方丈老友与沙澄法师！本府钦佩两位保护寺院的清誉令名！容日后再来聚晤。”况锺步出寺门，朝儿子、范大龙道：“真凶已在吾手中！”

范大龙有点急不可耐地：“大人！你跟老和尚俩密谈，想必老和尚说出了真凶的姓名，他在不在山上？吾去把他抓来！……”

“不抓！今日不抓！明日当众审他，抓他！”况锺微笑着说，“元凶人鬼两副面具，乃是擦亮广大群众眼睛的上佳眼药！”

“他究竟是谁呀？大人呀，吾都快急出病来了！”范大龙好奇之心太浓了。

况锺：“明日上午，你到长洲县衙大堂去观审就可一目了然了！”

范大龙：“好大人呀！这一夜吾还能睡得着觉呀？”

第三十集

(一)

时　间　白天。

场　景　长洲县衙大堂。

人　物　况锺、况寰、徐县令、于推官；海宁僧；衙役数人，记录吏一名；观审群众若干。

况锺与徐县令从大堂屏后出。

“真凶已在吾手中！”况锺先吩咐于推官、况寰：“你两人在审时可以相机说话。”又招呼徐县令：“吾与你同审！此凶十分狡诈，直需‘重锤直击’！不能容其狡辩文饰！”

况、徐两人在公案后坐定，于推官、况寰分立公案两端，徐县令朝堂下观审的人众发话：“诸位乡亲、各色人等！大家热切盼望尚学贤、牛小玉奸情杀人大案早日侦破，今日知府况大人就会当堂揪出真凶，现露其丑恶原形于千人万目之前！待会开审时，切望保持安静，凡喧哗者一律逐出衙去！”

况锺站起朝众人说话：“诸位！等会睁大双眼，好好看看人与鬼的区别！尤其披着人皮的恶鬼，其迷惑人、欺诈人、坑害人的歹毒伎俩！这乃是花高价也难买得到的大教益呀！”

徐县令：“提尚学贤、牛小玉上堂！”

应声，尚、牛两人被带上。牛小玉跪于跪石上，尚学贤则站于其旁……

徐县令:“传原告上堂!”

海宁僧应声上堂,他一见堂上架势,心中暗暗惊骇:主审竟然是况锺!而案犯牛小玉固然跪着,但是主犯尚学贤却是自然身地站立着……

徐县令:“海宁跪下回话!”

海宁直感到大事不妙,但表面上依然镇定……

徐县令:“海宁!你是原告,你告尚学贤与牛小玉通奸,常言道‘捉奸捉双’!你可有捉住他们两人现场成奸的真实凭证?”

“这个,这个暂且没有……可是、可是他们一个鳏男一个寡女彼此你来我往,送饮食,洗衣裤,亲如一家,尤其在老妇人昏死的最后五天里,男的就住在女家,日夜相陪,形同夫妻一般,委实令人不堪入目!……”

徐县令:“如此说来,你是长时间盯此鳏男寡女之梢!尤其最后五日,你是日夜盯他俩的梢!一名僧人,你的这颗心龌龊不龌龊哪!”

况寰:“海宁和尚本是虎丘山寺第十七房的一名种花僧人,后因与山下一僻弄尼庵一淫尼公然勾搭厮混,被乡邻捉获控告至寺,其师沙澄法师将他驱逐出境,于是他又混入了闻香庵,昨日况大人亲上虎丘,访询了沙澄法师,他们的谈话,吾记录在此!”

海宁惊恐得发起抖来,吭不出声。

况锺:“海宁!你给尚学贤转予牛小玉婆母所服治心症之药,究竟是何种东西?!”

海宁:“是、是、是花卉结晶,可治心伤并补气血……”

况锺:“是何花卉熬炼而成?”

“是、是、是牡丹、芍药……”

“你闻香庵种有什么花卉?你得老实说来,本府已派人守控住你的闻香庵与花场了!”

“种的主要是、是、是茉莉……”

况锺提高了声音:“治心病之药,只有木香、白荷与栀子三花可以熬炼!而茉莉花露可治痢疾,可是某种花根却有大毒:食之麻痹人之脏腑，初食时心症因麻痹而不痛，人易嗜睡，再食则脏腑麻痹，人陷绝境！此乃他师父沙澄法师细解吾听者！”

“怪不得，你哄尚先生劝吾连喂婆婆三天！你好歹毒啊！！”牛小玉不禁插嘴喊了起来。

况寰举起海宁状纸，高声：“他在状中凶手只定尚学贤一人，其罪自然必死无疑；而定牛小玉毒人并不知情，只是被尚生利用，其罪若判罚是杖三十、徒刑两年，可以钱相赎！海宁恶贼！你赎牛小玉的徒刑钱，今日怕已带在身边了！”

一衙役于堂口喊道：“禀老爷！海宁这十贯钱，在他上堂前托我代为临时保管！”

尚书生自责地：“吾真恨自己瞎了眼，把恶鬼当了大善人！”

此时际观审人丛里窃议之声再也难禁了：“这个淫僧龌龊心思，畜生一个。”“这个恶僧歹毒手段，魔鬼再世！”……

于推官拿记录至海宁面前：“爽快画供吧！若再顽抗，你的下场将会万分惨酷！现只就论你反坐之罪：斩立决且枭示！再加上陷害扶危济危的贤士，诬蔑守节清白的孤孀之重罚，你难逃凌迟之毒刑——至少割两千刀以上，受三天大活罪刑！”

海宁此时方寸已大乱，哀求道：“况大人！我愿签名画押！只求开恩，赐我一刀之刑！”说毕手提着笔，并不落下，目光哀视况锺……

况锺站起，说：“好吧，本府答应你！十日后午时戮桥刑场斩立决！”（戮桥，现更名为乐桥。）

海宁落笔……

徐县令：“尚学贤、牛小玉通奸杀人之罪名系出恶僧陷害，今真凶已获，两人罪名已洗涮干净，现谨予以当堂释放！”

尚学贤、牛小玉步出县衙大门。况寰从后面疾步追上，朝两人说道：“况大人请两位到内宅说话！”

况锺在内宅与尚书生、牛小玉会晤。

况锺："牛小玉！往后的日子你有何打算呀？"

牛小玉："先安葬好婆婆，之后就靠双手织席了……只是、只是有个心愿……此事容后再说吧！"

"你呢，下一步作何打算？"况锺又问尚学贤。

"吾么，努力读书，练写文章，求书包早日翻身！"

况锺："尚书生，闻香庵已遭封闭，你已没有了寄读之所，再说原有的故屋已然卖掉，只怕连个过夜之处也难找哇！"

"大人！只要尚先生愿意，可到民女家中暂处，正好民女有个心愿，思报尚先生之大恩，恳求大人劝说尚先生答应！"

况锺："你能供养得了他？再说鳏男寡女相处一室，你不怕他人的闲话？"

牛小玉斩钉截铁地回话："供养尚先生读好书，吾牛小玉做牛做马实为本分！至于他人污秽的闲话而今已蒙大人还吾以清白名声，吾愿自今以后作奴作婢侍候尚先生终身！"

"这、这、这……"尚学贤手足无措，结舌地无话应对。

"吾看不如这样：你尚学贤，不必再走科举之路，不妨学学吾况锺，先当个无品级的吏员，到府衙礼科做事，与各县学生打打交道，将来做出成绩，吾会申报南京礼部升你为有品级的命官；你牛小玉不该去当人的贱婢小妾，而该去当他（指尚某）的正式妻室，日后相夫教子，过上个像样的人生！你们俩现在就给吾好好想一想，吾且出去遛一遭再回来，给吾个明确答复。不必开口，只需点头摇头即可！"

况锺稍停即返回，尚、牛两人朝况锺一齐用力点头，且羞涩地俯头而笑。

（二）

时　间　白天。

场　景　南直隶巡抚署。

人　物　况锺及子、仆；范大龙；周忱（巡抚官二品），差役数人；百姓若干。

况锺拜见周忱。

况锺率随从，直至巡抚署大门口，两差役迎迓，况锺问道："抚院大人在署内？"

差役甲："在。"差役乙低声："正被一件大案苦恼着呢！"

况锺径直来到大堂口，只见周忱在堂间踱着步，思索着……况锺走近几步伫候着……

"伯律！你且坐。"周忱自已也就座，示意手下上茶，随即道："你奔波四五百里见我，定有要紧事吧……"

"也要紧也不要紧……"

"别啰唆！快说！"周忱用词不客气，其实是表关系亲昵也。

"恂如仁兄！弟今年贱庚已五十有九了，且躯体虚胖、多喘乏力，欲请求朝廷早赐致仕之恩，"况锺边递呈辞职文书，道，"恳乞老哥，多加美言，大力玉成！"

周忱一怔："朝廷是不会让你早走的！我、我也不能让你早走的！"

况锺沉吟了一下："吾请求内调吧！按定例，吾任知府之职已届九年，例请调返南京礼部任个小职司总可以吧！"

"按例说，你已做满三任苏州知府之职，是该调任了，至于再任什么，任职何处，你我说了都不算，皇上说了才算！不过，不过，皇上也得听听百姓们的心愿啊！"

此时一名差役来至周忱跟前，耳语了几句……周忱面色故意大变。

周忱："况知府呀况知府！你前脚刚离苏州，苏州百姓跟屁股追到了南京……"

"追吾做甚？"况锺不禁疑虑……

"他们对你颇多物议……现在在我署口已集聚好几百人……你敢不敢去面见他们？"

况锺："吾，上对得起朝廷；下对得起苏州各色人群！走！吾现在就去面见他们！"

周忱偕况锺来至署门口，霎时间门口数百百姓齐色欢呼起来……一名耆民走上前来，他身后跟随了好几个百姓代表，走至况锺当面，那位耆民开口道："大人在苏任职已满，政绩卓著，定例赴京候升，并知吏部已选了新的苏州知府，但小民杨翰暨千万苏民以为，另选新官来苏，何如况大人继任此职，驾轻就熟，利民利国！"杨翰招呼身后数人："来！展呈吾苏民的签署——"话声刚落，一幅极长的签名署册展开于镜头下：求请前任况锺继任苏州知府，后面是密密麻麻的人姓名签署……

杨翰："此上所署只一万八千人，后署数万名陆续奉呈周巡抚……"

况锺朝此署幅跪了下去。持幅者与数百名苏民代表也跪了下去……（同步响起了画外音："况青天，朝命宣；愿早归，在新年！"）

（三）

时　间　白天。

场　景　巡抚署二堂。

人　物　周忱、况锺偕随从；公差数人。

周忱、况锺来至二堂，况锺正欲坐下。

周忱："苏州知府况锺听旨！"

况锺先是一愣，讶异地问道："有圣旨？"一看周忱的严肃面色，赶快跪伏地上。

周忱朗声："既有军民人等保举挽留，着复任，吏部奏升正三品，署知府事。"

况锺谢过恩，起立，朝周忱道："巡抚大人，原来你早知底细！既然如此，为何不派专人到苏州向吾面宣？反倒令吾啰唆说了好多的废话！……”

“老贤弟，你可错怪我了！坐下，我告诉你相关实情，”周忱也坐下，呷了一口茶，“十几天前，我人还在皇上跟前，禀报漕运与长江军务上事，临辞别时皇上告知我，浙江巡按御史张文昌上了一份奏疏，说苏州人众因知府况锺任满，要离任他去，故欲派代表数百人携签署挽留长幅三万八千七百人，至北京向皇上面求你留任，故特下此旨，令我带回向你面宣！我昨天才还抵南京！”

况锺忙不迭端起茶盏，连连呷茶，借以遮掩自己的尴尬：“哎，恂如仁兄，小弟刚进来时见你正在思考着什么？有、有什么需小弟效劳的吗？”

“我、我又犯上了老毛病了，见不得他人受酷刑！总是要想方设法减轻受刑人的刑等。”

“仁兄的菩萨心肠，官场中哪个不知？何人不晓？百姓都呼你周菩萨呀！眼前这事能否说给吾听听？”

“现有两对四名死囚犯立冬后就要行刑，其间一对中的女犯，另一对中的男犯均要受凌迟酷刑！另外一男一女也得受枭示之刑！我呢，一则念此四人年岁都很轻，二则细观他们的性情并非像虎狼蛇蝎，甚想一概将他们降为斩首之刑……可是，可是这刑部的批文字字合律句句在例，且限立冬后十日内行刑！明日即立冬呀！”周忱边说边提起一支笔，“我、我这手中的一支笔真、真比千钧还要沉呀！”

况锺拿过批文，细细地看了看，沉吟地说道：“大理寺是专门把关死刑的，他们依法三次复审就是尽量找觅存活、减刑之机者，而今仍同意刑部之裁核，可见此四犯罪恶委实严重！”随即又拿起四犯的案宗，略加翻视，并自言自语地说：“淮安这对，女的十六，男的十八；无锡这对，女的十六，男的二十一，两个男的还是亲兄弟！四犯俱无前科……嗯！说不定内里有冤屈！”

周忱一震：“你觉得有冤屈？”

“没有！没有！”况锺连忙表清，“吾只是凭多年来审理案件的经验，对死刑，审官一定要时刻心存‘可能有冤屈’——人命关天呀！”

周忱忽而显得有点振奋：“伯律贤弟，愚兄固然是南直隶第一号方面大员，凡全省的死刑必须经由我这支笔的裁勾，看似手握至高大权，其实只有两个小权：一、犯人就死时，给他减减等，死得快速点；二、行刑时指派监斩官。对了！这四犯就死时的监斩官，我就想派你做……你可不要推辞！”

况锺：“周巡抚大人！这可不妥，朝廷刚任命吾复任苏州知府，吾得赶快回苏州就职。至于监斩官，大人省上按察司衙中三四五品的官员不多得是？”

“伯律，你不刚升衔为三品按察使？我就要你去当这四犯的监斩官了！去吧去吧，你是我省的第一神审官呀！”

况锺：“当监斩官，只是在刑场上准时开杀而已！并非是叫吾去重审这四犯呀！”

周忱：“这、这就看你的神审能耐了！”

“吾、吾可以重审？！”况锺被提起了点劲头。

周忱：“按大明律法，凡犯人临杀前口呼冤枉，即应停刑重审！所以要叫你去监斩……如若获得重审，我做主让你主审！你敢不敢接此棘手大案？”

“人命关天哪！四条年轻的生命呀，吾义不容辞，愿意试救试救！”

“贤弟！你可要在明日立冬起的十天内，将犯人临杀前的诉冤书送到我跟前！余下来的事都是我在前头挡！这两个案的重审我给你八十天的限期！”

况锺：“准定十天内给巡抚大人送上鸣冤书！”

“若八十天限期，还审不好此案，就延及明年立春，按律再行刑须延至明年立冬后，耽误刑部的决刑期一整年之罪责就由本院负担：轻则降职，重则黜退！你、你况锺不仅‘神审’的令誉毁损，也无脸见那苏州父老！”（黜退，即开除公职。）

况锺：“吾，撂下苏州知府本职，出头管闲事，只为人命关天！”

周忱："吾，违抗刑部裁核，揽重担压顶，只为人命关天！"

周忱、况锺议定理此大案的步骤——

况锺："吾待会写一信给府衙顾通判，府上诸公务，统由他负责。好在现在今年税粮已纳毕，时令已入农闲时节，大众好好地娱神游乐，有要事及时派专差来淮安府禀告。况祥，你明日拿吾此信见顾通判，之后到夫人处给吾拿几件冬装，直接到淮安府衙见吾。"

周忱："况祥明日不必去苏州了，他的任务是把你给吾服侍好了，明日我本要派专人去苏州宣布你复任知府之命，你的信由他一并带去就是，冬衣么我会知会淮安府给你备好的。"

"巡抚大人，让吾挑一名经验足、人稳重、口才好、待人和气的女衙役，吾要带到淮安去！"

"好崃！我将去专文知会淮安知府、常州知府，配合你查案的！"

况锺："这四名人犯现在全都关在按察司狱中吧？吾明日先把淮安的熊友蕙、何小莲提出，随吾赴淮安山阳；至于无锡案的熊友兰、侯三姑，暂仍押按察使狱中，待吾审毕淮安案，再来提他们赴无锡详审！"

周忱："此案交你全权处理，一切照你安排办！明日我拨你一只巡抚署的大舟，膳食么上沿途的驿站去吃，拣好的吃！"

况锺："吾现在就去按察使狱，挑选女狱卒！"

况锺来到按察使狱中——先至女牢，静静地观察女狱卒，多数是手持皮鞭，站于一间间牢房门首，怒目地威慑房内草褥上畏缩着的女囚……

况锺缓步来到狱管理室，见里面一名中年女狱卒，正在给一名女犯洗治十指的伤口——根根手指均已红肿溃烂，而且手指甲只只都被拔掉……惨怵得吓人啊！况锺跨上前，女狱卒一愣，想开口问，况锺先说话："吾是苏州知府况锺，要来提淮安犯通奸杀夫之罪的何小莲……"

女狱卒赶快跪地，指着女囚，道："她就是！"

况锺见此女囚，双脚带镣，顶扛二十多斤的大木枷，就厉声喝令：

“去枷！开镣！”

“大人！她几天后就要杀千刀了，我、我不敢解开！”

况锺逼视女狱卒：“吾新任的按察使还不能下令你么？”

女狱卒去了枷，开了镣……

况寰对几已半昏迷的何小莲和颜悦色地说：“况大人决不会让你受杀千刀之刑！说不定你还能洗清冤枉！”何氏女泪如泉涌，蜷缩于地……

况锺问女狱卒：“你为何给她洗治十指？”

“大人哪！我的女儿跟她一般大啊！大人哪，我心痛哇！”女狱卒两串泪珠直挂两脸颊……

况锺朝女狱卒吩咐道：“你好好待她！明日，你和她一起随吾去淮安！”

第三十一集

（一）

时　间　白天。

场　景　公差船中；何小莲家陋室。

人　物　况锺及随从；何小莲、女狱卒；熊友蕙；衙役、船夫数名；何小莲父与邻居夫妇及弟。

况锺在去淮安的船中理起了案。

一间舱房中，况锺坐于桌旁，命女狱卒："扶何小莲过来，让她坐于地上，背靠着舱壁，吾要问话，你在舱房口候着！"女狱卒应声扶何小莲进……

"此间只有我们三人，他是吾儿子，作记录，"况锺和颜悦色地对何小莲说，"何小莲，巡抚周大人从苏州调吾过来，专门审理你和熊秀才的案子……吾从现时起，把你以前所供的统统丢在一边，只当它根本没有过！吾要听你现在所供说的……"

何小莲只是淌眼泪，却一直不开口……

况寰："何小莲！原本此次押你和熊秀才去淮安开刀就死的！杀你，可不是一刀就完了的呀！是要杀千刀的呀！连割两三天，之后再把头挂在木杆上示众！熊秀才呢，是一刀砍头，再把头挂上木杆示众！是吾父亲和周巡抚大人，念你俩年纪很轻，又未曾犯过法，案中可能有所冤屈，故特地法外施仁，带你俩去淮安，再把案子重新审理过，这可是千载难得的好机会啊！"

“南京到淮安四百多里，船行三天就到，这三天中吾依然让你吃好睡好，盼你白天时光好好给吾回话。”况锺语气变得严厉了，“如果这三天，你依然不开口，那么船到淮安码头，吾直接押你去刑场开刀！到时你自己带一身肮脏，受千年骂名死去，还害得熊秀才也死得不明不白。你呀，好好想想，熊秀才就在隔壁舱间，吾现在就先去问他……”

况锺来到另一舱间，囚犯熊友蕙已伏于地上，况锺上前察看了他的臀部与脚踝，只见满是脓血，散发着浓浓的臭味……况锺吩咐两衙役：“取盆盐水来，先给他敷好金疮药！”

待治毕，况锺问熊友蕙：“你可知此番押你去淮安干什么？”

熊友蕙：“处死示众！”

况锺：“你还有何话要说？”

“大人！一切罪恶全是我所指使！何小莲是个少有的好女子啊！恳乞大人务必饶她一命！”熊友蕙响头呯呯。

况锺：“看来你对她情意至深哇！”

“大人！小人与何小莲决无点滴私情！我们之间即使彼此之手也没有相碰过一次！神明在头上，我敢向神明发誓！如有点滴私情，神明可罚我受凌迟毒刑！”

“你说她是好女子，是否即是指她摘下自己的护身玉牌借你，助你赴省赶考？！”

“对了，大人提起玉牌之事，大人请想，如果此玉牌因两人出于私情所赠所受，我岂会当日即于淮安本城当于著名的大当铺，而完全可以在三天后赴南京省试时，带到南京再典当换钱，不招人眼，隐秘稳当！”

况锺微微颔首，起身，按了一下熊友蕙的肩头：“此去淮安不是杀你，而是重新再审你！走！再去看看何小莲！”

况寰凑近熊友蕙：“你可认得他是谁？苏州知府况青天！他是专门来重审你和何小莲的！记住，你必须实话实说，这不单关涉到你和何小莲两条性命，还牵连到你哥哥熊友兰和一个女人的两条性命，你哥为救你也犯事被判了死刑！你别急！况大人审过了你与何小莲的案子，就赴无锡重审你哥哥之案！”

“大人！大人！我统统照实供说！我统统照实供说！”熊友蕙膝行在况锺后面。

况锺又来到何小莲所在的舱间……

何小莲：“况大人！我可以如实供说……”

况锺斟了一杯茶，递给了何小莲：“先喝点茶，润润喉咙，慢慢说。”

“我先从我怎样成为傻子的童养媳之事说起吧——我父原是一名账房先生，有一年随店主去苏州收账，返回时在长江上遭江匪抢劫，同一船上的乘客大半被杀死，我父也受了重伤，被撂在了芦苇滩间，幸得两名逃生的乘客帮助，回到了淮安，但自此一家就跌进了苦难的深渊。父亲药罐不断，而伤病终不见好；而母亲则因忧思过度犯上了失心疯，没有几个月，自己走进大河里淹死了！噩耗传进父亲耳朵，他立时吐血盈盆……稍为平顺后他叫我把隔壁姚伯伯请过来……”（以下以画面表述）

姚某来至何小莲父床前。何父边喘边说：“姚兄，我俩家是、是金乡邻，平日我、我家多得你的关照恩、恩惠，我、我到了阴、阴间，也会念、念着你的好……”

姚某递水杯给何父：“何兄，喝口水，有话慢慢说。”

“我呢，怕挨不过今明两天了，我咽气后，辛苦姚兄，给买一口薄皮棺殓了，与我妻一起埋进义冢地就可。我呢把这两间陋屋，折给你算作辛苦费了。”何父忽然有了些精神，讲起话来也顺畅了，“我把十一岁的小莲托付给你了！姚兄呀，她父母的命数真很差，但是她的八字却异样地好，有三十年的帮夫运，还会生两个儿子，等她十六岁过了生日，就给她找一户人家，不论贫富，只要男的忠厚实在就行！”说罢抖抖索索地从枕头下掏出一纸袋，给姚某：“房契、小莲的八字命书都在里边。”

姚某起身，道："何兄，我看你这阵神色好不少，回头叫我妻烧点菜，晚饭时给你送来。这袋东西我先带回去看看再说。"

姚某在卧房内，抽出纸袋里的房契，扫了一眼，随即细看起何小莲的八字运书来，命书展现——上写着：

何小莲，宣德元年（1426）丙午十月初一子时生

十一岁至十五岁运有磨苦运

十六岁成亲，有三十年帮夫运

十八岁生一子，二十岁生一子，二十三岁生一女

身戴护身玉牌一块，须臾不可离身，戴则护身，压邪祛病，逢凶化吉，福佑家庭；去牌则多病甚至丧生，其家庭眷属会苦难丛生。

姚妻进得卧室，见丈夫捣弄纸袋，问："你那是啥字卷？"

姚某喜滋滋地："隔壁何某人已经不行了，他把所有后事都托付给我了……"

姚妻："这有啥可高兴的？哎——他把那个女儿也托付给你了？那好呀，就把她充个童养媳呗！"

姚某："我高兴就是为这个小丫头呀！我们的傻子儿子，谁家肯把女儿配给他？现在那小丫头正好填上这个缺！你过来看看这小丫头的命书是不得了的好哇！你不识字不要紧，我讲给你听，她十六岁以后有三十年的帮夫运，她命中还会生两个儿子！"

姚妻不禁大喜，欢叫道："天老爷赐大福我姚家呀！赐大福我姚家呀！我要到观音菩萨前叩响头啊！"转身急步向前屋奔去……

（字幕）何小莲十一岁上父死后，就进入姚家，当起了姚家傻子儿子的童养媳……一晃就是五年……

（画面转呈况锺听何小莲于舱间的诉说景象）

况锺："说说你和熊秀才是如何交往的？又是如何送他玉牌的？"

何小莲："我何家原是姚家的西邻，而熊秀才家又是我家的西邻，他的书房兼卧房与我的睡房只相隔一层板壁。他有时候的叹苦经，我

也能听到若干。我每天的日子差不多是这样过的：一早到卖菜街买菜，回来后煮早饭，上午先洗晒衣物，接着拣菜做中饭，午饭后服侍傻子睡午觉，他就睡在我房里。他不服娘、老子管，倒很服我管，我们并没有圆房。他心肠好，从不欺侮我，我也把他当弟弟对待。下午和晚饭后我就比较空了，常在房中做做女红，此时也往往是熊秀才做功课的时候，我、我很喜欢听熊秀才念书和吟诗……”（以下以画面表述之）

下午，何小莲手纳鞋底，只听得隔壁熊秀才的琅琅读书声：“子曰君子食无求饱，居无求安，敏于事而慎于言，就有道而正焉……”（见《论语》）

何小莲以鞋底轻叩板壁，问道：“秀才先生，你刚才念的孔夫子话，其主要意思是……”

熊秀才透过板壁缝隙道：“作为一个君子，不应该把主要心思花在吃好住舒适上头，而应努力做事，谨慎说话，并求请思想正大、见识丰富的人来齐正自己的是非。圣人这个教导，就是我修养自己的一个宗旨！”

灯下何小莲在补衣，支耳倾听隔壁熊秀才在念：“天将降大任于是人也，必先苦其心志，劳其筋骨，饿其发肤，空乏其身，行拂乱其所为，所以动心忍性，曾益其所不能。”（见《孟子》）就弹指壁间，说道：“秀才先生，你刚才所念的孟夫子这段名言，我父多次讲给我听过。是说上天赋予大任的人，是会先吃种种的大苦头以磨炼他的心志，坚韧他的性情，增强他的能力。”

熊秀才透过壁隙道：“何家阿妹，你的记性、悟性真不差！只是可惜，你若是男儿身，将来一定是个大文士！”

“秀才哥哥，我知道你常念孟夫子这段名言，是既自勉也自嘲啊！说了你切不可生气，小妹我断不能笑话你，你过日子常常是有了前顿没有后顿，是不是今天晚饭已断了顿呀？我、我呢，有朝一日你若有大急用，我一定鼎力帮助你！此话上天可以明鉴的！”

（字幕）时届正统四年（1439）夏……

灯下，熊友蕙叹起了苦经：“别人求我三春雨，我去求人六月霜！”“唉——唉”之声连连……

何小莲弹指壁上，低声问道：“秀才哥哥，今日遇到了什么不顺心之事？”

“我想把这两间屋去抵押个十贯钱，跑了一整天，故人朋友求了五六家，我愿付三分息也无一人肯出援手！甚至连两家当铺也不肯收！”

“哥哥要这么一注钱，不知是啥急用？”

“现在是六月底，还有一个多月，南京的省试就要举行，之后就是明年春上的全国会试，这一连七个来月，我想到南京找家小客栈住下，全心全力拼搏拼搏，若得考及格，就能参加皇帝的金殿考试，那时我的书包就会大翻身！我毛毛地估算了一下，这去南京的路费，七个月的饭费、房金，最低也得八九贯钱，况且去考试，身上总得做两身光标一点的衣衫……十贯钱还是极其紧绷的哪！”熊友蕙又是沉闷地叹息，“幸灾乐祸千人有，替力分忧半个无！”

“小妹我有两句好诗与你长长精神：‘月被云遮重现彩，花遭雷打又逢春！’”

“诗句固然不差，可我要的是一枚枚真铜钱呀！”

“真铜钱，小妹我给你解决！”何小莲从壁隙中塞过一张纸片，说道，“你请看这上面所写的话——”（灯光里纸片上展示几句话：我有家传的一块白玉牌，明日一早我去菜船埠买菜，当面交给你，你可去当铺典押至少十五贯钱。）何小莲接着从壁隙里补了几句话：“这玉牌不是送你的，而是借给你救急的！救完你的急，回过头来你可要救我的急！你考上进士后，朝廷会赏赐你一些银两丝绸，你一则要替我还姚家二十贯钱的欠债，二则把我押在姚家的命书讨回给我，我不想跟傻子圆房，当他的妻室！这份交换你可愿意？”

“小莲妹妹，你扶危济困的义行，令我刻骨铭心！只要我明春能考上进士，端午节前我一定赶回来报你的大恩，救你出火坑！”

翌晨，河街上菜船丛集，何小莲买好菜，瞥见了熊秀才，两人都装作不经意地擦身而过，一只小囊从何小莲手中递到了熊秀才手里，何同时低语了一句："去典押时不可提及我！"不幸，这一幕却被某当铺中一朝奉看在了眼里，不巧，这朝奉竟是何小莲婆母的弟弟。

（画面返回况锺在舱间审理何小莲的景象）

况锺吩咐何小莲："你再把小傻子如何被毒死的，细细说来……"

何小莲："事情就发生在当天的下午，我来到大门口街侧的地摊上买了一包毒鼠药，又到街对面买了三只芝麻烧饼，之后回到灶间，做起了诱鼠的毒饵。"（以下以画面表述）

何小莲在灶间方桌上将三只烧饼撕成核桃般的块块，之后抖洒入毒鼠药粉，以竹筷搅拌一过，还未最后拌好，忽听得前面客室传来婆母的叫骂声……

姚妻扯开喉咙朝后面灶间厉声喝叫："你这个不要脸的小贱人、小雌狗！快给我滚过来！快、滚、过、来！！"一边还桌子拍得山响……

何小莲闻声大感惊骇，以前她朝自己也有过喝骂，但从没有如此这般地凶恶，忙不迭停下搅拌，急步奔至客室，先叫应了姚妻，再叫应了典当朝奉："舅舅。"

姚妻只管对何小莲恶声恶气地痛骂，又连连掴何小莲的脸……

何小莲边闪边挡，口中说道："我到底犯了什么错？犯了什么错？惹你吐出了这些个脏话？"

姚妻暂停了咆哮、殴打，脸呈杀气，冷峻至极地吩咐朝奉："你来说给他听！"

朝奉带着鄙夷不屑的神情说道："前几天你们那位穷邻居熊秀才，到我们当铺里来抵押他那两间落底房子，说自己已经走投无路了，说时几乎要哭出来似的，求我开恩收下，我们觉得实在不值钱，所以不收！

谁知今天上午他又来典物——竟是一块挺值钱的白玉牌子，当了十五贯钱。我突然脑子里想起，清早在菜船边见何小莲暗中递给他一个小袋子，心想很可能两人有私情，何小莲是偷了姐姐的贵重物件济助相好的！你说是也不是？”（落底，民间常用词，即差极了。）

何小莲瞪大了双眼，想了一想说道：“那块玉牌子是我借给了熊秀才，因为他有要紧用处——去南京考举人，考进士！可是那块玉牌子，不是姚家的，是我何家的祖传品！我踏进姚家门，五年来从未私拿过姚家一文钱！”

姚妻：“对了，我得问问我那傻儿子，你有没有叫他拿过我的钱！傻儿子——傻儿子！！”

何小莲突然被婆母的话惊醒了，自己做的毒鼠饵饼，还放在餐桌上呢！万一傻子受了饵饼的香味，引开了馋欲，吃下了肚……不得了啊！她跳起身子猛向灶间奔去……她真的来迟了一步，傻子正躺在地上，嘴里吐着混着饼屑的白沫……还没等何小莲把他翻过身，让他呕吐，就双脚一挺，咽了气！

姚妻在前头大声哭喊：“何小莲谋杀我儿子！何小莲谋杀我儿子！”朝奉在后面牵着被捆绑了的何小莲，直奔向山阳县衙；衙役锁拿熊友蕙进县衙……（明时淮安城首县叫山阳县。）

（镜头返至况锺在舱间审理何小莲景象）

况锺对何小莲说道：“好了，就暂且到此为止吧，其后顾知县如何审的你？如何给你动了大刑？等等，以后再提……你就下去歇着，听话养伤！来人！”

女狱卒应声入，叩。况锺朝她吩咐：“带何小莲下去，好好护理她的疮伤。到了山阳县，她寄押于县狱，你陪她居于同间牢房之中！”女狱卒：“遵大人所命！”

舱间只剩下况锺、况寰父子，两人就案件谈开了话——

况寰：“父亲，何小莲应该是在实情实供，看这个小女子不像是个淫荡货，真可怜呀，小小年纪竟然吃了这么大的苦头！那个山阳县顾知县真可恨呀，竟然施开了如此残酷的刑罚！我真想当面骂骂这个虐民的酷吏！”

“有关案子性质的看法，它的形成一定要慎之又慎，断不能被一事一人的表象所左右！”

况寰：“那么，吾们今日所记者，怎么来运用呢？”

况锺：“与以前所供所记录的，就其要紧处和细节点，对应排列比照，其不同处，很可能是案件的大疑窦所在！”

“这些疑窦如何辨其孰真孰假？孰是孰非？”

“其实，这个并不太难，只要心中握牢两条：一条是走访各人犯的有关群众，叙谈要深点、透点；二条是人犯的思想、言行、念头和作为对照圣贤的教训，其丑美、善恶是容易彰明的！”老子的指教使儿子着实受用。

况锺吩咐儿子：“去把大龙、况和和几名机灵一点的巡抚署来的衙役叫到这间来！”

况锺一数连自己共八人，随即就朝大家说：“明日正午船就抵山阳县码头，吾等都住在县驿馆，犯人暂且送入县狱关押。饭后，吾与范捕头到何小莲家审看她的公婆，还有走访其家的四邻；况和你领着四位公差，去估衣铺买几件衣裳，让他们把公差服换下只穿便服；况寰搭一名便服公差走访熊秀才的有关人众，不要忘了那个典当朝奉；况和与三名便服公差到几家大小茶馆与茶客们谈论此案——明日此案子必会由码头传至城乡各地的！记住了，有两个要求，第一个，时限为十天，第二个十天吾就要重新开审，而且还要加审原山阳知县顾县令。第二个，你等与人众叙谈切不可当场记录，只要对那些个说话的人众，不论其说善说恶，只要所说的具有证明力，把其人给记住，吾重审时要传唤他们上堂作证的！”

“遵大人命！”众人一齐拱手。

（二）

时　间　白天。

场　景　山阳县衙前。

人　物　况锺及随从；衙役两名；各色人众若干。

况锺一行八人便服信步走在淮安城内大街。

当来至山阳县衙前，见布告栏下有众多的人在观看刚贴出来的一张布告，只见告示上写道：

兹有通奸杀夫案犯熊友蕙、何小莲经山阳县审理判决死刑，呈报府省转报刑部，今获刑部批准熊犯友蕙枭示，何犯小莲凌迟处死。

按大明律例囚犯临处决前，如觉有关涉其或死或生之重大冤屈者，其本人、家眷乃至知情人众，可以递交鸣冤状，法司将视状或再审或拒诉。鸣冤状限布告日起十日内递呈至山阳县驿馆江苏按察使况锺。

正统己未年十月十二日（其上盖有江苏按察司章印）

突然人群里迸发出多数人的喊叫："熊秀才、何小莲可以不死啦！！"还有几个人竟然说道："我要写鸣冤状！""我要递鸣冤状！"……

第三十二集

（一）

时　间　白天。

场　景　山阳县衙狱；衙大堂。

人　物　况锺、况寰；原山阳县顾县令；何小莲、熊友蕙；女狱卒、老稳婆；衙役数名；观审人众若干。

况锺来到山阳县狱管理室。

况锺吩咐女狱卒："你去查看一下何小莲是否是处子？吾等你回话！"一会女狱卒返还，况锺示意她稍等再回禀，他对一旁的老妇说道："你是山阳最有经验的稳婆，你去查看隔壁牢房中的何女犯是否是处子？速来回话！"一会老稳婆返回，她和女狱卒差不多同时回禀："何小莲未曾破身，是个处子！"女狱卒又禀道："大人！临刑鸣冤可能重审的规矩我已告知了何小莲！"况锺含笑点点头。

翌日，况锺于山阳县衙升堂，原山阳县顾县令陪坐；堂口拥满了观审的群众。

况锺高拍醒堂木，发令："把案犯何小莲、熊友蕙提上堂来！再传原告姚氏及其弟姚朝奉上堂！"两被告、两原告分两拨上了大堂，一字并排跪于四块跪石上面……

况锺："顾县令！此案原是你审查判决的，罪名是何、熊两犯通奸杀夫！判刑乃男的枭示，女的凌迟！请你重申一下这罪名加其身的凭据！”

顾县令：“我判两犯的死刑，其凭据真如铁啊！试想何、熊两犯乃一对年轻的孤男寡女，他何、熊两姓既不沾亲又不带故，平日表面不见其接触，而何女却把自己祖传的护身宝玉偷赠予熊，熊则坦然收纳，此必两人两心相悦，日久生情，由私情而通奸乃必然之事，从而何小莲必然厌恶傻子丈夫，于是就以毒鼠饵饼药杀之，所谓傻子误食乃其托词也。何小莲年虽十六却心机深沉，手段惑人，整件案子悉是她主使，故得处之凌迟极刑而后快！熊友蕙则一惑于财二迷于色，虽未直接杀人，却促何女因移情而杀傻夫，故处以枭示之刑！”说毕，颇逞自得之色。

姚妻忘情赞说：“顾知县是青天！判得对，判得好！我姚家要供你的长生牌！”

熊友蕙勃怒，大喊：“昏官！一派胡言！我与何小莲两身清清白白！她借予我玉牌，乃助我赴省进行省试、会试，她何小莲乃是一个扶危济困的女义士！”

何小莲禁不住哀号：“我、我真比窦娥还要冤三分哪！”

况锺吩咐况寰：“你把这十多天收到的鸣冤状之事作一简要说明。”

况寰举起手中一大摞诉状示了示众，说：“现收到限期内之状一百十六份，份份都有具名！另有两份不敢具名的反鸣冤状。吾现在且念一份给大家听听：我杨大牛等三人均是姚、何、熊家的紧邻，看着何小莲、熊友蕙长大，此两人均是好孩子和良民，熊友蕙是个老实本分的书呆子，何小莲更是个心地善良的好女子，对其傻婿视同亲弟，照顾周到，断不会蓄意杀害……”念毕，他走进观众丛，将手中鸣冤状分发给大家看……又道：“等会散时请返还吾！”

况锺：“传女狱卒、老稳婆！”

两人应声上。女狱卒开口道：“我是省狱的狱卒，一直以来监管着何小莲，数天前奉大人令检验何小莲，她未曾破身，是个处子！”老稳婆开口说：“我是名老稳婆，山阳人都认得我，数天前奉大人令检验何小莲，她未曾破身，至今是个处子！”两人下站到堂口。

况锺立起身向堂上所有人众说道：“此案重审已进行了半个月，前十天是走访各色人众，收受审辨鸣冤诉状；后五天已进行了三场堂审，第一场审原告姚氏姐弟的控告，第二场审两被告的辩白，今天是第三场，本官要进行结案判决：

一、原主审官前山阳县顾县令，只凭原告之控诉，以自己按常例之推想，将表象歪曲作事实，认定男女被告因通奸进而杀害丈夫，由而双双判处死刑！现女主犯仍为童贞之身，足证此案之起因通奸之说实属荒唐！判定之死刑错谬不当！即日予以撤销！顾某冤屈无辜之罪责，将依大明律例予以惩处！（顾知县抖抖索索站起，俯首无语……）

二、何小莲、熊友蕙两人即日起平反冤狱，恢复良民身份！且应获得诬陷方之相应赔偿！

三、原告姚氏伙同其弟姚朝奉，明知傻儿误食药饼身亡，囿于私念硬屈养媳何小莲与邻居熊友蕙由通奸而杀本夫，予何、熊两人之身心极大之摧残！今按大明律例之诬告反坐法本应判处斩刑，现姑念其伤儿心痛，情有可原处，特法外施刑，减斩罪一等为流两千里、苦役十年，又按大明律活罪可赎抵法：流千里赎钱一百贯，苦役一年赎钱二十贯，合共赎钱为四百贯！姚氏、姚朝奉，听清了没有？你们是愿服刑还是愿服罪？若愿服刑，你们的家产也得官卖一部分，以赔偿给何、熊二人——何小莲得六十贯，熊友蕙得四十贯！”

姚氏、姚朝奉涕泪交流地叩求：“况大人，我们求赎！我们求赎！”

“三天内先缴一百贯，其余一月内缴清！还有，姚氏，你明日就将何小莲的命书还给她！姚朝奉，你待付过赎钱后就把那块玉牌退还熊友蕙，自然熊友蕙也应退返你铺子十五贯钱！宣判完毕，退堂——”

霎时间人丛中响起了如雷般的诵声：“况青天公侯万代！”“公侯万代况青天！”……其间又飘出了一个特别醒耳的声音：“啊，原来他就是赫赫有名的苏州府台况锺呀！怪不得审起案来如此神速呐！”

（二）

时　间　白天。

场　景　山阳驿馆。

人　物　况锺、况寰、况和、范大龙；何小莲、熊友蕙；驿丞、驿役数名。

况锺与子、仆、范大龙四人刚吃罢午餐，驿役来禀何小莲、熊友蕙求见。

况锺示意传进，何、熊两人进客室门就跪叩连连："青天大人！再生之恩，小生、民女没齿不忘！"

况锺："快快起来！非公堂之上，不必多礼，坐着说话！你俩来得正好，姚家一百贯钱上午已经缴来，你们分头领了去，不过斤两不轻，吾叫大龙、况和给你们扛去……小莲哪，这是你的命书，收好了，从此，你就跟姚家没有关系了！而后，你自己有个什么安排呀？"

"大人！我首先要把父母的坟好好地立一下，明日买两口好棺把两老重殓进去，再买块岗地建个墓便于日后祭祀。姚家么我多少感念着他们，五年童养媳也未曾虐待我，傻弟的死，我未管好药饼也是有罪过的，每年清明、七月半我也要到他坟上烧点纸的……"

况锺由衷道："小莲，很好！真的很好！小熊有什么想说的呢？"

熊友蕙："我等会就去当铺把那块玉牌赎回来，还给何小莲……另外，我想问、想问大人，听有的狱卒闲聊，道我哥熊友兰也出了事了！究竟出了什么事，我没有听清，我心里很忧急……"

况锺："秀才，你哥哥确是出了点事！但那个案子也归本官管。你，不要过分担忧！本官要在这里再待三天，写一份你们案子的申详禀报周巡抚。三天后你到吾这里来，吾带你去见你哥哥！现在你先到驿柜上领支十五贯钱，去赎玉牌，其余的二十五贯你自已是拿得动的；何小莲那六十贯钱，叫况和跟你扛家去……再有如你有什么急事，可来找吾——大体上十一月二十到月底间吾会在南京巡抚署，往后就在苏州府衙。”

（三）

时　间　白天。

场　景　无锡县狱、县衙；驿馆。

人　物　况锺与随从，熊友蕙；无锡知县官；熊友兰与侯三姑；尤葫芦、刘阿鼠；衙役数人。

况锺带随从及熊友蕙，在无锡县令相陪下来至监狱，典狱吏叩迎。（字幕：无锡县监狱）

况锺问他：“熊友兰囚在哪间？”狱吏引至一间，况锺凑前望，见屋角草褥上蜷缩着戴有一大枷的囚犯，况锺令狱吏开锁，随后进入，至囚犯跟前，只见一片狼藉：长发掩面，屎尿横溢……况锺怒喝狱吏：“卸去大枷！”狱吏喊来两役卸枷。况锺吩咐两役：“给犯人洗澡、理发、敷药。况和、秀才，一起去！”一转身，他喝令狱吏：“你！蹲到熊友兰所蹲的墙角去！”狱吏哪里肯去蹲！范大龙一把揪了他按到了那墙角里！

况锺来到典狱管理室，严厉地朝县令道：“大明律例严禁虐待囚犯！你戴上三十斤的重枷去过个三天试试看？熊友兰这般押法已有多少日子？”

县令畏葸地：“半个来月……”

况锺吩咐县令：“看来在你的治下，女犯侯三姑一定活受罪，吾派下从南京带来的一名女狱卒日夜监护她，那个典狱吏，让他蹲一天，明天让他永远回家！”

县令：“遵大人命！遵大人命！”

况和、熊秀才返至管理室。况和禀道：“给熊友兰换了一间好一点的房，免枷留镣。”熊友蕙禀道：“我哥是个劳碌的吃苦人，身子骨还扛住了，他已要我代他写鸣冤状，临刑时他将自己鸣冤呈大人！”

“熊秀才，你到大药店去叫坐堂郎中，开几服疗伤补气药给你哥服饮，五天后吾要审他的堂！”

况锺回驿馆，在客室与儿、仆、范大龙小坐。

况锺：“吾等现在不是在公众处所，是在私下里漫话，尽可畅所欲言相关熊友兰、侯三姑案之事……”

范大龙：“在从淮安来无锡的路间，大人已把两犯的案状说了个梗概，刚才又目睹了熊友兰其人其状，吾觉得重新审理此案也难也不难……”

况寰顺着范大龙话头说：“不难，是只要至苏州找到陶船主，问准熊友兰的十五贯钱与其有无关系。难，难的是查出何等之人斧劈了侯父！”

“看来老爷胸中已有六六七七！”况和已习惯了积极说话。

“六六七七还不到，约有个五成吧，还有五成须得审讯熊友兰、侯三姑两人后，再至高桥凶杀现场踏勘后才行！况寰、况和，趁这五日空档，你俩去苏州齐门船码头一趟，查实陶船主之证言，快去快回！大龙随吾到县衙问问那位知县官！”

县衙二堂，况锺与知县官对话。

况锺：“你是熊友兰、侯三姑奸情杀人案的原主审官！这两人的死刑判决，你是如何裁决的？”

知县：“禀大人！当初高桥居民，扭来熊、侯两犯，据人众供述，我心中已经昭然了：一、死者尤某是七月初一半夜被杀的，而熊、侯两人初二天蒙蒙亮时就相携逃窜；二、更有如山的赃证，熊犯身背的搭膊中正有尤某所失的十五贯钱！养女侯三姑因恐惧养父尤某卖她，而召唤来相好的熊友兰，两人原很可能只想私奔逃走，不意熊犯见财起恶念，顺手杀尤而劫其财！据大明律例：熊犯首凶判以凌迟，侯犯从凶判以枭示！”

况锺：“随后即是俩犯百般狡辩，你则大刑侍候，一堂不行审二堂！二堂不行审三堂！连续几堂，熬刑不过，就咬牙招供画押就死！可你判其死法竟又如此酷虐……”

知县：“都是两犯自己找的，怨不得卑职心狠！”

况锺偕范大龙便服来至县前大街一座茶酒楼里，泡了壶茶，留心听人众闲论。

茶客甲：“县里贴出告示了，熊友兰、侯三姑案要重审了……”

茶客乙：“我原想熊友兰真是个十恶不赦的畜类，与其恶弟熊友蕙确为豺狼同胞，多想看着他杀千刀解解气！而今据淮安客说熊友蕙是个好人，已平了反……我现在心中已像一盆浆糊了……”

茶客丙：“布告上说重审官是况青天况大人啊！明天要开审了，我们得去开开眼界呀……”

无锡县衙大堂，况锺升堂，无锡知县陪座。

况锺拍响醒堂木：“提熊友兰上堂！”熊友兰免枷去镣跪于跪石上，面容憔悴但神色不恶。

“熊友兰，你的原审官的判决书就在这里，”况锺点了点公案上的一叠卷宗，又指着一卷纸说：“你的鸣冤状也在这里，本官暂且都不管它们，现在只想听你当堂口供，但必须实情实供！倘有故意狡辩甚至编造谎言，则五天后绑赴刑场，按刑部核批行刑！你就说来！”

熊友兰：“禀大人，草民这两年来一直在齐门陶老板的客货船上任掌舵夫。今年六月底这天船从无锡大镇荡口回苏州，启碇不久，船客中闲话，中有一人道他十天前刚从淮安回荡口，得悉淮安发生了一件大案：一名书生为了赴南京省考、会考需一笔钱，竟骗邻居家的一块宝玉，去当铺典了十五贯钱，据说还弄出了一条人命，知县官把他判了死刑……我一听淮安书生心中就吃惊，忙问那客人可知书生姓名，客人说是姓熊吧……我当时就吓得昏厥过去。众人待我醒来盘问我，我说可能是我的亲弟出什么事了。我当场恳求陶老板预借我一年半的工钱十五贯以便奔淮安救弟，蒙陶老板慷慨相助，我就背起了钱搭膊就近下了船，向无锡大运河奔去，以便搭运河客船上淮安……”（以下画面表述之）

暮霭里身背钱搭膊的熊友兰擦拭着淋漓的汗水，来至一小镇，跨进了一客栈的门，要了一间小房，吃了一餐便饭，就洗漱泡脚睡下，窗外响起了锣声：“时交戌时，禁止夜行！”……第二天清早时交寅卯，东方还是鱼白色，熊友兰起身，问客栈小伙计：“这离运河还有几里路？”小伙计说五里。熊友兰就出客栈门，边啃着隔夜买好的烧饼，边向西急蹿而行，上得一石桥，就遇见一少女蹭着一双小脚，边饮泣边走着，由于同路，熊友兰多了声嘴，问她急着上哪去，那女子说到运河边搭船去常州亲眷家，两人就此结伴同行……

（画面返回况锺审堂）

况锺发令：“提侯三姑上堂！”侯三姑临上堂时，女狱卒叮嘱她：“今日主审官是况锺况青天！尽管放胆讲实话！千万别再胆小了，再胆怯是会要了自己命的！”

侯三姑得了鼓励，跪于堂上放胆供说……（以画面表述之）

小镇。一间已打烊的肉摊，十六岁的侯三姑焦虑地等候养父回来……满身酒气的尤摊主肩背钱搭膊推门进来，提起床前桌上大水壶吮嘴牛饮了一气。三姑赶忙端上木盆，让养父洗脸，顺便就问他在何处喝得这么醉！尤葫芦道是前村马员外，专门招待自己请的客……侯三姑不由得起了疑心：养父只是个卑下的杀猪卖肉的，马员外却有儿子在南京为官，两人天差地远……尤葫芦躺在自己床上，将钱搭膊放于枕头边，双方展开了如下这段对话——

尤葫芦拍拍钱搭膊说："你不要又认为我吹牛说大话！这么多的钱是真的吧！"

侯三姑："今早你出去，不是说要找人借买猪钱，这是向哪位借的呀？"

尤葫芦："买猪钱，两三贯也就够了，这里可是十五贯钱呀！不是借的，是马员外送的！"

侯三姑："他送你这么多钱？鬼也不信！"

"他送我这许多钱，我就送他一个人哪！送谁？你呀——"

"你把我卖给他家作使唤丫鬟了？！"

"不是丫鬟，是第五房小妾，所以才请我吃酒！我、我算起来也是他马员外半个老丈人呀，哈哈哈——"随即鼾声响了起来……

侯三姑既羞又怒，心底冒出恨声："他姓马的年纪比我爷爷还大，还仗着钱来欺侮我们穷人家小女子！不行！我不能让他们欺侮！这、这怎么办？我趁老糊涂酒醉，先躲到桥头小姐妹阿英处，明天一早逃常州亲眷家里……再也不当他的领养女了！"（无锡一带城乡无儿女者，流行领养贫家女孩为伴。）

（画面返回况锺审堂）况锺发令："传高桥里长、居民秦老老上堂！"两人上堂。

况锺："你们两人讲一讲当天是如何发觉案子，抓到犯人的——"

（画面表述）尤家紧邻秦老老想吃新鲜猪腰子，天蒙蒙亮就来尤家，推开虚掩的门，口中说着："葫芦，腰子是我预订好的，喏，五文钱放在肉砧礅上……"秦老老在半晦暗的屋内跨了三两步，就被绊跌在了一个人身上，嘴里嘀咕："怎么？葫芦你是隔夜酒未醒还是杀完猪后自己先炒肝烧心吃了几杯？"顺着山墙小窗透来的微光，细看躺在地上的杀猪夫被人杀死了！吓得一骨碌爬起来，奔出门到街上大喊："杀人了！杀人了！尤葫芦被杀了！"转瞬间四邻围聚过来……里长忙道："老老，快领我去看看！”……人众进得尤家，有人把肉砧上的短排板卸了，以让屋内透进光亮，场景清楚了：尤葫芦扑倒于地，脑袋被肉斧重重劈开。里长环视屋内喊：“侯三姑！侯三姑！侯三姑呢？”桥头少女阿英说：“三姑昨夜躲睡在我处，她告诉我，是尤葫芦把她卖给了马员外当五房小妾，卖的十五贯现钱，她亲眼所见……天蒙蒙亮，她就走了，说是到运河码头搭便船去常州亲眷家！”里长当即带众人赶去运河码头……半道上就揪住了侯、熊两人，一盘查，见熊友兰身背钱搭膊，一点钱，正巧十五贯！人众七嘴八舌一噜皂由里正带头扭住了熊、侯两人进了无锡县衙……

（画面返回况锺审堂）况锺一拍醒堂木：“今日第一堂，到此为止！退堂！”

况锺带领贴身随从，以及数名捕快来至小镇高桥尤葫芦家，启去封条入得内里。

里长上禀：“大人！尤葫芦尸首就趴在此处，现今尸体已殓在那口棺内。”

况锺：“当日验尸的仵作，你过来，我问你：尤葫芦是如何致死的？”

仵作：“砧上肉斧劈死，一斧劈斩甚深，一刀毙命！”

况锺：“验得准确？！开棺盖让本官一看！”

仵作：“禀大人，天气炎热，死已近四个月了，难见当日景状……”

里长：“入殓时放了很多石灰……”

况锺：“开棺！”

作作和衙役抬开棺盖，况锺凑前察看，自语道：“一斧劈斩，劈痕很深，乃一有蛮力的男子所为！……”况锺又细细察看屋内四处……于床桌一条桌腿的脚边蹲下身去，捡起了一骰子，随口问里长、秦老老等：“尤葫芦除了嗜酒是否还嗜赌？”众人异口同声地回答他视酒如命，但从不赌博！

况钟吩咐里长、秦老老和阿英三人道：“本官这几天暂且住在那家小客栈里，今日午饭后，你等三人到客栈来见吾。”

客栈里况钟的暂住间迎来里长、秦老老、阿英三人，范大龙在房门口警戒，防止闲杂人靠近。

里长、秦老老、阿英三人见况钟就行拜见礼，况钟忙阻住：“不在公堂上，不必拘礼。”况和给三人各斟上一杯茶。

况钟先问阿英：“你告诉吾侯三姑跟养父间相处得如何？”

阿英：“回大人话，卖肉尤叔对待三姑一直不差，六七岁领养到今毛十年了，除了偶尔骂几次，打是一次也没有过！三姑人很勤谨，烧煮、洗晒、缝补统统一手做，只是最近几年，大概看到我许了人家，她有点眼热，有点小心思……”

况钟：“也想成家？可有她自已相中的人？”

“十六岁的人了！想成家的念头是一定有的。不过她素常胆怯，极少走出家门，想情郎的时调小曲从未进过耳朵，更不要说相中啥个男人了……”

“嗯——”况钟微颔首，转向里长、秦老老问道：“镇上阿有几个嗜赌之人？”

里长：“回大人话，此间是个极小的镇子，拢共也不过三十来户人家，大人、小孩合总一百五六十口，不过好赌成性的有两个人，只有两个人！”秦老老点点头。

况钟：“烦两位详细说说这两个人！”

第三十三集

（一）

时　间　白天。

场　景　无锡高桥镇小客栈。

人　物　况锺及贴身随从；里长、秦老老、阿英。

况锺与贴身随从（子、仆、范大龙）在小客栈简陋卧房与里长、秦老老、阿英谈话——

里长："回大人话，一个姓郭，性爱贪小便宜，数十年来小偷小摸未曾断过，走过别人家菜园子，见无人时拔几棵拿回去腌腌吃亦是好的……"

况锺："此人身胚如何？"

里长："瘦得像一把柴，今年六十七八，碰到大点的风，吹也吹得倒哉！"

秦老老："另一个姓刘，鼠年生，小名阿鼠，今年三十来岁，身胚比较扎实，他爸是吃'造业'饭的……"

里长插话："专门以低价收买农户的年老耕牛、受伤耕牛，于小河滩宰杀，血与肉卖给饭店，出的骨熬油，剥的皮卖给做靴匠和军户……"

秦老老："这些'农家宝'可怜呀！一生一世出了多少力，吃了多少苦，临了还要剥它的皮，出它的骨，百刀千刀地零散割肉卖……有良心的人是决然不会做这种伤阴骘的事！阿鼠落到今天这个地步，一是他娘宠坏了他，二则即是老话'无仇不成父子'——他爸伤良心赚'造业'

钱的报应！”

阿英：“我爸是做豆腐的，常到苏州枣市街去进黄豆，他亲眼见街上办有一座耕牛养老院，这真是阴功积德的大好事！”

范大龙突然从房门口探进头来说：“这个积德主意是况大人出的，这养老院的院长就是吾阿爸啊！”

况锺立起身送走三客人：“过几天吾会再押两犯来高桥重审！”随即吩咐随从：“现在就回无锡县城！”

况锺于回无锡县城的小舟上与儿、仆、范大龙漫话。

况锺：“此案吾现在可以说心里有个六六七七的底了……”

况寰：“吾与况和前几天在苏州齐门找到了那个陶船主，核实了他确于七月初一预支给熊友兰一年半的工钱十五贯，并且赠了他一条半新的钱搭膊，现今父亲在尤某床前桌下捡到了一枚常用的老骰子，真凶八九不离十，准定是他了！不过要把他揪出来得想个高明的妙法哪——”

况锺捻着须蹙眉思索……忽然面露笑意，颔首自语：“嗯——准其如此！”

况锺来至无锡县驿馆召集有关人等布置相关措施。

况锺嘱咐熊友蕙：“转告你哥，在任何情况下，不要焦躁，更不要恐惧，要……”

况锺嘱咐女狱卒：“告诉侯三姑，一切听从况大人的安排，不要恐惧，最终会……”

两人受命退出……

况锺吩咐范大龙：“你插入观刑的东侧男人丛中，请秦老老为你认人……”

况锺吩咐况和与四名便衣捕快：“你们插入观刑的另侧男人丛中，请里长为你们认人……”

况锺吩咐从苏州府衙调来的四名女捕快："你们插入观刑的女人丛中，请阿英为你们认人……"

况锺末了说："后天去高桥在临时刑场上，午时初刻，本官举右手为号，你等就近捕凶犯上斩台！"

（二）

时　间　（正统六年十一月的一天）白天。

场　景　无锡高桥镇小茶馆；镇梢临时刑场。

人　物　刘阿鼠；茶馆喝茶人若干；况锺及其执法随员；里长、秦老老、阿英及观刑居民若干

高桥小茶馆里。

喝茶人甲朝刘阿鼠说道："阿鼠呀，你今朝怎么回来了？前一阵一直在哪里混？手气如何呀？"

刘阿鼠："我前一阵一直在苏州白相……最近听说杀尤叔的案子要重审，所以回来看一看……"（白相，江南方言，即玩。）

喝茶人乙："你对重审有啥个看法？"

刘阿鼠："听说七月初二，当场就拿凶手捉牢了，县官大老爷审得清清爽爽，现今居然要重新开审，岂不是无事弄事，糊涂透顶？"

喝茶人丙："你不要弄错点啥！重审官是况青天况大人啊！"

刘阿鼠表面不再作声，可心底在说："所以我心惊肉跳、睡不着觉啊！"

街面上忽然热闹起来，原来是况锺带领随从押着戴铐戴镣的熊友兰、侯三姑一路走来，到了尤葫芦家，这一行人全都进去了，门口站了两名衙役。刘阿鼠缩了缩，远远地躲在一边，但两只贼眼却一直紧盯着尤葫芦之家。太阳慢慢地往头顶正中移动，尤家门里的一干人走了出来，一直向镇梢走去，原来那里旷地上已由几十张大八仙桌搭成了一个

小坛，坛中间铺了一层芦席，席中央铺了一条旧棉被，熊友兰、侯三姑跪在此被子上，两名刀斧手站在他们背后。

观刑的人群约有一两百人，绝大多数是成年、老年男人，其间大部分是高桥居民，其余数十名是外地汇聚来的看热闹者……里长、秦老老、阿英与便衣捕快等，以不易察觉的动作全神贯注地搜寻刘阿鼠，本地人群中影踪全无，原来他一见熊、侯两人仍要受死的架势，心里笃定了不少，心安理得地混在了外来看客中间。范大龙拉着秦老老搜寻到这群外来客时，由于这群人都是陌生面孔，秦老老辨认起来很吃力、很慢……

范大龙只得耐着性子，紧牵着秦老老的后衣带在此人群里移挪……此时见况锺站到两犯人前头，朝台下的人群开了口："本案两犯前经无锡县令初审，送省转刑部批核，裁决为死刑，本府为监斩官，按大明律例：临刑犯人鸣冤屈，案件就须重审一过。现在重审已经二十天，本府发觉似乎有些疑窦，本府能力难及，而刑部的行刑期限又无法随便更改，从而使本府犹豫为难！现本府想求助诸位公决一下如何？你们告诉我是杀还是不杀？"下边是一片喧哗……况锺以手招耳，连连喊："吾听不清！吾听不清！……"忽然传出一个大喉咙对旁边的一些人喊道："杀！男的杀千刀！让大家饱饱眼福！女的杀头挂竹竿示众！这就叫杀鸡吓猴子么？"旁边的人群起哄喊："杀！杀！"……秦老老低语范大龙："那个最大声的，即刘阿鼠！"

此时只见况锺右手一上伸，范大龙鹰抓小鸡般地把刘阿鼠拎到斩台上，台下则是一片惊奇……况锺朗声朝坛下说道："他才是真正的杀尤凶手！"他示意况寰宣读调查证词。

况寰手持字卷，先读第一份："苏州齐门客货船主陶阿大，证明本船舵手因得悉弟熊友蕙犯十五贯钱事而判死刑，要求预支一年半工钱而救弟，本人当即预支十五贯予他，并附赠半旧钱搭膊一条，此证，签具陶阿大，十一月初二日。"再念第二份："无锡县友彩赌坊，证明常客高桥刘阿鼠，本年七月初起连续十一天在本坊赌钱，合共约输钱十二贯余，此证，签具友彩赌坊管台赵小忆，十一月初七。附他丢弃于坊的钱搭膊一条。”

况锺：“熊友兰十五贯是杀尤葫芦所得之控告显系错误！据此立即开释熊友兰！”示意慢谢后又道：“本官亲自开棺检验尤某之尸伤，系一肉斧猛劈毙命！伤痕至烈，其养女侯三姑就是尽全力也只能提起此斧而不能举之过顶！杀死尤某显系一壮硕男子所为！刘阿鼠，吾今问你，今年七月上半月那十一天里你所输的十二贯多的钱是哪里来的？不要忘了这条沾着猪油渍的钱搭膊是装许多贯钱用的！还有这颗骰子是我在尤葫芦床桌下捡到的，而尤某其人虽嗜酒却根本不会赌钱！你，当着大众回答本官！”刘阿鼠的头低下去，更低下去，无言以对。况锺厉声呵斥他：“你刚才不是极力要杀熊友兰的千刀么！按大明律反坐之法，就应该判处你凌迟之刑！你别想要赖不招供，现本官凭这些证据，就可定你的杀千刀之刑！倘若你肯认罪招供，本官可以减降两等判处你斩立决之刑痛快而死！”刘阿鼠偷觑着况锺严峻的面色，终于开口：“我招供！我招供！”

况锺：“况寰，记录！”

（画面）刘阿鼠招供状（无声）……刘阿鼠画押。

况锺：“本官申详刑部，核批后施刑。”又高声宣说：“侯三姑无罪，立即释放！”况锺又以双手制止住大家的赞叹声，加条宣布道：“尤葫芦的十五贯已被刘阿鼠用掉，现罚无锡县令赔付钱一百贯，予熊友兰五十贯（含原没收的十五贯），予侯三姑五十贯（含原本属尤某的十五贯）。”

（字幕）历史上具有传奇性的“十五贯奇案”，大体还原如上！

（三）

时　间　白天。

场　景　府衙水码头；二堂。

人　物　况锺、况褱、况和；顾得仁，陆、范两捕头，于推官，吴清；诸衙役；熊友兰兄弟。

公差船靠上水码头，况锺等上岸。

况锺吩咐："况和，时快正午了，你带领这九位南京差役去府衙厨房，吃个便饭，小憩后即来二堂见吾；大龙，你到刑房请于推官饭后来二堂有事；熊家兄弟，你俩先去陶船主处还钱，下午熊友蕙来府衙二堂见吾。"

饭后未时，况锺与众人会晤。

况锺："于推官，今年乃你任职九年期满，例该赴南京吏部候升，吾已专章举荐你为本府掌刑法的六品通判，你今就搭乘返巡抚署的公差船去南京吏部吧，这里有竹箱一只请你专呈于周巡抚，内中装的即是重审了的'十五贯大案'的全部卷宗，以及吾的一封呈函。"

于推官接过竹箱："遵大人命。"

况锺示意况和持钱至诸公差面前，并道："这五十来天，各位多见辛苦，现每人赏钱一贯，以表酬劳。"

八男差、一女差一齐跪，同声："谢大人赏！"

于推官偕这九差退出。此际况锺忽然既咳且喘起来……

况褱忙上来给父亲拍背，并吩咐况和："速找个皮囊灌足热水拿来！"况和去，一会递上皮囊，况锺自解胸襟，将热皮囊纳入……咳喘渐渐平息……

况锺感叹地："时入腊月了，稍受点冻，沉病就要泛起……岁月不饶人呀！"说着说着又有点咳喘起来，况褱忙给父亲抚背。况锺待得平复，自己提振了一下……

况锺："吾现在要给诸位提前知会几个重要讯息——

一、顾得仁通判前年已升任为本府衙首席通判，今年由周巡抚与吾联署专章推荐超擢为苏州府从四品同知——若吾不能理事时，他即摄知府职司；

二、原吴县主簿吴清，勤谨能干，操守廉洁，本官推荐周巡抚联署，南京吏部核准，超擢为苏州府通判，职司恤民、惠民事务；

三、原府衙户科书吏吴阿贰、三班都头陆大根，一同超擢为本府衙八品知事，两人职司随后即酌议而后定；

四、范大龙不愿为官，然仍愿报效府衙，现正式任命其为府衙三班总都头。”

在场诸人都显得愕然——按常例，品官的升调均由朝廷吏部颁发给该员的诰身来示明，而诰身未持，升调属内部讯息，不可泄露，现况锺居然违此常例？！

“大人哪！大人哪！你太过劳累了！府间诸事，你就吩咐吾等去办就是！吾等一定办细办好的。”顾得仁隐约感觉况锺苗头有点不对，赶紧说上此番话。

况锺：“吾此番又蒙苏州百姓抬爱，朝廷见重，再任苏州知府，自该努力再努力……眼下已是寒冬腊月，吾极想把救助贫病困苦庶民的慈善事务，更上一层楼……”

“大人，你那些恤民、福民的措施，府及各县都早有建置，只是有些经理的主管人选或不称职，甚或出缺乏人……”原吴县主簿，现调升府通判的吴清，今日来报到，上得二堂，接上了话头。

况锺示意况寰递一纸与吴清，吴清展纸只见上写：“我苏州——”（全文以画外音念出）

府有救灾恤荒的‘安济坊’，下各县均立有分坊，现府主管人选已觅到，明年清明节后来府面见大家；

府有收养无衣食无依靠之男女鳏寡孤稚的男女养济院各一座（女养济院附设育婴堂，收养弃婴），现府主管一男一女已觅到，明年清明节后来府面见大家；

府及各县均置有若干收养饥民逃户的流民厂，专司其职的总主管人选，请范大龙之妻、沈知县之女担任，期盼清明节后于府衙与大家见面；

府及各县均置有贫病之人施诊施药的‘惠民药局’。现府局主管人选已觅到，明年清明节后来府面见大家；

府及各县均置有‘漏泽园’，其职司收殓无主尸骸，并施以棺衾，葬于义冢。其府主管，得请大众举荐，期盼清明节后来府衙与大家见面；

民间之义学塾学，府及各县均广有置立，现缺一专司监督之主管，幸近日已觅得一佳选，明年清明节后将来府衙与大家见面；

牛马养老院数年前府建设一所，随后有数县仿置。收养老病伤弱之牛马，上体苍天好生之德，下现主人宅心之仁，实属一善良之政也。府主管早已得人，管理甚是得法。

况锺插话："慈善局总董其人吾已访得……"忽而喘咳陡起，况襄、况和赶忙搀扶其入内宅……

顾得仁面色凝重地朝大家说道："两个多月前况大人去南京请求致仕养病之前夕，特召吾议酌我苏州府衙的三大政务……"

众人急切地："请顾同知明示我等！"

"诸位！况大人除了玉体欠安之外，他老的心思是否有所异样？"顾得仁眼角已渗出了泪珠……

"异样？异样？！"堂间诸人面面相觑……间有人道："是有点不大对劲……"

"大人是在为苏州府衙的政务布最后的局呀！"顾得仁的眼泪串落下来。

"大人，大、大人会撒手离、离开我们……"众人惊骇不已……

"吁——"顾得仁长长地吁了一口气，先让自己稳定了一下，然后说道，"刚才金老郎中在内宅替大人诊治，吾和吴清通判两人去金郎中府上面探大人病况，诸位现请到吾家等待，届时再告诉实况……"

"是，是，大人的安好与否，至关重要！至关重要！"

（四）

时　间　白天。

场　景　金老郎中宅；顾得仁宅。

人　物　顾得仁、吴清；金郎中、徒弟一人；吴阿贰、陆大根、范大龙、王姓通判。

金郎中返宅跨进门，客厅上两候客相迎。

金郎中："两位请坐！徒儿上汤！"徒儿应声持盘奉两盏于两客。

顾、吴忙起立，顾得仁道："老神医！你驱逐吾俩！"

"快坐下！快坐下！"金郎中连忙解释，"按常例，奉茶迎客，端汤送客！汤乃甘草汤，具补津安神功用。主宾相见谈事，话多则耗津伤神，故临别饮之以汤。吾老老今时先奉汤，吾认得两位是府衙上的好官，况今腊月大寒，故破例奉上热汤两盏，焐焐手，暖暖胃肠……想必两位是来探询况大人的病况吧！"

"正是！正是！"两人连连点头。

"嗯——"老郎中沉吟了一下，面色凝重地，"况大人玉体不好、不好……吾先打个比方奉告两位吧，他玉体犹如一盏油干灯草尽的油灯，生命之火行将熄灭！"

"啊！"顾、吴两人惊骇得闭不上嘴巴。

"大人是气血两亏，已亏至衰而竭的地步：肺气大衰，肝血大亏，肾水已竭，心神亦将衰竭，究其因，体质耗伤，元神不继，好比油盏中乏油又不添油，却一而再、再而三地加进灯草，竭泽而硬抽其亮……"

顾、吴两人起座跪求："老神医！老神医！务求挽救一二！"

金郎中慌忙扶起两人："刚才吾已开了三帖安神补气血的方子，巴望在这个腊月能连续服吾二十来帖，挺到开春，病况就能有些许起色，只要护理周到，熬到秋初，也许可以做到！"

顾得仁："那就是说，大人还有八九个月的生存日子！"

"老神医！一切听你的！请告知我们，大人之病最忌什么？"吴清急迫地问。

"最忌费心！最忌劳累！若再耗费其心血，生命油灯必致立即熄灭！若再劳累，衰竭即变丧亡！两位，此两忌切记切记！并务望转达况夫人、况公子！"

顾、吴两人返顾得仁宅。

吴阿贰、陆大根、范大龙、王通判等急切问："金老郎中怎么说？"

顾得仁："老神医是这样诊断的——"（以下出金郎中朝顾、吴两人讲述的无声画面）

"啊！啊！！"吴、陆、范、王等惊骇得手足失措……

吴清："吾呢，也得如实地，自然也要委婉地把金神医的话转达给况夫人和况公子。"

顾得仁："吾看眼下正值农闲时光，吾等还能分身理事。先请阿贰、大根两位轮值日夜陪侍在大人身边；大龙抓好三班事务，配合于推官做好全城安全刑法事务；吴清通判筹备元宵节后的慈善事务；吾呢要落实做好府衙的三大政务。总之，吾等把况大人原想办的公事和费的心思，做在头里，把它先做好做足！"

吴清："很对，吾等就这么办！"

其余人等频频点头，其间姓王的通判发问："顾大人，我调来不久，对府衙的政务不很熟悉，乞请明示一二……"

顾得仁："九月底边况大人去南京前夕是这样对吾说的——"（以下出况钟、顾得仁之对话画面）

况钟："吾苏州府乃朝廷的第一粮仓，第一金库！故而府衙有三大一等一的政务：一、保证每年一千万石的漕粮北运，其间二百万石供养京师北京；二、全国三分之一的商税出自吾苏州一府，故保护吾全府的大小商号，尤其三大支柱行业——上塘街和四乡的棉布业、枫桥的粮食业、城东及吴江吴县的蚕丝业，对敲诈、骚扰、破坏者从重严惩；三、凡灾荒及贫病孤弱人群，府衙合力善商多置救助机构，古有贤训，富济贫则民和，民和则气和而戾绝，上下感祥，百福惠焉。”

顾同知：“而今，吾府漕运办得顺畅，大小农户税轻粮裕；对贫病孤弱的救助广有成效，某些欠缺，可以济补；至于护商完税之事，卑职已有了应对之策了……”

第三十四集

（一）

时　间　白天。

场　景　闹市上塘街某茶酒楼。

人　物　顾得仁、（里长）坊正、老金老板；茶酒楼店小二与宾客若干；课税大使（从九品）及一随从。

顾得仁便服至某茶酒楼，拣一僻处茶桌。

店小二上茶，顾得仁掏出三文吩咐店小二："这不是茶钱，是给你的跑腿钱，去把这里的坊正给吾请来，就说府衙里有人请他。"小二应声而去……

须臾，一中年男子就过来，见是顾得仁，忙欲跪，被顾一把拉住，按于凳上。

顾得仁给他斟了一杯茶，问道："此间大小商铺，可有遭逢麻烦状况……"

坊正："顾大人，你简直像及时雨……"

"此话何意呀？"

"小人刚从和大祥过来，他们可碰到事了！"

顾得仁惊讶地："何等样事？"

"税课司大使正在查他们账，加收他们的税额，眼下正逼得老金老板抹泪呢！"

"老金老板在商铺里？快！你去和大祥把那位大使与老金老板一

齐请到这儿来，就明说府衙顾同知叫他们即时前来喝茶！”

坊正：“好咪！”走出后不一会就领来了两人。

税课大使朝顾得仁行参见礼（跪叩），顾得仁搀起：“请坐！”

金老板正欲跪见，被顾得仁阻住：“金老板请坐！”又转向坊正：“你也坐。”

顾得仁问税课大使：“你欲增课和大祥之税？”

“禀大人，和大祥在松江、嘉定、昆山均开设分号，收购当地城乡之布匹，之后再转来苏州总店。现我税课司只收总店百分之五的税，而它各分店百分之五的税额都漏掉了！大人哪，这笔数额大得很呐，单松江分号年额就得两万两银子呀！”

“你自以为在替国库增收，究其实却是杀鸡取蛋！”顾得仁语气严厉地讲起来了，“和大祥乃举国第一大布庄，吾苏州棉布行业的龙头老大——辽东及九边数十万军队用布悉数由此庄号供应，加之黄河上下之民用棉布亦从它号中批发，它年税额上交超过三十万两。它不但从不拖欠，且还屡捐慈善款项。”他端起茶盏连呷了数口，继续说道：“而今你增一道分号之税，就势必减少它在各产地的收购本金，甚或关掉不少小城镇上的小分号。收货少了，总号的布源就欠缺，售出的银额就必大缩水，上缴税额自然也大缩水……更其可虑的是，若军布供不应求，那、那还了得吗？！”（今人们只知古代苏州最大产业为丝绸，其实丝绸业只数老三。老大为棉布业，老二为粮食业。九边，明代北边九处防守要地。）

金老板：“你税课司一年多添三四万，然而朝廷损失的何止十万二十万啊！”

顾得仁：“况且它们分号收布是送总号加工再售出，而自己并不出售赚钱，收之税，不合法理！你司派出之人，立即撤还！已收款者即时奉还！这么做是谓之养鸡生蛋！”

“是！遵大人命！”税课司大使退出。

“金仁兄，你不是从去年起就退居南京，这边交给季仁官了？怎么今时又来苏州商号坐镇了？难道季某人不怎么样？！能不能给吾细说说？”

“你还真想听听季仁官其人？”

“金仁兄，你我是熟人，吾深知你的为人。可季仁官此人，吾却陌生得很！况大人却颇赞赏此人。故吾很想听听你这位不是父亲却胜似父亲的人，亲口到底怎么说——”

“好！我就细细说给你听吧——”金老板提及季仁官就神情兴奋起来……

（二）

时　间　白天。

场　景　昆山季仁官傍河的家；季家河埠碇泊的刘有财的客货船。

人　物　顾得仁、金老板；季仁官与父母；刘有财夫妇及女儿。

金老板讲给顾得仁听季仁官之事——（下面画面与同步声）

昆山官河，傍一街道。中有二层小楼一座，屋住三口人：屋主季玉峰、妻卢氏，育一子季仁官，时年十六岁，随父学习书算技艺。其家河埠常年碇泊一只临时载客货之船，船主刘有财妻徐氏，独女宜春十五岁。季刘两家等于紧邻，双方走得很近，加之季玉峰、刘有财两人嗜象棋，一次棋枰上，季对刘道：“这盘棋，你若输了，你女儿宜春就得上岸来做吾的儿新妇！”（书算手，相当于今专业会计，供各级政府与大小商铺雇用。）

刘有财反道：“若你输了，仁官就要到吾船上当招女婿！”

季玉峰忙说：“招女婿可不行！倒可以那样：等他们日后生两个儿子，给一个你家去姓刘！”

刘有财想了想：“好，一言为定！开局吧！”

两人你来我往……季玉峰站了起来，笑叫道：“将死你了！哈哈哈。”一旁的卢氏笑盈盈地：“吾喜欢宜春。”

夜间，四周一片漆黑……忽然某屋里冒烟起火，季家失火了！待得众街坊来灭火……火全部扑灭，天亦快亮了。只见季屋已焚毁殆尽，而且季玉峰夫妻两人已被烧死！刘有财夫妻赶了过来。

季仁官哭倒于地，一位商人样子的人走近季仁官弯下腰朝他说：“仁官！我晓得你此时急于用钱，你脚下这块地基就卖给我吧！我给你三十贯钱，你可以料理父母的丧事！”

季仁官只是哭泣，没啥反应。那个商人又把地基之事说了一遍，仁官依然没反应……

刘有财突然接此话茬说：“我这个老丈人代女婿做主了，你去把三十贯送来，我叫仁官给你写字据！”

不一会商人带着伙计掮来了三十贯钱，季仁官在一张字据上盖了手印，两相交换……

刘有财吩咐妻子：“你把这十八贯掮到船上去！”接着自己掮起了十二贯钱，拉了季仁官，道：“去棺材铺！”……

刘有财偕了季仁官，踏上了上船的跳板，朝仁官说：“我刘有财的船，就是你的新家！”

季仁官在船艄小舱里认真书算着……刘有财夫妻对起了话——

徐氏指了指艄舱，说道：“这个小后生蛮好的，自今后我们船上无论客账还是货账，再也不用去央求人了，你我不识字，以前真是受累呀，真是自有自便当哩！”

刘有财：“我还要教他船上的诸般劳作：撑篙啦，当舵啦，支跳板啦，最要紧的是学会看风候雨的本事……”

徐氏瞥了身旁的女儿宜春一眼，说：“等仁官父母亲忌日满一周年，我们就拣个好日子，把宜春和他的亲事办了吧……”

“你想抱大胖孙子呀！”

宜春在父母的哄笑声中含羞地斟端起了一碗水，朝艄舱的季仁官处走去……

（三）

时　间　黄昏—入夜。

场　景　行驶的刘有财船。

人　物　刘有财、徐氏；季仁官、宜春及其婴孩大宝；两名中年郎中；金老郎中（老神医）。

航行着的刘有财船上。

徐氏对掌着舵的刘有财说："黄昏了，歇船吧！"

刘有财点点头，别了舵，船靠在了一处空旷的河边，转首对放下篙的仁官吩咐："宜春身孕快足月了，你到艄舱去把她搀到后舱来，让妈妈去侍弄她！"

季仁官来至艄舱，即他与宜春的卧处，搀扶着大腹的宜春，颤巍巍走在中舱架空的跳板上，来至后舱。

忽然听得徐氏大声地吩咐仁官："快！到灶上把大饭锅洗干净，烧上满锅热水……"接着又大声吩咐丈夫："宜春爸，快把这大棚四周用被单围起来……"

不一会，大棚里就传出了婴儿的哭声，哭声中竟又夹着徐氏的欢叫声："有把的！有把的！"

刘有财、季仁官同声喊道："让我看看！让我看看！"

徐氏从大棚内厉声喝住："不许进来！不许进来！谁进来，我把盆里的血水泼他！"

刘有财的客货船停泊在一条河上一处小镇的镇梢头。

徐氏："今天小把戏满一百天了，我弄了几个菜，全家来庆贺庆贺！"（民间习称三岁前之婴儿为"小把戏"。）

“我来给小把戏取个大号吧——叫、叫刘大宝吧！”刘有财乐滋滋地说。

季仁官心间一怔，自控地说：“大宝的名不错！但是他应姓季，叫季大宝！”

刘有财：“他叫刘大宝！刘大宝！”

“他应该姓季，姓季！”季仁官竟是寸步不让。

宜春：“看在公公婆婆在天之灵的分上，这个小把戏就叫季大宝吧！”

徐氏：“我看这样吧，宜春若生第二个儿子，可一定要姓刘了！”

“好！就顺妈妈的意思好了。如若宜春生四个男孩，就两个姓季，两个姓刘！”

宜春嗔了嗔他们三个，说道：“你们想苦死我呀！生大宝那个痛呀，我想着就害怕呀！”

季仁官：“明天到镇上，吾给你去买老母鸡！”

刘有财：“到苏州，我上沐泰山给你去买太子参，让你见天喝参汤！”（太子参是人参中的等外品，价很低廉。）

争执很快地消弭在欢乐的情绪中……

半夜，季仁官心急慌忙地来到后舱，紧拍坪板：“妈妈！妈妈！大宝发寒热了，额上烧得沸沸烫！”

徐氏赶紧爬起，来至艄舱，摸一摸小儿额角，就吩咐小夫妻：“别心慌！只要让他出一身汗就会好的！”她动手将一条小棉被裹起了小儿，道：“放在大被里，千万不要吹风，出得舱来。”她又关照女婿：“舱坪板关好！到明天早晨，小把戏汗会出透的！”

天色蒙蒙亮了，艄舱间由于盖严，故仍然墨黑，宜春摸了摸儿子额角，仍然滴汗未出，心中焦急异常，但又不敢开启船坪板……仁官在坪上，见天色已大亮了，就开启了一块板，钻入了舱，只见小儿一无动静，他候了候小儿的鼻息——已没有了！小儿已给热闷死了！小夫妻抱着小儿号啕大哭……刘有财、徐氏被吵，也奔了过来……徐氏抢抱过小儿，哭得昏厥过去……

季仁官已完全变了一个人——双目呆滞，对人唤话一无反应，坐在艄舱里默默淌泪……他不吃不喝已两三天了——先前父母烧死、家烧光，现今心爱的儿子又被闷死了，重大打击连着重大打击，他患上“失心疯”了！他妻子宜春稍轻些，心理也是崩溃了……

船到一个不小的镇边，刘有财上岸请来了郎中：诊脉，开方。

刘有财付诊钱时问郎中：“郎中先生，这药吃几帖，他能清醒点，能听话能答话？”

郎中：“我这方子是安神药，多吃几帖有好处，实话实说，他这个失心疯太重了，你、你们不妨到苏州去寻好郎中看看……”

刘有财撮药，徐氏煮药，宜春喂仁官吃药……

船到江阴县城，刘有财请来郎中，诊脉，开方。

刘有财付诊钱问郎中……（有画面，无声）

郎中答话……（有画面，无声）

刘有财撮药，徐氏煮药，宜春喂药……

船到苏州城。刘有财、宜春搀着季仁官登金老神医之门——

金老郎中对季仁官细心地望、闻、问、切：“此病要想根治也不难……”

刘有财父女面布喜色：“请老神医指点！请老神医指点！”

金老郎中：“他们再生个儿子！心病心药医嘛！”

宜春脸色有点尴尬……刘有财发急地：“他目今吃饭还都得别人喂，人道之事他大概已不会了呀！”

金老郎中：“吾给你们开张方子，是安神、开脾胃的，可以连服个一二十帖再过来看看。至于说生个孩子，尤其是生个儿子，现在还没有这样的神药，那是要看祖上的积德的呀！”

刘有财撮药，徐氏煮药，宜春喂药……

宜春：“吃了金郎中的药，仁官的胃口好了不少，晚间也能安枕睡了，就是神志还是不清，不管跟他说什么话，他都不搭理……我有时硬硬心肠跟他提提大宝，他只是瞪着双眼呆望着我，并无一点想找找大宝的意思……”眼泪簌簌地往下掉。

刘有财与徐氏在尾舱上大棚里说着话——

刘有财：“仁官带上船的十八贯钱，成亲时用掉八贯，余十贯这年把来给他看病吃药全用掉还不算，我的老本还贴进去了七八贯，往后不知还要贴多少……”

徐氏：“命里摊的，那有什么法子！看宜春份上，病总是还要看的！”

刘有财：“不！等过了中秋，我要给他来个了断！”

“怎么了断？！”徐氏惊骇了。

“你不必多问！到时你就晓得了！我还关照你，不许你对宜春多嘴多舌！”刘有财还举起拳头威吓徐氏。

（四）

时　间　黄昏。

场　景　长江边一港口大镇浏河。

人　物　刘有财、徐氏；宜春、季仁官。

时逢八月半，刘船碇泊于浏河口长江边。

一家四口在尾舱大棚里过中秋节，刘有财佯装开心地对其他三人道：“我有个好消息要告诉你们：宜春会有二宝了！”

“啊——”徐氏、宜春十分惊讶，“说出来听听。”

“我白天在浏河镇上真正碰到了一个神医”，刘有财点了点面前的两瓶酒，按了按三帖药包，说“这一瓶是花雕，是阳性酒，是给宜春做药引子的。宜春服了这三帖药，就能怀上二宝了！”

徐氏：“你酒还没有喝多，怎么尽说醉话！怀孩子是宜春独个的事呀？”

刘有财：“所以呀，这一瓶女儿红是阴性酒，是给仁官做药引子的，不过仁官光服这一帖药还不行，还得到一口池塘里去泡个还魂澡——这个澡一泡男人魂就会回到仁官身上，加上这三帖药……”

徐氏：“那口池塘在何处？”

刘有财：“你们看远处不是有个岛屿么，就在那个上面。”

徐氏与宜春不由自主地立起身远眺，相互道：“望不见，望不见。”

刘有财给宜春、徐氏各斟了一满碗花雕：“两人都喝了！喝完后你俩一起去煮药，一开就行。”

徐氏：“为怀宝宝宜春该喝，我喝它干吗？”

刘有财：“不单你要喝，我和仁官也得一样喝！宜春要怀二宝，你宜春妈也得给我再生个儿子！”

徐氏带羞地嗔道：“真是个老不正经的！”

刘有财端起两碗花雕，递给女儿、妻子：“快喝！”母女俩含羞地爽快喝下。

刘有财对下舱准备煮药的母女俩招呼道：“我跟仁官到岛上去泡澡，泡个把时辰就回来！”边说边拉尾拖的小划子，与季仁官坐上了小划子，向远处划去……

刘有财把小划子划到了岛屿的沙滩上，他扶下了季仁官，找了一块小平滩，两个坐了下来，刘朝季说道：“今天你我丈人女婿的情分已经到头了！你可别怪我心狠，我得为我刘家着想：宜春不能陪你一世守活寡！我还要为她招个年轻女婿，为刘家续上一份香火！再说我挣的钱也不愿再填你这个无底洞了！”说罢就把花雕瓶里的半瓶酒直灌进季仁官的嘴里……季仁官神志一直不清醒，只能随刘有财摆布……绍兴花雕酒入口好滋味，可是它醇度高，后劲足，半瓶下肚，至少得睡上个两天两夜。刘有财把季仁官抱进了一片芦苇丛里，在他头边又放上了三斤月饼，并道：“五六天后你再饿死，那我就管不着了。”说罢转身向沙滩走去，月色很亮，他跨上了小划子，径直朝自己的大船划去……等划到大船旁，系好了小划子，自己爬上了船，只见母女俩已经沉醉于大棚里——从来酒不沾唇的两个女人，怎么抗得住一大碗的绍兴花雕！再看煮的两碗药水也喝下了！这哪是什么助生药呀，只是两碗甘草罢了。刘有财用热水在大脚盆里洗了个浅澡，臭汗没有了，精神也足了，就扯起了大布篷转过舵，径直沿江边朝西南方向驶去……第二天早晨他的船已行驶在上海的吴淞江口了。接着他在江面上雇了个临时水手，帮他在船头上撑撑篙，招呼招呼擦身的船只。直到第二天黄昏时，徐氏和宜春才勉强醒了过来，此时船已停泊在离昆山不远的一个小镇上了。

宜春一边按摩着自己的太阳穴，一边察看着船旁的镇子——啊！熟悉的，是昆山城南的陆家浜镇！想到此，心中一惊，忙不迭在船上找起自己的丈夫来，前找后找怎么也找不着，就发起急来，找到父亲，想问问明白，谁知道父亲却喝得烂醉，正蜷缩在尾舱里打着呼噜呢……

第三十五集

（一）

时　间　白天。

场　景　刘有财船上。

人　物　宜春、刘有财、徐氏。

宜春面对烂醉如泥的父亲，好不焦急。

宜春满含了一口水，向父亲头面喷去，连喷数口后刘有财终于醒了，宜春急问："仁官人在哪里？仁官人在哪里？"

"仁官？"刘有财装出四面寻觅的样子，"仁官！仁官！嗳，仁官人呢？"

"阿爸！你别装腔作势了！你把他怎么处置了？你把他杀了吧？！"宜春急疯了，一把揪住了父亲的胸襟……

"好吧，我就给你说实话吧！"刘有财见女儿近似发疯了，就道，"季仁官是个丧门星，他先克父母并且烧灭了家业，后又克去了儿子大宝，现今又克到了自己，成了一个大废物！而你刘宜春年纪还轻，我想等过个半载一年的，再给你招个女婿，我刘家的香火要靠你续啊！"

"快告诉我，你把仁官怎么弄了？！"

"我、我杀人的事是不敢做的！我把他丢在长江口了！"

"这跟杀他有什么两样！！"宜春冲到船头就去解缆绳，"快开船去长江口找他！"

徐氏赶忙过来劝女儿："你看天又要起飓风了！我们这只船此时

去长江口，必是有去无还的呀！等飓风过后我们再去找，好不好？”

刘有财：“季仁官十有八九过不了这场风灾！宜春呀还是认命罢，再重新找个好后生吧。”

“是你常跟我念叨，十年修得同船渡，百年修得共枕眠！我只认季仁官！再找什么人，你自己去跟他过！”宜春泪流满面地钻回了自己艄舱的卧室。

（二）

时　间　白天。

场　景　长江口一岛屿沙滩芦苇间；小渔村；嘉定和大祥分号。

人　物　季仁官、金老板；渔夫甲、乙，个把渔妇及小孩。

沙滩芦苇丛里，一中年男子正在自怨自叹。

这名年近半百的男子，衣着不俗，就是帽掉鞋失，颇是狼狈，自叹道：“我金某人，名震全省的大布商、大丝绸商，想不到竟会落到几乎丢却性命的地步……唉！眼下小腿跌折了，又整两天粒米未进了……难道就此要饿死在这里？不！我得站起来望望看……”

不远处芦苇丛里，季仁官虽也落了大难，但却老天眷顾他，赐予了他一个大奇迹：失心疯病痊愈了——味醇性硬的花雕酒半瓶入了肚，一整夜流遍了周身血管，心畅脑亦畅，神志大清醒了，就站起身来，要张望张望四面的状况，正巧他看见了金某，金某也瞥见了他……金某出于自卫本能往下蹲缩，季仁官此时却急于要见人，就向金某处走了过去……

金某小腿折了，无法逃躲……两人觌面，惊愕，相互审视，互为探询……

季仁官：“吾是遭狠心的长辈抛弃在此间的……”

金老板：“我是押送丝绸至宁波给西洋商人，在长江口遭遇江匪抢劫，自己跳江逃生飘到这里的……嗳，你有没有可吃的东西呀？我已快三天粒米未进了！”

季仁官：“有！有几只月饼。”把月饼盒递给了金某。

金某不客气地掰吃起来。季仁官稍一思索，就在芦苇丛旁的沙滩凹处挖出了个小潭，待潭水澄清了他就以花雕空瓶灌装了水递给了金某：“老伯，此水干净，喝了没事！”金某看在眼里，边喝水边暗想：“这个小伙子还不错……”

金某：“小伙子，你怎么不吃呀！”

季仁官：“吾此时还不饿。”

“小伙子，你腿好，你上高处去望望，看看望得见什么人家么？”

季仁官上高处望了望，转还，朝金某说：“屋舍没看到，可看见炊烟了，估摸有个五六里远。”

金老板急迫地：“我们就朝他那边走！只要见到人，我就有办法！”他勉力站起，可是独腿难行啊……

季仁官二话没讲，蹲下身：“老伯！吾驮你，月饼和酒瓶还得你拿着！”

金老板：“好，就这个样吧。”他嫌月饼盒大不好拿，就撕下了自己一块内襟，包了月饼，一手拿饼，一手持瓶，人就爬在了季仁官背上，两人彳亍而行……

金老板：“小伙子，你南京的云锦可能不懂，而苏州的棉布业你是一定知道的。”

“我们的船给几个布庄运过货。”

“阊门和大祥布庄你知道不知道？”

“那是全国第一号大布庄呀！生意大得不得了呀！听说还做西洋各国的生意呢！”

“你可认识和大祥的老板？”

“吾一个小船上的水手，哪能认识如天大的老板哪？！”

“这个老板现今就在你背上！”

“什么?!”季仁官吃了一大惊吓,脚下停了步子,不由自主地将金某放下了地,“你、你、你真是和大祥布庄的大老板?”

“你现在分文全无,我难道想诈骗你的钱财?!”

季仁官不好意思地又蹲下身去,驮了金老板继续彳亍而行……

金老板:“小季,你除了会撑篙把舵外,还有什么能耐?”

“吾阿爸在世时,是昆山县小有名气的书算手,吾从小就跟阿爸学习书算。”

“那真太好啦!喏,前头果然有几间草屋……”

季仁官跨大了步子,走到了草屋跟前,见有几个人正在拾掇渔网……金老板下了背,朝渔夫甲、乙说道:“你们俩摇船送我们到嘉定县城,我付你们每人十贯铜钱!”

“多少?”渔夫甲乙吃惊得张大了嘴……

“每人十贯铜钱!趁今风小,夜里月色好,过个江,明天中饭前就能到嘉定了。”

渔夫甲、乙看着金老板的气派和比较光标的衣着,真有点疑惑……“真的是十贯一个?”

季仁官:“这位是苏州和大祥布庄的金老板,前天在长江口碰到江匪了,现在身边确实是一文钱也没有,但是嘉定城有和大祥的分号……”

渔夫甲:“去年我到嘉定卖过河豚,和大祥分号我见过。”

渔夫乙:“船,我们有,我俩送你们去!要走,今夜就走!夜里江上是碰不着江匪的,他们夜里是不出来的!”

金老板吩咐老渔婆:“给我们烧点热汤来!”一会老渔婆端来了两碗热水。(热开水习称“汤”。)

金老板就着热水与季仁官各吃了一个大月饼,把余下之饼分给了渔夫、渔婆与两小孩……

暮霭中四人齐上小渔舟。渔舟划向江南岸,进入官河……翌日上午抵达了嘉兴,四人进了和大祥分号,金老板支给渔夫甲、乙每人十贯铜钱，渔夫甲、乙好不欢欣，他们每人辛苦一年也值不了十贯钱啊！（时值一两银等于一贯钱。）

（三）

时　间　白天。

场　景　苏州上塘街和大祥布庄总店。

人　物　金老板、季仁官；和大祥汪主管；店伙计若干。

金老板领着季仁官进了和大祥。（字幕）和大祥苏州总店

汪主管殷勤迎接……金老板吩咐他："叫伙计们暂且放下手中的事，统统都到这边来！"汪在店内四处招呼着……伙计们站定、排好。

金老板点了点季仁官朝众人说道："他叫季仁官，是我的远亲，他精通书算，本总号账目繁复，已有各个门类的书算，就是缺个总书算，这把交椅，即日起他坐了，其位只次于汪主管，你们大家要敬着他点儿！"

季仁官根本没有准备，好不惶恐："这？这？这？"

"你是祖传的内行，一定能干好的！"他又朝大伙补言道："季仁官若有出格处，你们可以向我当面禀报，查实有奖！"

众人不约而同地说："是！是！"金老板挥手示意大家去继续干事。

金老板朝季仁官指了指不远处那间"总账房室"，道："你也去干事吧！年底我再来查考你！"

光阴荏苒，已近年底，金老板又悄悄来到和大祥总号……

金老板悄悄进了汪主管室，一见面就问："小季怎么样？"

汪主管："这个小伙真不错，八月进店以来，从不偷懒耍滑，更不随便闲逛，与大伙相交也诚恳得体。尤其是他的总账，做得分外的好：条理清楚，规则周密简明。确确实实是把好手……老爷！我呢已

六十开外了，精力真有点不济了。我想叫小季开春年初六就接了我的班吧！”

“不行！看他三四个月太短了！再请你撑到明年年底吧……就这么定了，辛苦你了！”

（字幕）第二年十月—腊月

季仁官接到南京金老板派专人持来的一封信函，启封一看只见上写“仁官贤侄，请将你的年庚八字详细写来交来人持来，我欲让你接汪主管的班，偌大的一个总号，我总得占卜一下你命数的运道是否相助？有无冲碰之处？”季仁官犹豫了一阵子，终于写列了自己的年庚八字，密封好交来人持去。

腊月，季仁官奉命来至南京金老板家。

金老板同老妻热忱相待，洗尘宴上，金老板吩咐仁官：“你把你几年来的倒霉，向我老妻说一说，她不相信是真的，说你在编故事，赚我的眼泪。说穿了，她怕我受你的骗！”

季仁官想不到竟会听到这番话，眉头紧蹙了，脸色由黄转白又泛红——血往上冲呀……随着自我稳了下来，委婉地说：“有良心的人，不会糟蹋自己的上代和下代来说乱话的……我父母亲失火遇难，我爱儿病死，都是血淋淋的真事……”

金妻：“你恨不恨那个刘有财，丢弃有病的女婿？”

“他亦助吾看了一整年的病，他、他是怕吾这个‘无底洞’呀……”季仁官平静地说。

金妻：“你现在还想念他们吗？”

“从小就像乡邻一般，后来上船成了一家人，总是、总是难忘干净的！”

金妻：“你看他们早把你忘到东洋大海了！你这个后生，心太善呐。”

金老板：“我猜刘有财现今已替宜春弄了新男人了！”

季仁官面色黯然微俯下头，不语……

金老板调转了话头："你的年庚命数我请南京城里最有名的神算算了：你从现在起直到七十岁时一直是交好运，尤其是财运非常之旺！不过婚运却是二妻之命！"

金妻："小后生，我看你再成亲算了，伯母我手边就有一门好人家，姑娘现年十六岁，家产万贯，命数也好得很，我呢替你们俩合算过了，铁配，铁配！不过姑娘是个独女，希望招女婿进门……"

季仁官出位向金氏夫妇深作揖："多谢员外、夫人提携照顾季仁官！至于配亲一事，吾想抽辰光，访了宜春的确凿信息，到那时再说。务乞两位长辈见谅。"

金老板："仁官！这样好了，从开春年初六起，放你一个长假，到端午节为止，拿宜春之事弄清爽，这边的亲事我先替你留着。还有我把昆山的和大祥分号赠给你了，把你父母的坟好好地弄一弄……"

季仁官双膝一弯，跪伏下连叩了三个响头……

（四）

时　间　白天—夜晚。

场　景　和大祥总店分号；一家小茶馆。

人　物　季仁官、汪主管；小汪主管与学徒两名；马工匠；刘有财一家三口；船民甲、乙。

季仁官推开和大祥总店主管室，汪主管起迎，坐定。

汪主管将一小扁盒给季仁官："这是昆山分号的房契、资产契，金老爷派人昨日刚送来，你收好。我儿子是昆山分号的主管，你若留用他，就请严加管教。若不用，我就让他回苏州家中。"

"小汪主管是把好手！往后还更得依靠他呢！"季仁官立起身，"吾这趟南京一来回好几天，还有三天过大年，吾得抓紧把总账弄舒齐。"

季仁官在总账室，拨拉算盘，记写账册……夜晚，两根巨烛下，他拨拉算盘，记写账册……第二天依然如此；第三天（大除夕）工作至午饭辰光，与汪主管两人于室内便餐……

季仁官：“老主管，今日下午吾得回昆山去，到阿爸、姆妈坟上去过个年节，这边留在店里的同仁，就多辛苦你老了。小汪总管今日下午也要回家来过大年，请你转告他，年初四早点回昆山分号，吾等候他。”

汪总管：“好哰，你放心走吧。”

年初五，昆山大街上，一些店铺放起炮仗开门迎财神，同时正式营业。但是棉布业此时是大淡季，无任何货业可营。

季仁官朝一名学徒说：“你负责这店里四个人的三顿六水，到大昌饭庄去订好了，两荤两素一只汤。店里一些老同仁要到正月十六才来店，到时再另议。”又朝另一名学徒吩咐：“马上到南街梢去把马作头请过来，说和大祥有大生活叫他做！”（作头，即建筑工头。生活，即工作、劳动。）

待两学徒走后，他又把门口招呼路上行人的小汪主管喊了过来：“有桩不容易的事要辛苦你！”

“请吩咐！”

季仁官：“街东头紧贴大桥有一楼一底一座房子，原是吾季家的屋址，五年前失火烧了，地基卖给了别人，别人重新造了屋，吾想把它买回来，多出点钱亦无妨……”

小汪主管：“季老板，马作头不是就要过来嘛，等会向他问问清楚，我再去找那屋主人，开谈起来，心里更有个底……”

“这样好，这样好！”

一学徒领一个四五十岁的壮年人进和大祥分号，进门就拱着手说：“恭喜发财！恭喜发财！”季仁官、小汪主管还礼道：“同喜！同喜！”坐定，小汪主管从暖茶壶中斟出了三杯茶……

马作头呷了口茶，一愣，细看起季仁官：“你是？你是？……”

“吾是季仁官啊！”

"他就是这昆山和大祥的新老板呐！"小汪主管赶紧补充。

"啊？啊——"马作头那个讶异呀……紧接说道："吉人天相！吉人天相！"

季仁官："马师父！吾想把桥旁的季家老屋再重新造出来！今朝一半请你一半求你！"

"当初你阿爸季玉峰翻那个屋，生活就是包给我做的；几年前，姓江的新屋主在火烧地上造新屋，生活也是吾做的。现在正巧，江家要到南京去做木行生意，这两间屋想快点出手，这桩事他就托给了吾……"

"马师父！真正再好也没有了！先拿它买过来，再拆掉，然后再照吾季家老屋的样子造出来。一共多少钱？你说，吾照办！"季仁官很兴奋。

"江家卖，连宅基地共一百两纹银，拆工嘛，其实只要动动屋顶和门墙，就跟季家老房子一个样子了。连新料带新造工，就算九十两。合总一百九十两！"

季仁官："吾付你二百两银子，另外再付你三十两，替吾内里的木器家具配配齐……马师父，大概多少日子好弄舒齐？"

"快的，一个月时光吧！"

"好，说定了，银子你都领去！"

"不！用一点，领一点好了！"

送走马作头，季仁官对小汪主管道："趁这新年头上，大家还有点空闲，拜托你专门替吾去寻觅刘有财一家。吾现在不便出门，自从吾家失火后，他的船就移到西门外大河埠头碇泊了……"

"大河埠头碇泊船最多，我吃过午饭后就去……"

季仁官："只要寻着，你先看看他女儿宜春在不在船上？如在，你就对刘有财说，他的船，和大祥今年包他的年了！下午去时，你带个学徒，让他跑跑腿……"

小汪主管来到大河埠头一家小茶馆里。小二冲上了一壶热茶，嘴中叫："恭喜发财……"此桌还坐有两茶客，一看就知是两个船上人。

汪主管："两位，恭喜新年！"

船民甲乙："同喜同喜！"

"两位想必都认得刘有财吧？"

船民甲、乙："刘有财，认得呀，大概再一顿饭时光，也要到这里来吃'路头茶'的。"（路头，即路神，出远门及航海者敬仰之神。）

"两位阿能跟我说说刘有财近来的状况？我是和大祥的管事的。"

"啊，原来是和大祥号的大爷，看来是要雇刘有财的船用……"船民甲道。

船民乙："看来刘有财的霉运要脱运哉！"

"他交了霉运？"汪主管不免疑惑。

"趁他未来，多少讲点你听听——三年前，他招了个女婿，真是颗灾星：先是克杀了自家爷娘，烧掉了祖屋；接着又克死了自家的儿子；最后又克得自家生了恶病……听老刘讲，前年八月半那个灾星淹死在长江口……"船民甲滔滔地说。

船民乙："最最可怜是老刘的女儿，那个灾星的家主婆宜春……真是跌到了十八层地狱里呀！"

"怎么？宜春她怎么啦？"汪主管一看船民甲、乙的神情既惊讶又疑惑，赶紧道，"宜春她娘是我本家族里人……"

"大爷！你最好到她船跟前去看一看。"船民乙用手一指船只碇泊处，"喏，最边上那只船就是刘有财的船。"

船民甲向乙低语："刘有财进来哉！"

汪主管顺着向门首望去，只见刘有财提了一只小米袋，不声不响地拣僻角一张桌子坐了下来。汪主管站起身朝他走去，已到跟前了，却临时改主意径直朝门外走去，走至船边，只见徐氏在喂一名女子……那女子身穿孝服，头戴白花。他自语道："这？这是怎么回事？"刘有财夫妻，汪主管曾见识过，宜春却未照过面，但看那戴孝女，年纪二十来岁，应该是宜春……

汪主管想了一想，径直回到茶馆，坐在了刘有财桌边。

汪主管："老刘，恭喜新年。"

刘有财一看和大祥的主管忙起立："汪大爷！恭喜发财！"

"坐！老刘，我店今年想包雇你的船，用一年，包价二十贯！"

"好，好，好！"刘有财喜出望外，恨不得跪地叩谢。

"现在你就把船移到吾店的河埠头去！吾搭船一起去。"汪主管又附耳学徒："你先走，快去禀知新老板！"

第三十六集

（一）

时　间　白天—夜晚。

场　景　和大祥分号；刘有财船。

人　物　学徒、季仁官；小汪主管，刘有财一家三口。

学徒进和大祥分号朝季仁官禀告着（*无声*）。

季仁官听着："嗯、嗯，吾到楼上去看看……"

刘有财船泊于店前埠头，小汪主管径直朝店中走来，上楼。

小汪主管："船，谈好了。只是……"

季仁官："怎么不见宜春？！"

"她人在艄舱里，不肯出来见人！她娘说宜春有怪毛病……"

"啊？！"季仁官有点急，想了一想，朝小汪主管说道："你等一会到船上去，对宜春娘说，新老板正请来了苏州大名医徐郎中诊治，这是个极巧的好机会，搀宜春到店里顺手看看，诊金药费店里来付……记住，不许刘有财进店！"

暮霭已重，店堂内已掌起了灯……小汪主管踏上刘船，朝徐氏低语了一会，随即徐氏开启艄舱坪，搀扶出一名女子，徐氏又给她加披了一条被单，母女俩随小汪主管，一步一步地踏上埠头……刘有财欲上前助扶，被小汪主管喝住："你看好船！"小汪主管引着徐氏母女进店，上楼。屋角有一学徒擎着一支蜡烛。小汪主管将病女安置在一张竹躺椅上……

此际只见后卧室里走出来一个人，坐在远处一椅中（烛光闪烁，难见其容颜）。只听得他向徐氏发问：“详细说说病人的病况！”

徐氏：“是！她是我女儿，叫宜春，今年二十一岁，说来真‘作业’：她十七岁做亲，十八岁生一孩儿，半年不到就夭亡，而且还雪上加霜，她的男人得了‘失心疯’，铜钱花了数不清，最后还是在长江口落水身亡！我女儿她，一再遭祸害，也患上了‘失心疯’……”

椅上人：“她也患上了失心疯？！”走过来围着躺椅走了一圈，说：“失心疯，吾能看好！”

“啊！老神医，求你救命了！”徐氏激动得跪下叩起头来，紧又道：“宜春两只眼睛快要瞎了……”

“什么？眼睛还有重病？！”椅上人语气真是焦急万分呀。

徐氏：“三四年来一直哭，一直哭！……”

椅上人无法自控地伸手揭看病人的脸面，学徒擎烛以照……她双睛已全凸出，木然而不会转动……椅上人双泪似串珠般掉落。小汪主管递上热布巾，椅上人拭干泪渍，忽瞥见病人身穿孝衣，脱口问：“她、她、她这是为谁服的孝？”

“前年八月，她男人出事时，她还不知道，她阿爸要重新给她招个新男人，她死活不肯，为明志，她为男人穿孝服直至今！”徐氏也是眼泪索索落呀，“她是我心头的肉呀，我只能怨娘俩命苦呐！”

椅上人忽然号啕大哭，跪在躺椅一旁，搂起病女，高喊：“宜春！宜春！吾是仁官、仁官呀！”

徐氏一下惊骇得手足无措……季仁官一把抱起病着的宜春，将之安卧于里间床上，再出来。

季仁官先吩咐一学徒：“去楼下拿一瓶好花雕来！”又命徐氏道：“宜春就在吾这里治病、养病，你呢就在这里陪着！”

徐氏疑虑地：“你、你、你真是做了郎中？”

“他是这和大祥大布庄的新老板！”

翌晨，果然，一碗好花雕下肚，宜春的失心疯竟然真的好了。

宜春手摸索着枕被："姆妈，这不是艄舱里，这是哪里呀？……"

"宜春呀，你清醒啦！姆妈真开心啊！"徐氏激动地搂起女儿，说，"你问这是哪里？这——这是仁官的家呀！"

"谁？仁官？哪个仁官？！"

徐氏："你男人，季仁官呀！"

"他？他！季仁官——他、他人在哪呀？！"宜春伸两手朝四周空抓……

"宜春！宜春！吾是仁官呀！"季仁官搂住宜春不住地饮泣……

"宜春呀，这里是昆山和大祥布庄呀！仁官现今是这布庄的新老板呀！"徐氏兴奋地大声道。

小汪主管："是的！昆山和大祥的新老板已是季仁官！"

宜春先是一愣，继而惘然若失……最后竟然迸出一句话来："姆妈，我们回船上去！"

"不回去！仁官答应要在这里替你治病养病……"

"姆妈呀，你怎么不识相呀！他季仁官已是家财万贯的大老板了，我一个又穷又瞎的船婆不是在这里碍眼招人嫌吗？！姆妈，仁官的新娘子可在这店里呀？"

"你！刘宜春！就是这昆山和大祥布庄的老板娘！从明天起吾就带你去苏州看最好的眼科郎中，看得好最好！看不好，你仍是这里的老板娘！告诉你，吾家烧掉的老屋，现在就要重新翻造，造好后，吾跟你住进去，再跟你生养二宝、三宝、四宝，一直生养到你不能再生养……"季仁官直把宜春紧抱得透不过气来……

（二）

时　间　白天。

场　景　昆山大路侧一茶馆。

人 物 况钟及子、仆、范大龙四人；小茶博士一人、茶客若干。

（字幕）二月初一。

微服的况钟偕况寰、况和与范大龙漫步在昆山街头。从步态上看得出年过六十的况大人有点蹒跚之状……

况钟：“吾等正月十六出来，已查看过了常熟、太仓、嘉定，今来昆山，接下去到长洲、吴县和吴江，到本月二十边，各县都可以查看一遍了……”

况和：“老爷！你现今已是三品了，可以坐四抬大轿了，出来公干，还多是走，身子是会吃不消的……”

况钟：“想当初寰儿要吾对府衙的文书，不必见篇都亲自动笔。吾告诉他，府衙大小书吏几十个，难免有一两个小人，他们很善于在笔头上挤百姓的油水，弄不巧甚至闹个性命出入。故吾亲自执笔就有了一份保障；而今吾等来各县查访慈善事务，它关乎的绝大多数是贫困的小百姓，吾若身坐威风的官轿里，能跟他们走得亲近吗？身走不亲近，心还能息息相关么？”

范大龙：“大人，且进这路旁的茶馆里喝杯茶，歇一歇吧。”

“好哟！茶馆乃是各色人等诸种心声的汇集场所。进去后，都用心听听！”

四人在一桌上坐定。小博士点茶分盏，此际只听得隔桌上茶客们在高谈……

茶客甲敲着盏似数板般说道：“小小昆山城，出了个大新闻：稀奇事一桩，糊涂人一双。万贯家财大老板，讨个娘子是个瞎孤孀、瞎孤孀！”

茶客乙：“这个大老板，今年不过二十三四岁，看来真是个糊涂胚！是他不知道有句老话‘贵易友，富换妻’。即使那个瞎女原是他的结发妻，换一个，也是常理，何况她还是个死了前夫的小孤孀！”

范大龙耐不住插话：“看来那瞎女的父亲是个大官！”

茶客甲："小孤孀的父亲是个落底的摇船人，目今是吃了上顿没下顿……"

况寰也熬不住地插嘴，朝茶客乙道："贵了就易朋友，富了就换妻室。此话是错尽错绝！古有明训叫'贫贱之交不可忘，糟糠之妻不下堂！'"

"此人身上一定有所讲究，"况锺朝隔桌茶客拱手问，"请告知吾，此人是谁？"

"昆山和大祥棉布庄的新老板呀！"数茶客异口同声。

况锺立起身："走！到他店里去拜访他……"

"他人不在，已陪瞎女到苏州去看眼科郎中了。"茶客甲忙劝阻，"喏，那张桌上两人就是和大祥店里轮班休息的伙计，你们不妨问问他们。"

况锺同手下来到那桌边，坐下，向桌上两人拱拱手："两位是和大祥的管事吧？想跟两位攀谈攀谈……"

两人见来人是个六十来岁的老者，而且有礼在先，忙点头答应："请！请！"

况锺："听说此间和大祥来了个新老板？他姓——"

伙计甲："是的，他过大年时才来，他姓季大名仁官，他现在正陪娘子到苏州去看郎中了……"

况锺："刚才那边几个茶客所说的，谅两位也都听到了，其话真也不真？"

伙计乙："真！真！我们季老板是全苏州府一等一的大好人、大义士！"他的两只大拇指高高翘起。

伙计甲："昨日，他临走时还吩咐店里的管账先生，把总店拨付来的去年的利润九千两纹银，提出六千两捐赠给县慈善院，分发给那些遭遇大难的人家……"

况寰："此事若真，季某人确实难能可贵了。"

"更可一说的，他以德报怨——将坑害他至惨的老丈人刘有财收容于家，答应养老送终。”

“多谢了！”况锺朝两人拱拱手，随即对儿子、仆人、范大龙道：“回苏州去！到和大祥总号会会他！”

（三）

时　间　白天。

场　景　苏州闹市一茶酒楼内一僻桌。

人　物　和大祥总店金老板；坊正、顾得仁同知；茶酒楼人若干。

金老板娓娓地向顾得仁道来，坊正也听得出了神。

金老板：“季仁官其人，其‘全本西厢记’我已向你抖底讲了，你认为这个小后生怎么样？”（全本西厢记，苏州古今习惯用语，即一个人、一件事从头至尾一字不落地说全说尽。）

顾得仁：“好！好！这个小后生人品好，见识高，而且经营管理的本领还呱呱叫！真是个大人才！吾是奉况大人的主意，才来听你讲的。回衙后吾将向大人禀报季仁官的‘全本西厢记’！”

金老板：“今年起，我已把这总号也交给他管了！今后府衙有事，派人来这里叫他好了！”

“多谢，多谢！就此告辞！”

（四）

时　间　清明节后的一天。

场　景　城内一处大宅院。

人　物　况寰；吴清；张员外；王善人；沈女（原海门县令女，范大龙妻）；吕阿发母；侯三姑；尚学贤；牛小玉；熊友兰；何小莲；范

老头；季仁官；数衙役。

（字幕）清明节后一天。

吴清、况寰与府慈善事务相关诸人于原赵忱宅会晤。男女分列而座。

况寰："列位，原都是况大人于年前约定来此晤面，商谈吾府之慈善事务。况大人由于南京上司有要务召他，故今日不能莅席相见，谨命吾与吴清通判出席。这位吴清通判，在座不少人是认识的，况大人现已任命他为全府慈善事务的监督，吴通判请——"

吴清："列位！吾苏州府之慈善业绩，历来走在全国的头里，诸类设施、机构遍布城乡，现在极需要建置个总的管领之局——府慈善总局。此局纯系民办，全由大家来协商组织，官府不会插手。有人对此会说，那么况大人命你来当监督怎么回事？吾现在就明告诸位，吾这个慈善总局监督，况大人只给吾两个职责：一、严禁府衙、县衙以及乡村长们插手和干预慈善之管理经营事业，吾出头禁，他们就会服管！二、看好两位总局董的收入钱财，防止进入他俩的个人腰包——每年出入也得十好几万银两呀！吾，一分钱也不管，只盯住此两人的腰包！"

"诸位！吾等现在就来议定府总局的事宜吧！此间原是府衙大贪赵忱宅院，现府衙已将它拨为总局之所在，"况寰继续以兴奋语气说道，"吾跟随父亲与在座列位都逐一打过交道，吾很熟悉每一位的为人，但你们之间不一定都相互认识，吾现在就来给大家做个介绍……"

"对！对！"诸人纷然颔首。

况寰："年前况大人带病会见府县官时，他告知他们，他亲自访察求贤，担当诸慈善机构主管人选，列位就是况大人荐举之优佳人选呀！吾现在先介绍这位张员外——（张起立，作揖，坐下）"

（无声画面）张府小婢遗失新娘首饰匣；小乞丐拾匣还匣；小婢每晚赠饭小乞儿；一中年婢禀员外，员外面讯收留小乞丐；员外又赐乞丐小婢婚。

（画上文字）报恩！报恩！羊跪乳，乌反哺，人不报恩，禽兽不如啊！

况寰：“这两位，尚学贤、牛小玉（两人行礼后复座）‘闻香庵奇案’的主角……”

（无声画面）闻香庵陋室尚生听到隔壁女哭；尚生毅然卖祖居，扛钱送牛小玉婆媳；读假信安慰婆媳；遭陷害、逼供不屈男女均正气侃言……

（画间文字）舍家助人，人穷德不穷；况锺慧眼识美琼（最美之玉）。

况寰：“这位是大孝子吕阿发之寡母（阿发母立，万福，坐下），她19岁守寡，抚育稚子，教导有方，吃尽千般辛苦，历尽万般苦难，不屈不挠，堪称贤母一个！”

况寰：“这位沈氏英英，实乃女中豪杰，她身背合家被杀的血海深仇，机智配合范大龙捕头，一举歼灭了长江盗匪水狼帮……”

沈英英起立、作礼，道：“当时幸亏范捕头的譬解，英英我才能摒弃短见，立志灭匪复仇。”

吴清：“范捕头的入匪帮做卧底，和点拨英英的话，全出自况大人的指点哪！”

况寰：“下面三位人，诸位不一定认识，但他们的大名却是鼎鼎呀！这位是“重案十五贯”中之哥哥熊友兰，这位是他的同路人侯三姑。这位是况大人深为赞赏的淮安何小莲。”（熊、侯、何三人依次起立作礼）

在座众人惊讶声、啧啧声纷然，忽有声出：“弟弟熊友蕙呢？”

何小莲：“他在府学就读，准备今秋考试，欲求书包翻身呢！”

吴清：“最后这位季仁官，吾遵大人旨意要特地介绍介绍他——”

（出如下无声画面）仁官家火毁；仁官入刘有财船；仁官与宜春结婚、育子；子夭，仁官‘失心疯’；被刘有财弃于荒岛上，服花雕，病奇愈，巧救金老板；成昆山和大祥新老板；重遇病了的宜春——糟糠之妻不下堂！况锺走访昆山，听到“小小昆山城，出了个大新闻……讨个瞎孤孀！”口谣；顾同知向金老板核实仁官为人……

（字幕）这后生人品至好，见识甚高，经营管理的本领呱呱叫！

众人情不自禁地伸手高叫：“总局董就是他了！”

吴清：“列位，再议举一位副总局董……”

诸人凑近议酌，张员外高声告道：“大家举荐两位副董：沈英英、何小莲。”

吴清、况寰同道：“好！准定如此了！”

（字幕）正统七年（1442）——况锺在世最后一年，时61岁。四月。

况锺因病呈正统帝的第一份乞求退休书：

（旁白）“……臣荷宣宗皇帝钦授大郡，特赐臣敕书管事。臣受任以来，誓竭心力，以报天恩……奈臣年逾六十，心耗神颓，痰气冲逼，病躯实难以供职，伏乞哀恳辞任……”

正统帝朱批：不允。

六月，况锺第二份乞请辞任书：

（旁白）“臣四月以来，心耗神颓，痰气冲逼，病势日炽，目今已不能下床，仅靠药石以苟延残喘，合再陈请乞辞养病，谨此沥血上奏……”

正统帝朱批：赐药医治，不准辞任。

（五）

时　间　白天。

场　景　府衙大堂；府衙内宅卧房。

人　物　况锺及家人（况夫人、况寰夫妻、况祥夫妻、况和夫妻）；金老神医；钦差一人；顾得仁；衙役数人。

（字幕）正统七年，腊月初。

此日天色阴沉，有微雪……

钦差手捧圣旨，走在府衙内大堂前甬道上，口中高喊："苏州知府况锺接旨！"

顾得仁慌忙从大堂后趋出，跪于大堂口高声接应："苏州府知府况锺有病，现由府同知顾得仁代为接旨……"

"速令况锺自己来接旨！莫非他自恃功高，藐视本钦差？我手奉的可是圣旨啊！"

况褰与金老郎中由大堂后趋出，况褰跪禀道："小民况锺之子况褰，敬禀钦差，家父委实病重，已不能下床……伏求钦差宽恕……"

"嗯——"钦差思忖了一下，说，"这样吧，我去他床前开读吧——"

顾得仁、况褰连连叩首求告："恳请钦差就向吾两人开读吧——"

"不行！皇上的玉音必须朝况锺面宣！"

"况大人病情危殆，万万不能惊扰！万万不容惊扰呀！"年已耄耋的金郎中也连连向钦差叩求……

"这里面是嘉奖况知府的大好消息呀！"钦差断然命令况褰，"快领我去他卧房！谁再阻拦，我就定他蔑视圣旨之罪！"

钦差来到况锺卧房口，望见床上的况锺病状确乎危殆，就站于房门口展旨高声宣读："……今年六月东倭丑类数千，犯我浙江……户部侍郎焦宏率我雄师，历经半年浴血奋战，将浙境之倭丑悉数荡平！苏州知府况锺，公忠体国，不分畛域，主动献粮捐银，对保障我雄师之后勤，厥功至伟！兹奖赏况锺皇考宣德御制诗一帧，白银一百两，特免苏州府明年夏税布三百匹、兵船两百艘。钦此！"（考，指过世的父亲。）

当读到"东倭丑类数千，犯我浙江"时，况锺面部神色大变，惊骇痛苦，霎时昏厥……

当读到"我雄师历经半年浴血奋战，将浙境之倭丑悉数荡平"时，况锺面泛欢愉神情……

钦差宣读完圣旨，将它交到了况褰的手中，转身离开，顾同知陪侍送别……

（此际，出现了如下的画面）

况锺平躺的躯体浮飞出卧房、二堂、大堂、衙口……升向蓝天……

他面色安详，微含笑意，双颊泛红——在《江河水》《哭七七》的哀乐曲声里响出了“况大人仙逝了！”“况大人仙逝了！”惊喊之声！

（字幕）况锺的逝世，其原因是营养不良，长期过劳，致使气血两亏，导致全身心衰竭；其近因乃是这一份“催命符”的褒奖圣旨——开始是大惊大忧，紧接又是大喜大乐，从而爆了他的血脉，碎了他的心脏！

（下迅即推过来况锺的画像，由小而大；画像中又迅即推出由小而大的五个字：千古第一官。）

剧终